(1

MW01104503

Claude Brami

Parfums
des
étés perdus

Gallimard

Claude Brami est né en 1948 à Tunis. Après mai 68, il interrompt ses études universitaires pour écrire des romans policiers, dont une quinzaine seront publiés sous différents pseudonymes. L'un d'eux, *La plus longue course d'Abraham Coles, chauffeur de taxi,* obtient le Grand Prix de littérature policière 1977. Après cette consécration, il passe aux romans « littéraires » avec *Le garçon sur la colline* (prix des Libraires 1981), ainsi que *La danse d'amour du vieux corbeau* et *La grande sœur.*

Claude Brami écrit aussi pour le cinéma et la télévision.

*Magie de ces jours d'enfance où, sans le savoir,
je cherchais à retenir ce qui déjà se perdait.*

Tourgueniev

Football

J'ai perdu ma virginité à l'âge de douze ans et sept mois, au cours d'une partie de football.

Je jouais gardien de but. Je détestais ce poste. Je préférais courir à l'avant. Je rêvais de dribbles subtils, de démarrages qui éberluaient la défense adverse, de reprises de la tête dans la lucarne. Comme la plupart des gamins de la rue, je perfectionnais sans cesse ma technique. J'étais capable de faire rebondir en l'air un ballon sur mes genoux, mes épaules, mes pieds, plus de soixante-sept fois.

Record appréciable. Il me rangeait dans la catégorie supérieure : celle des « jongleurs » — sans prétendre rivaliser avec celui considérable de Jacky Cassuto, notre capitaine d'équipe. Un expert, Jacky. Pour lui, on ne comptait plus le nombre de fois qu'il relançait la balle, mais le temps qu'il la gardait en l'air. Les passants s'arrêtaient pour admirer ses exploits. Il s'entraînait avec ce qui lui tombait sous la main. Un fruit, une pierre, une vieille boîte de conserve.

Je l'ai vu une fois jongler ainsi pendant plus de

cinq minutes avec le sandwich de son goûter. L'exhibition aurait duré davantage, mais le papier s'était déchiré. Des bouts d'œufs durs, de tomates, des miettes de thon voltigeaient alentour. Les petits garnements arabes qui nous faisaient cortège ramassaient les morceaux, les nettoyaient avant de les croquer avec délice. Jacky partagea entre eux les trois bouchées de pain que ses coups d'espadrille avaient épargnées, et s'inclina pour recevoir les ovations.

Lorsqu'on formait les équipes, j'étais parmi les derniers à être choisi. Mon record « à 67 » ne reflétait pas mes véritables compétences. Sur le terrain, mon agilité disparaissait. Dès qu'on me la passait, la balle — ou l'objet qui en tenait lieu — devenait en plomb. Le trottoir se remplissait immédiatement d'obstacles. Des agresseurs aux semelles coupantes me tailladaient les chevilles. Je m'asseyais par terre au centre d'une nuée de jambes qui s'emmêlaient puis s'éloignaient. Ma frustration avait un goût de poussière et de caoutchouc surchauffé. J'essayais de l'oublier en me précipitant à l'endroit où se disputait le jeu. Très vite, le tourbillon me happait, puis me rejetait de nouveau au sol.

Je me résignais à passer mon existence de footballeur ainsi, à bondir et rebondir assis de place en place, le long de ce trottoir qui était le théâtre principal de notre vie. Puis Jacky me bombarda gardien de but.

Jusqu'ici, il destinait le poste aux plus jeunes ou à ceux que leur physique desservait dans les bousculades. Instinct de protection ? En apparence seu-

12

lement. Ccla lui offrait surtout la possibilité de marchander la taille du but. Que valait un point marqué contre un gardien trop petit pour plonger d'un poteau à l'autre ? demandait Jacky à nos adversaires. Plutôt que de changer le gardien, on diminuait l'écart entre les poteaux. Cette pratique, connue sous l'appellation « grignoter du fromage », relevait du génie. D'abord, elle assurait une victoire quasi certaine de nos couleurs. Ensuite, elle épargnait l'honneur de l'équipe défaite. Les vaincus s'en repartaient le front haut, battus non point par manque de talent mais par ce rétrécissement du but contraire à tous les règlements.

Malheureusement, l'idée s'usa. Réduire l'intervalle entre nos poteaux devint de jour en jour plus ardu. La négociation, véritable assaut de diplomatie, n'en finissait plus. La partie elle-même en était empoisonnée. Il fallut revenir à la méthode classique.

A notre série de victoires succéda un long cycle de débâcles. Notre tradition, basée sur l'art de « grignoter du fromage », nous avait conduits à négliger l'entraînement du gardien de but. Aucun de nous ne savait se placer correctement face à l'attaque des « avants » ennemis. Moi, qui remâchais une vocation de milieu de terrain contrariée, encore moins que quiconque. Surtout quand, faute de balle, nous jouions comme ce jour-là avec une grosse boîte de sardines vide.

Jacky s'égosillait en conseils qui ne profitaient à personne. Son visage congestionné se dressait périodiquement au-dessus de la mêlée. Mais le score s'aggravait à notre désavantage.

Soudain, il hurla à mon intention :

« Plonge ! Plonge ! »

En pure perte. Bloquer cette ferraille cabossée lancée à pleine vitesse ! Une tentative m'avait suffi. Je tenais à mes doigts.

Je le dis au capitaine. Il me supplia pour la quinzième fois :

« Va chercher ton ballon, alors. »

J'hésitai.

Dans notre avenue, un ballon en mouvement courait en permanence à sa perte. Roulait-il par hasard sur la chaussée, des camions se déroutaient pour l'écrabouiller d'un tour de roue. Des chauffeurs de taxi hilares ouvraient leurs portières et s'en emparaient sans vergogne.

Les trottoirs n'étaient pas plus sûrs. Certains concierges d'immeubles, à qui nous liait quelque contentieux, apaisaient leur rancune en s'appropriant tous les objets de forme sphérique.

Les jardins qui donnaient au quartier son cachet résidentiel constituaient pour nous autant de pièges. Leurs grilles étaient barbelées par des haies d'épines qui, si elles ne crevaient pas le ballon, interdisaient l'escalade pour le récupérer. Les joueurs, prudents en début de partie, oubliaient dans le feu de l'action de tempérer leur enthousiasme. Le coup de pied fatal était vite donné. Quand ce n'était pas un piéton adulte qui, s'incrustant dans le jeu, prenait un malin plaisir à clore le match par un tir faussement malheureux.

De plus, nous devions éviter les vigiles des ambassades qui ornaient l'avenue. Dès que nous approchions de leur territoire, ils nous rançonnaient.

Mais nos pires ennemis restaient les agents de police. Ils glissaient à bicyclette le long du caniveau. Et sans descendre de leurs engins, ils raflaient la balle qui arrivait à leur portée avec l'aisance de joueurs de polo.

Le plus acharné d'entre eux, un sadique surnommé Foxie, découpait nos pauvres jouets en rondelles. Il opérait en ricanant avec un petit canif doré, accroché à son ceinturon par une chaîne de montre. Et nombre de nous, victimes de ses ricanements, rêvaient de lui faucher un jour ce symbole...

Dans ces conditions, les ballons tendaient à se raréfier. En sortir un sans laisse équivalait tôt ou tard à le sacrifier. Jusqu'à présent, un miracle avait épargné le mien. Les deux fois où il avait servi, je n'avais eu aucun plaisir au jeu. Le ventre serré par l'angoisse de le perdre, j'étais encore plus empoté que d'habitude. Je ne me sentais pas le cœur à recommencer.

Pourquoi acceptai-je alors ? Aujourd'hui, après toutes ces années, je ne parviens toujours pas à comprendre. Les arguments de Jacky, pour lequel j'avais certes beaucoup d'admiration, ne m'apparaissaient pas plus convaincants que la veille ou l'avant-veille.

« On fera très gaffe, tu verras. Et t'inquiète pas pour Foxie. On postera des guetteurs. »

Je cédai pourtant. Nonchalance ? Fatigue ? Appel du destin, plutôt...

Il m'arrive souvent de penser à ce qu'aurait été mon existence si ce jour-là je n'étais pas remonté chez moi chercher mon ballon.

Je possédais le plus beau ballon du quartier. En patchwork de cuir noir et blanc, dimension et poids réglementaires, estampillé par la Fédération internationale. Un vrai ballon de professionnel. Je l'avais reçu à l'occasion de ma bar-mitsva.

En voyant mon père le déballer, ma mère s'était saisi les tempes.

« Mais il va tout casser avec ! »

Mon père l'avait rassurée. En tant que cadeau de bar-mitsva, ce ballon était béni. Doublement même, puisqu'il avait pris la précaution de l'acheter « chez » le rabbin Nataf qui, dans le civil, tenait un magasin de sports. La sûreté avec laquelle mon père se servait de la religion m'emplissait souvent d'admiration.

« J'en avais un pareil quand je jouais à l'aile gauche, inventa-t-il sans vergogne, l'œil plissé de nostalgie. A chaque but que je marquais, je faisais une croix au crayon. Et tiens-toi bien, en une saison, on ne pouvait déjà plus rien écrire dessus. »

Je ne discutai pas. Il m'expliqua comment le gonfler et graisser les coutures. Le ballon lui échappa des mains, buta contre la pointe de son soulier, et, après un parcours étonnant de vivacité, pulvérisa la vitre de la desserte où ma mère exposait son service à liqueurs.

Cette fois, aucune explication d'ordre mystique n'eut raison de ma mère. Elle confisqua le cadeau et l'enferma à clef dans son armoire.

Elle ignorait un détail. La serrure purement décorative pouvait s'ouvrir avec une épingle tordue.

Je ne sus pas résister à la tentation.

Les premières fois, je me contentais de sortir le ballon de son carton d'emballage. Je l'enlaçais, je le câlinais. Mes paumes vérifiaient la pression qui dilatait ses flancs. Le cuir joufflu se réchauffait à mes doigts comme un muscle. L'embout de la valve saillait sous mon pouce, doux renflement d'une courbure idéale. Autant que son élasticité, son odeur m'enivrait. Parfum de chaussures neuves, du cirage qui imprégnait les coutures, et au-delà, une délicate senteur de talc qui me ravissait le souffle. Longtemps, j'ai cru que cet arôme lui venait de l'armoire de ma mère. Plus tard, je découvris que c'était celui de la poudre qui, au gonflage, servait à éviter les adhérences entre la vessie de caoutchouc et son enveloppe de peau.

Caresser ce ballon me faisait instantanément oublier le remords de forcer l'armoire. Je n'avais qu'une crainte : être surpris par ma mère aux mille yeux.

Cet après-midi-là, elle pilotait sa Singer. La machine à coudre ronronnait avec des accélérations soudaines qui m'évoquaient une voiture attaquant un virage.

Le bruit était mon allié. Il couvrit mes pas, ma présence et mes manigances. Le morceau d'aiguille à tricoter qui me servait de clef était toujours à la même place, dissimulé dans le matériel de bricolage au fond de la salle de bains. L'armoire s'ouvrit, se ferma. Je me glissai sur le palier en poussant le ballon devant moi. J'étais nerveux. Il roula davantage que prévu. Il dévala l'escalier et s'arrêta à l'étage inférieur.

Je descendis le récupérer. Comme je l'atteignais, une porte bâilla.

C'était celle des Garrito, nos voisins italiens. Le père, M. Garrito, dilapidait sa pension de guerre dans les cafés. Mme Garrito, elle, travaillait dans une banque. Elle n'avait qu'un dieu : son fils unique, Hubert, qu'elle appelait parfois Bébert d'une voix humide.

Hubert, quant à lui, appelait tout le monde « morpion ». C'était une espèce de géant, particulièrement fier de ses pectoraux. Il possédait une gamme impressionnante d'haltères et un vélo de course. Le dimanche, sur son balcon, il soulevait des poids en lançant des han! de bûcheron. Et sa mère venait lui donner un verre d'orgeat frappé qui nous faisait tous saliver. Le restant de la semaine, il réparait des moteurs dans un garage. Il s'y rendait à vélo en effectuant tout le parcours « en danseuse ». Cela lui permit plusieurs fois de m'éviter un retard au lycée. Il me disait : « Accroche-toi, morpion! » Et nous traversions la ville, moi assis sur la selle, lui dansant d'une pédale sur l'autre.

Ce colosse avait une faille. Pour le faire enrager, il suffisait de lui demander avec un clin d'œil plein de sous-entendus :

« Alors, comment va Angeline-la-Grosse? »

Il devenait fou. Faciès rouge brique et gesticulations de gorille épileptique. Dans cet état, il pouvait tout ravager sur son passage. Un matin, répertorié dans la mémoire du quartier sous l'étiquette « jour des Ananas », il dévasta les étalages du marché pour courser un « sale morpion » qui s'était permis la question. Comme il ne pouvait l'attraper, il se mit à lui jeter des ananas, des oranges, tout ce qui lui tombait sous la main. Les fruits, lancés d'un bras trop émotif, avaient raté leur cible, mais décoré au petit bonheur la foule, les éventaires et les voitures en stationnement. Il avait fallu une douzaine d'adultes courageux pour maîtriser Hubert.

Sommé d'expliquer sa réaction, il n'eut qu'un mot :

« On m'a manqué, à moi et à ma cousine ! »

Angeline-la-Grosse était une parente pauvre de la famille Garrito. Sans ce corps dodu qui la disqualifiait à nos yeux, elle aurait été plutôt jolie. Un visage potelé qui exprimait la santé, la franchise et une gaieté contagieuse. Des traits fins, si bien dessinés qu'ils apparaissaient comme miniaturisés dans cette face trop pleine. Des cheveux châtains, taillés en virgules pimpantes. Et surtout un regard bleu, fendu et vif comme celui d'un chaton.

Elle se disait aide-soignante, mais jamais personne ne l'avait vue soigner quelqu'un. Elle tenait la maison en l'absence de Mme Garrito qu'elle appelait « madame ». Les gens l'aimaient bien. Elle fredonnait du matin au soir et ceux qui la croisaient ne manquaient pas de s'extasier sur son brin de voix. Nous, les footballeurs, nous reconnaissions de très loin sa silhouette arrondie. Sa corpulence l'obligeait à avancer comme si elle eût porté une traîne. Elle ne nous abandonnait pas le trottoir comme la plupart des passants. Elle avançait crânement parmi nous. On interrompait la partie pour lui céder le passage. Parfois, de notre groupe, une plaisanterie fusait.

Angeline se dandinait sans se presser, en gloussant, tout en joues et fossettes. Et sa bonne humeur permanente désarmait nos sarcasmes...

C'était elle, Angeline, qui à présent se dressait devant moi sur le palier.

Elle murmura :

« Ah, c'est toi qui as frappé... »

Elle travaillait dans l'entrée quand le ballon avait heurté la porte. Derrière elle, j'entrevoyais la planche à repasser, la pile de linge plié, la corbeille qui contenait les draps encore froissés. Une lumière bleue filtrait des persiennes closes. Une chaleur d'étuve se dégageait du logement. Une vapeur qui sentait la fin de sieste et le fer brûlant.

« Si tu veux voir Hubert, il... »

Je la coupai.

« Non, non. Pas fait exprès, Angeline. Excuse-moi... »

Elle répéta : « Pas fait exprès, Angeline. Excuse-moi. » Mais non pour se moquer. Sa voix d'habitude si claire, si haut perchée, était rentrée, avalée. J'y décelai de l'énervement. Et aussi une curieuse tristesse. Elle soupira :

« Pourquoi tu cours comme ça ?

— Je ne cours pas...

— Regarde comme tu transpires. »

Elle m'effleura la joue. Le bout de ses doigts était glacé. Malgré moi j'eus un recul.

« Je te fais peur ?

— Mais non. »

Je frottai mon genou. En sautant les dernières marches pour ramasser plus vite mon ballon, j'avais cogné un barreau de la rampe.

« Tu as reçu un coup?... Fais voir un peu. »

Elle se pencha pour examiner ma jambe couverte de vieilles écorchures. Ses mains fraîches allèrent doucement. « C'est rien, dit-elle. Rien. » En se redressant, elle parut saisie d'un vertige. Elle poussa un long gémissement, les yeux mi-clos, « Oh, mon Dieu », porta la main à sa gorge, et s'affala sur un pouf qui encombrait l'entrée déjà bien obstruée de l'appartement.

Je restai sur le seuil. Elle geignait. Je la contemplai, incapable de prendre une décision. Fallait-il prévenir quelqu'un? Elle murmura quelque chose à mon intention. Je ne compris pas. J'approchai pour mieux écouter. Elle parla encore. Je crus entendre qu'elle réclamait à boire. Je n'avais qu'un bond à faire jusqu'à la cuisine. Mais elle me dit d'attendre, attends, attends, et de fermer la porte. Elle ne voulait pas qu'on pût la surprendre dans cet état. J'obéis donc, et filai à la cuisine lui rapporter un verre d'eau.

Elle avala une gorgée, puis une autre. Trop vite. Un filet d'eau partit du coin de ses lèvres. Il glissa le long du cou, mouilla les médaillons pieux de son collier, et se perdit dans le sillon de sa poitrine. Je m'aperçus alors du désordre de sa tenue. Les pans de sa blouse toute chiffonnée s'étaient écartés. Ses seins débordaient, bombés, énormes, piquetés d'étincelles de transpiration. Le soutien-gorge en était réduit à une bande de tissu qui disparaissait dans un pli de chair. Seul un friselis de dentelle bordant les balconnets essayait encore de contenir les aréoles. Je ne pouvais en détacher mes yeux.

21

C'était la première fois que j'en voyais d'aussi près. Fasciné, je fixais ces tétons rosés que, par contraste, le blanc du tissu brunissait. Des secousses les parcouraient. Ils semblaient jaillir et me sauter au nez à chacun des soupirs d'Angeline.

Elle se passa un peu d'eau sur le front. « Ça va mieux ? » demandai-je. Elle dit oui. Elle dit non. Elle dit merci, merci, en secouant la tête comme si elle se sentait défaillir. Me prit-elle la main ? M'attira-t-elle contre elle ? Je perdis l'équilibre. Je partis en avant. Je l'entendis gémir : « J'ai mal... J'ai mal. » Je voulus demander où. Ses seins me couvrirent le visage. Sa chair humide et odorante me ferma les paupières, m'aplatit le nez, envahit ma bouche. Ma langue toucha le poivre d'une peau. Je criai. Criai-je ? Le sens des réalités m'échappa. Ce ne pouvait pas être la main d'Angeline qui s'introduisait dans mon short, Angeline continuait de geindre. « J'ai mal... J'ai mal. » Mais l'entendais-je vraiment ? Le silence grondait à mes oreilles comme si j'avais plongé la tête sous l'eau. Des vagues de chair m'étreignaient, me soulevaient, me pétrissaient. Une algue m'entoura le sexe, l'amena contre un galet lisse et moussu. J'eus chaud. J'eus froid. Je me débattis. Il me fallait émerger, revenir à la sécurité de la terre ferme. Je tentai d'ouvrir les yeux. Un soleil m'éblouit. Un éclair noir me transperça. Une lame de douceur insupportable me tordit le corps, envoya mon âme cabrioler en l'air, et me rejeta, interdit, dans le logement étroit des Garrito.

Angeline m'écarta en riant.

« Oh, oh ! Si vite ? Mais tu es un vrai satellite, ma parole ! »

Un satellite? Je la contemplai, médusé. Elle n'avait plus mal. Elle plaisantait, guérie. Je voyais sa bouche hilare, ses dents de bébé qui lui donnaient un air d'innocente gourmandise. Son teint animé, comme fardé. Attendait-elle de ma part une réaction, une initiative? Je demeurais inerte, privé de nerfs. Pourtant, j'avais conscience de mon short autour de mes chevilles. De mon sexe nu qui, doucement, se chiffonnait.

Angeline ramassa une serviette repassée de frais et m'essuya le ventre. Elle pouffa.

« Tu devrais fermer ton robinet. Il coule encore. »

Je regardai bêtement la perle qui s'alourdissait au bout de mon sexe. J'étais en nage, inapte à la moindre parole, au moindre mouvement. Angeline cueillit la goutte d'un index vif et me l'appliqua, par jeu, sur la pointe du nez.

*

Dans mes rêves d'adolescent les moins troubles, je courais au lycée en proie à un lancinant sentiment d'oubli. Une fois arrivé, assis à mon pupitre, je m'apercevais avec effarement de ma nudité intégrale.

Cette accablante impression d'insécurité, je l'éprouvai en quittant Angeline. Un doigt de lumière me dénonçait, m'éclairait le nez sur lequel séchaient de compromettantes paillettes. Mes camarades allaient m'entourer, me harceler de questions. De quel voyage revenais-je? Quelle barrière du Temps avais-je franchie?

23

En mon absence, la partie avait continué. Mon remplaçant dans les buts se grattait la tête en sautillant sur place. Devant lui, un enchevêtrement de jambes acharnées masquait la boîte de sardines. Les cris de guerre se mêlaient aux cris de douleur. Le vacarme assourdissait. Une nuée d'oiseaux affamés se disputant une croûte de pain. Toujours au centre de l'action, Jacky Cassuto bataillait. Il s'était replié en défense et essayait de crocheter sournoisement les attaquants adverses. Malgré l'énergie que déployait notre valeureux capitaine, l'équipe vivait une tragédie. Il fallait un miracle pour l'en sortir. Je l'amenai.

Jacky m'aperçut et sauta sur l'occasion de suspendre le jeu. Clin d'œil. Murmure complice.

« Tu arrives à temps. »

Je bafouillai. Il dominait notre groupe par la taille, l'âge et l'expérience. Il ne rougissait presque plus aux astuces des filles. Il avait visité le quartier des bordels en compagnie de son frère aîné. J'étais sûr qu'il remarquerait ma transformation.

Il ne vit rien. Quelle qu'ait été mon odyssée, j'étais en apparence hors de danger. Tandis que notre honneur de futurs internationaux, la réputation de notre équipe et la dignité de notre avenue nécessitaient des soins immédiats. Jacky m'arracha le ballon des mains et s'adressa avec superbe au chef de nos rivaux.

« On efface tout et on recommence ! Tu vas apprendre ce qu'on vaut avec un vrai ballon ! »

Je repris mon poste. Mes jambes flageolaient. Une doucereuse paresse m'alanguissait, comme au sortir d'un bain brûlant. Je n'aspirais qu'à une chose : m'asseoir seul au bord du trottoir et me recueillir. Des lambeaux de sensations, des fragments d'images me traversaient par bouffées étoilées. J'avais besoin de les trier comme on picore les miettes d'un gâteau trop vite avalé afin de s'assurer si le goût vous a comblé.

La balle fila entre mes jambes écartées. Je la vis arriver, mais je ne fis pas un mouvement pour l'arrêter. J'étais dans le logement des Garrito. J'apportais pour la millième fois un verre d'eau à Angeline. Et l'inquiétude de ce qui viendrait ensuite me pressait délicieusement le cœur.

Jacky me sermonna, marbré par la colère. Mais que m'arrivait-il donc ? Suffisait juste de tendre le pied ! Peur de perdre mon ballon ? Ridicule ! Il avait choisi comme guetteurs Nourredine et Marcol'Étincelle. Les meilleurs ! Je pouvais les voir à chacun des bouts de la rue. Alors pas de crainte au sujet de Foxie ou d'un autre flic !

Je promis de me concentrer. Le vacarme des joueurs s'éloigna vers le camp opposé. Je replongeai aussitôt chez les Garrito. Étouffante moiteur. Silence bleuté. Dans la cuisine, un bourdonnement d'insecte. Le réfrigérateur se remettait en marche. Angeline gémissait, en sueur. Ses paupières se pinçaient, ses narines s'ouvraient, ses incisives mordaient sa lèvre, ses mamelles nues me frappèrent au visage.

Je respirai. Le monde se para soudain d'une beauté rouge, insolite. Une brise purifia l'air tiède. Le parfum suave des chèvrefeuilles monta du jardin

25

de Si-Moktar, le champion d'échecs. L'avenue s'élargit, miroitante, avec ses palmiers bien alignés et les façades blanches des immeubles. Sur le trottoir d'en face, un essaim de filles sautait à la corde. D'autres, plus âgées, groupées autour d'un banc public, échangeaient quelques confidences. L'épicier du coin les lorgnait en balayant devant sa porte. Un facteur, sa boîte sur la hanche, essuyait le cuir de sa casquette. Je voyais les taches de transpiration sur son uniforme et jusqu'au gros portefeuille qui dépassait de sa poche arrière. Je voyais tout. Mille détails me sautaient aux yeux avec une netteté, une précision qui me donnaient le frisson. Des hirondelles perchées sur les fils électriques criaient. Et j'étais soudain capable de distinguer leurs prunelles en tête d'épingle et les taches blanchâtres qui décoraient leurs gosiers...

Jacky Cassuto me secoua par les épaules.

« Mais tu dors ou quoi ? Quelle passoire ! »

Cette fois, je n'avais même pas entrevu le ballon. Jacky me tira à l'écart, me saisit par la nuque. Et, front contre front, tels ces entraîneurs italiens que la télévision nous montrait parfois, il tenta de ranimer mon énergie.

J'écoutai calmement ses exhortations. Puis, je m'entendis bredouiller une phrase qui m'étonne encore aujourd'hui.

« Je crois que je ne suis plus puceau.

— Tu quoi ?

— Je ne suis plus puceau. »

Ses yeux s'exorbitèrent. Il souffla.

« Merde ! Tu te payes une insolation. »

26

Il m'entraîna vers le jardin de Si-Moktar. En passant le bras par les barreaux, on pouvait ouvrir le robinet avec lequel le maître des lieux arrosait ses plantes. Jacky mouilla sa main autant de fois qu'il le fallut pour tremper mes cheveux.

« Ça va mieux ? Tu ne préfères pas que je te fasse remplacer ? »

Je refusai. C'était mon ballon. Et la partie la plus importante de mon existence.

J'encaissai en un temps record quatre autres buts. Jacky, furieux, écarlate comme un coq, s'en prit à moi. Comme je ne réagissais guère à ses insultes, il vida sa rage en bottant dans mon ballon. Nous vîmes avec curiosité le ballon s'envoler vers les nues. J'appréciai sa trajectoire, livré à un détachement qui me surprit. Il dépassa le premier étage des immeubles, le deuxième, effleura la balustrade des balcons du troisième, puis entama sa descente. Une saute de vent parut dévier sa course. Un palmier le reçut, amortit son élan d'un battement élastique, et le déposa à quatre mètres du sol, sur les fils électriques où il se mit à rouler et tanguer comme sur ces ponts de lianes qui se balancent au-dessus des précipices. Nous fûmes obligés de l'abattre à jets de cailloux. Les hirondelles effarouchées nous gratifièrent d'un concert qui, à lui seul, aurait suffi à alerter Foxie et tous les agents de son commissariat. Mais la chance nous accompagnait. Nul ne vint nous déranger.

Nous nous regroupâmes au pied de l'arbre pour un bilan de la journée. Nous avions perdu sept à un. Le conseil des anciens, présidé par Jacky, survola l'histoire mondiale du football. Des archives que nos cervelles retenaient mieux que les formules mathématiques, fut exhumé le match d'un club brésilien de seconde division. Battus à plate couture l'année précédente, les joueurs s'étaient vengés au tour suivant. Notre gloire couturée de cicatrices n'avait pas besoin de baume plus puissant. Chacun regagna ses pénates, le front serein et le cœur libéré. Sauf moi que le secret alourdissait.

Dans mon immeuble, je m'arrêtai au premier étage. Je ne pus m'empêcher de coller l'oreille à la porte des Garrito. Entendis-je Angeline fredonner ? Ma gorge s'assécha. Mes doigts se haussèrent jusqu'au bouton de sonnette... Mais du bruit retentit dans l'escalier. Quelqu'un montait. Je n'eus pas le courage de rester. Je courus me cacher.

*

Dans quelles transes je passai la nuit !

Je rêvai de fuites langoureuses et d'inavouables étreintes. Un répit, je plongeais dans un jardin, un parc boisé, le rire frais d'un jet d'eau. Une fontaine gazouillait sous les ombrages et Angeline me capturait de nouveau. Ses chairs palpitantes m'engloutissaient. Leurs secousses m'égaraient. Je défaillais. Je roulais dans mes draps en suppliant. Angeline. Angeline... Jamais prénom de femme ne fut autant murmuré, jamais sur autant de registres nouveaux. Les syllabes vibraient le long de mes os. Leur musique me coulait au fond du corps, comme un miel d'une rare suavité.

Je me réveillai soudain. Une main me secouait. Entre mes paupières que la volupté du rêve embrumait, je vis ma mère. En chemise de nuit, l'air effrayé.

« Tu criais. Tu grinçais des dents... »

Mon père apparut derrière elle.

« Tu miaulais plutôt. J'ai cru qu'une portée de chats affamés patrouillait dans la cuisine. »

Je craignis un instant qu'il ne sût. Son œil malicieux parut abriter des arrière-pensées identiques aux miennes. Mais non. Mes appels lui étaient restés inintelligibles.

Après qui donc miaulais-je ainsi ? s'inquiéta ma mère. Je feignis d'avoir oublié. Elle jugea mon teint fiévreux, se souvint aussitôt qu'une épidémie d'angine dévastait l'immeuble voisin. Elle me toucha les joues, me tâta les ganglions du cou, parut rassurée. Puis elle s'intéressa au désordre de mon lit.

« Tu as besoin d'autant de coussins ? »

J'écartai avec précaution le traversin que je serrais entre mes cuisses. Sa mine suspicieuse me fit rougir. Son ton exigeait une réponse que mon esprit obscurci m'interdisait. Mon père la lui donna, adaptant à la circonstance un de ses improbables souvenirs.

« Quand j'avais son âge, je faisais toujours le même cauchemar. Et je me retrouvais toujours à me battre avec mes oreillers... »

Il ajouta : « C'est le genre de lutte où on perd rarement. » Cela ne signifiait pas grand-chose. Mais cette sorte de sentences à l'emporte-pièce avait la propriété d'étourdir ma mère.

Elle accepta donc de le croire sur parole. Ils retournèrent se coucher.

Je ne retrouvai plus le sommeil. Je m'agitai. J'étais le lieu d'une cacophonie. « J'ai mal », geignait Angeline. Et me harcelaient dans le désordre ses gémissements, sa respiration, son rire. « Oh, oh, si vite!... un vrai satellite, ma parole. »

Je m'attachai à ces mots. J'y devinai une clef cachée. Leur sens ne cessait de fluctuer. Il semblait se préciser, mais s'opacifiait à l'instant de m'éclairer, comme pour me préserver d'une vérité qui m'eût déchiré. J'en oubliai le ton espiègle qui les avait accompagnés. Et la phrase palpitait en moi comme une frayeur indécise...

Quel imbécile j'avais été! Ce moment que tous attendaient et redoutaient à la fois, ce passage sur lequel de plus âgés, de plus expérimentés que moi butaient, voilà qu'il m'avait été accordé. Nous l'imaginions comme un bouleversement, un cataclysme, une révélation, une renaissance. Le mystère des mondes nous deviendrait transparent. Nous déploierions nos ailes dorées de papillon pour fuser, ivres de lumière, loin de la misérable chrysalide qui nous entravait... Et moi qui venais d'avoir la chance de dépasser ce cap, et par quel singulier détour, je ne pouvais même pas définir sa nature. Je l'avais franchi dans le brouillard, sans transition, sans préparation, presque sans m'en rendre compte. Je n'avais pas su en profiter. Je l'avais bâclé. Je l'avais gâché. « Oh, oh, si vite... » Trop vite! Voilà l'explication. Voilà pourquoi il ne m'en restait que des bribes. Voilà pourquoi je n'en étais pas transfiguré. Voilà pourquoi je ne ressentais aucune émotion sublime. Une secousse, rien de plus. Une insolation, avait cru Jacky Cassuto. Il ne s'était pas tellement trompé... Le regret m'étouffait. Un cadeau inestimable m'avait été dérobé.

Je ne pus tenir au lit davantage. Des bouffées de chaleur m'asphyxiaient. Je sortis respirer sur le balcon. Cela ne me soulagea guère. Tout me renvoyait au logement des Garrito. Le chant des cigales se mit à ressembler au halètement d'Angeline. L'odeur nocturne de sève qui montait des jardins me rappela la goutte de sperme qu'elle m'avait aplatie sur le nez. J'étais en feu. J'étais fou. J'attendis, épuisé, accroché à la balustrade, scrutant le ciel où les étoiles tournoyaient. Qu'espérais-je ? Aucun prodige n'illustrerait cette nuit. Nulle galaxie n'allait s'éteindre. Nulle constellation nouvelle ne naîtrait. Pourtant, au bout d'un moment, les étoiles s'immobilisèrent deux à deux. Des paires d'yeux célestes choisirent de me fixer par centaines. Et j'entendis, je le jure, j'entendis un cheval. J'entendis galoper et hennir un étalon sauvage...

*

La lumière du jour m'apaisa enfin. Ma mère s'étonna de me voir si matinal.

« Tu vas au lycée, aujourd'hui ? »

Nous venions de passer la mi-juin. Les contrôles du troisième trimestre étaient terminés. Notre présence en classe n'était plus nécessaire. Les professeurs nous encourageaient à demi-mot à fuir leurs cours. La liberté qu'ils nous accordaient, ils la récupéraient au centuple. Ils venaient constater

31

l'absence de leurs élèves, renvoyaient les deux ou trois bûcheurs sans malice qui faisaient exception à la règle, et allaient se peler la peau au soleil des piscines ou des plages.

Nous les imitions rarement. Le plus souvent, ce temps libre nous servait à dormir jusqu'à midi, à rêvasser et à parfaire notre entraînement de foot-balleurs sous l'ombre bienfaisante des palmiers de l'avenue.

Mais, pour l'heure, une seule préoccupation me tenaillait : retrouver Angeline.

Je guettai donc le départ de la famille Garrito.

Hubert et sa mère descendirent les premiers. Dans l'escalier, Mme Garrito feignit de ne pas me voir. Elle affichait déjà la mine prétentieuse que les clients de sa banque lui reprochaient.

Hubert portait son vélo d'une main tendue, de la même façon qu'il brandissait un haltère. Ce vélo, il y tenait comme à la prunelle de ses yeux. Il ne le parquait pas dans le cagibi du rez-de-chaussée qui était prévu à cet usage. Chaque soir, il le remontait chez lui pour le briquer et le suspendait au plafond de sa chambre. Les mauvaises langues prétendaient qu'il dormait avec. Dès qu'il m'aperçut, il le souleva plus haut pour bien indiquer qu'aucun poids ne pouvait lui faire plier le bras et me lança son rire de stentor :

« Salut, morpion ! Alors, tu t'accroches aujourd'hui ? »

S'il savait à qui je comptais m'accrocher...

J'attendis. Dans quelques instants, son père abandonnerait lui aussi la place, je le savais. Les habitudes de M. Garrito, comme celles de tout un chacun, étaient répertoriées. Il apparaîtrait en se roulant une cigarette. Il descendrait l'avenue de son pas déhanché de blessé de guerre. Il alternerait boitillements et pauses jusqu'au Café des Amis. Là, dans l'arrière-salle, il jouerait à la belote en abattant ses atouts à grands claquements de la chevalière qu'il portait au petit doigt.

Je patientai en vain. Garrito ne se montra pas. Au bout d'un moment, je n'y tins plus. J'allai gratter à sa porte. Avec un peu de chance... me disais-je. J'avais de la chance. Angeline m'ouvrit. De me voir, le rouge lui monta aux joues.

« Qu'est-ce que tu veux ? »

Son chuchotement agressif me prit de court. Je cherchai une réponse. Mais un sourire niais encombrait mes lèvres. Je songeai à le masquer. Angeline me ferma la porte au nez.

Je m'assis dans l'escalier. J'essayai de réfléchir. Pourquoi ce revirement ? Quelle erreur avais-je commise ?... Aurais-je dû attendre le départ de Garrito ? Mon instinct me soufflait que l'accueil d'Angeline n'aurait pas été différent. Alors, quelle mouche l'avait piquée ?... Il me fallait en avoir le cœur net. Je rassemblai mon courage et sonnai. Un timbre frêle retentit dans le logement. Aussitôt remplacé par la voix râpeuse du père Garrito. « Angeline ! La porte ! » Angeline fit la sourde oreille. Il renouvela plusieurs fois son appel. Puis, je l'entendis pousser un juron. Et son pas inégal pesa sur le carrelage.

Lorsqu'il me découvrit, je lui servis une excuse imparable. Un mouchoir mis à sécher à notre

33

fenêtre s'était décroché et avait atterri sur son balcon. La chose s'était déjà produite. Garrito n'avait aucune raison de se méfier. Il m'autorisa à pénétrer chez lui. Vingt secondes plus tard, Angeline me rejoignait sur le balcon.

« Un mouchoir, hein... »

Elle avait l'air sceptique et furieuse. Elle m'en voulait, c'était évident. Mais de quoi ? Nous échangeâmes quelques répliques rapides à mi-voix. Son corsage tremblotait à trois centimètres de mes yeux. La petite croix en or de son collier reposait dans le creux soyeux de ses seins. Je n'avais qu'une envie : plonger dedans comme la veille, avec la ferme intention de ne rien perdre cette fois des sensations que j'éprouverais. Angeline me ramena à la réalité.

« Va-t'en ! Faut plus que tu reviennes ici !

— Mais pourquoi ? Parce que je suis un... satellite ? »

Elle sursauta, « Mon Dieu, qu'est-ce qu'il dit ? Mon Dieu, qu'est-ce qu'il raconte ? », les yeux au ciel comme pour le prendre à témoin de ces absurdités. Puis brusquement :

« Allez, file. Je ne veux plus t'entendre. »

J'insistai. Était-ce donc si grave que ça d'être un satellite ? Ma question la décontenança. Son ton s'adoucit.

« Que non, imbécile ! C'est ni bien ni mal. C'est rapide. Une étoile filante, quoi. On n'a même pas le temps de faire un vœu... »

Satellite, étoile filante, vœu. Je m'empressai d'avaler avec délice ce jargon codé. Mon premier idiome d'amour. Pour l'apprendre, j'étais prêt à demeurer le restant de mon existence sur ce balcon rétréci par un invraisemblable matériel d'haltérophilie, à rechercher un mouchoir inexistant. Mais Angeline me secoua.

« Décampe maintenant! Tu vois les bêtises que tu me fais dire! »

Du fond du logement, la voix du père Garrito nous interrompit. Il voulait savoir si j'avais retrouvé le mouchoir. Angeline lui cria oui, oui, oui, ça y était. Elle se précipita sur la commode, rafla du linge dans un tiroir, m'en bourra le poing et me poussa vers la sortie.

Garrito était assis à la table de la salle à manger, sa jambe raide jetée de côté. Il avait de petites lunettes sur le front, une grosse loupe à la main, et d'épais albums de timbres étalés devant lui. Il m'apostropha :

« Approche un peu par ici. »

Il me montra avec fierté sa collection. Elle datait d'avant la guerre. Il y en avait selon lui pour une fortune. Un triangle rosâtre, représentant une reine du Surinam, valait à lui seul près d'un million. « Je me suis battu au couteau pour l'avoir, jura-t-il. Sens, sens-moi cette merveille. » Il me l'agita sous le nez avec une pince à épiler. « Ça sent encore l'essence, n'est-ce pas? » Il me raconta l'avoir arraché à un Allemand qui avait reçu l'ordre de brûler le courrier. Garrito avait éventré le pyromane d'un coup de baïonnette, sauvé la fameuse enveloppe qui contenait son trésor et reçu une médaille. Je décidai de le croire sur parole.

Soudain, il changea de ton.

« Mais dis-moi, tu ne cherchais pas un mouchoir ? »

Il regardait ma main. Je m'aperçus qu'en guise de mouchoir, je serrais une chaussette. Dans sa précipitation, Angeline s'était trompée.

Je feignis l'étonnement. Un mouchoir ? Non, non, c'est bien ça, lui assurai-je. Une chaussette. Celle de mon père.

Il me dévisagea avec une lenteur pleine de menaces, puis examina la chaussette à la loupe.

« Marrant... J'ai la même. Exactement la même. Et reprisée au même endroit. Qu'est-ce que t'en dis, Angeline ? »

En définitive, sa voix ne contenait aucun soupçon. Ce qu'il prenait pour une coïncidence l'amusait. Et je ne me souviens pas de la réponse d'Angeline.

Je me souviens en revanche de notre jeu silencieux sur le palier à qui garderait la chaussette. Du frôlement de nos corps qui ne bataillaient pas vraiment. De la tiédeur de son haleine sur mon visage. De sa main suspendue contre mes cheveux qu'elle prenait soin de ne pas toucher.

Je me souviens surtout du coup d'œil qu'elle m'adressa alors que je partais. En empruntant l'escalier, je me rendis compte qu'elle n'avait pas tout à fait refermé la porte. Je me retournai. Ses yeux de chatte scintillaient dans l'entrebâillement. Elle m'enveloppait d'un regard attentif, plus qu'attentif, anxieux, d'une étrange précision et pourtant égaré. Un regard qui luttait mais sans illusion, pareil à un écho qui traîne et résiste à la distance qui l'aspire. Une caresse impossible à retenir et cependant retenue.

Je me souviens d'avoir salué Angeline en agitant cette chaussette que j'emportais comme un trophée. Et d'être ensuite descendu vers la rue, d'abord en courant, en fouettant la rampe d'escalier avec la chaussette, puis soudain marche après marche, le plus lentement possible, cueilli à retardement par le poids de ce dernier regard.

*

Se peut-il que j'aie oublié la couleur de la chaussette du père Garrito ? Celle que ma mémoire s'obstine à me restituer m'apparaît lie-de-vin. Un coloris assez terne qui correspond bien à la garde-robe discrète des pater familias italiens d'alors. Pourtant, longtemps cette chaussette a flotté dans la lumière de mes souvenirs comme une oriflamme phosphorescente.

J'avais décidé de ne plus m'en séparer. Elle était chargée d'un sens que seuls Angeline et moi pouvions décrypter. Notre histoire aurait sûrement gagné à un symbole ayant plus de grâce, mais je ne devais pas mériter mieux.

Je traînai donc cette chaussette partout où j'allai. De tout le fourbi qui emplissait mes poches, c'était elle que je transvasais en premier lorsque je changeais de pantalon. Parfois, je me voyais faire. Je jetais cette vulgaire boule de tissu avec un haussement d'épaules. Je la ramassais aussitôt. Je la gardais dans le creux de mes mains. Il me semblait tenir un oiseau captif, un cœur duveteux, qui battait, qui se retenait de battre, attendant une trouée entre deux doigts pour s'échapper.

Je l'employai surtout au début à communiquer de loin avec Angeline. Lorsque celle-ci descendait dans la rue, en course ou en promenade, je me retenais de la rejoindre. Mes compagnons de jeu auraient gâché notre secret par leurs plaisanteries. De toute façon, me serais-je approché d'Angeline devant témoins, elle m'aurait évité. Nos rapports avaient perdu l'innocence qu'ils avaient auparavant. Un mot, un geste trop rapides nous auraient trahis et provoqué la stupeur, le scandale. Nous ne disposions pas encore du masque d'impassibilité que nous apprîmes plus tard à nous imposer en public. La chaussette du père Garrito fut le premier de nos signaux. Je faisais mine d'essuyer mon front humide de footballeur avec cette chaussette. Et une fossette creusait la joue d'Angeline. A défaut de nos corps, nos pensées se touchaient.

Un après-midi, Angeline feignit l'indifférence. Je me souviens combien alors son sourire me manqua. J'aurais fait n'importe quoi pour ranimer notre complicité. J'élargis l'embouchure de la chaussette et m'en coiffai jusqu'aux oreilles.

La partie de football venait de commencer. Les joueurs me prirent pour un fou. Mais l'avant-centre adverse qui se préparait à marquer en oublia d'ajuster son tir. Jacky Cassuto, notre fulgurant capitaine, s'illumina. Il vit tout le bénéfice qu'il fallait tirer de mon initiative. Il lança le bruit que cette coiffure décuplait mes talents. Si bien que je me sentis obligé de l'arborer lors des matchs suivants.

Mes parents furent alertés par une voisine doucement perfide.

« J'ai vu votre fils aîné avec une chaussette sur la
tête. »

Je leur racontai une moitié de vérité. Chaque
gardien de but avait son talisman : l'un portait des
gants de ménage, l'autre des genouillères taillées
dans un pneu, moi c'était la chaussette.

Ma mère s'épouvanta. Elle qui espérait que, passé
la date de ma bar-mitsva, l'esprit de sérieux m'illu-
minerait enfin !

Mon père écouta avec bienveillance mes explications. Jusqu'au moment où je lui montrai la chaussette avachie et rapiécée qui me servait de bonnet.

Lui qui, hiver comme été, affectionnait des socquettes en pur fil d'Écosse dont le choix nécessitait
des heures de méditation, il considéra mon engoue-
ment comme une insulte à son hérédité.

Me proposa-t-il aussitôt d'utiliser une des
siennes ? Me confisqua-t-il la chaussette du père
Garrito ?... Je ne sais plus. Pas plus que je ne me
rappelle quand celle-ci redevint une banale pièce
d'étoffe sans intérêt pour moi.

J'aimerais conter qu'elle me fut arrachée et
détruite par une nuée d'adversaires jaloux de mes
exploits de gardien de but. Mais la vérité m'oblige à
un aveu pénible. Ces journées un peu trop chaudes
de juin marquèrent la ruine de mes espoirs de
footballeur. Je n'avais pas perdu le feu sacré, il me
brûlait et me brûle toujours. Seulement, l'ambiance
du jeu me renvoyait très vite à un bourdonnement,
une torpeur de fin de sieste et au logement mal aéré

des Garrito où m'attendait Angeline. Seule, l'extrême indulgence de mes partenaires m'empêcha d'être radié de l'équipe. A chaque but encaissé, Jacky me menaça du poing, jura de m'expédier définitivement sur le banc de touche ou de me confier le seau et l'éponge des soigneurs. Mais il remit sans cesse sa décision. Et je contribuai à la chute irrémédiable de cette équipe qui, sans moi, eût sans nul doute rencontré la gloire et les enivrantes clameurs des stades internationaux.

Aujourd'hui encore, spectateur assidu et partisan m'égosillant sur les gradins ou devant mon poste de télévision, vient toujours au plus fort des matchs un moment où une langueur me prend. Un besoin de respirer différemment. Mon regard se brouille, mes pensées s'absentent. Je me mets à courir avec une lenteur aérienne. Je m'envole à travers l'espace et le temps pour répondre à l'appel d'Angeline. Et avec cette même lenteur vaporeuse qui n'appartient qu'au rêve, je rejoins Angeline-la-Grosse afin qu'elle inscrive dans ma chair, dans mon âme, mes premières voluptés d'homme.

La terrasse

Enfant, je cultivais un penchant qui m'occasionna bien des rêveries. Je n'admettais des mots que leur sens concret. Quelqu'un parlait-il de « sous-entendus », j'imaginais des pièces de monnaie remuant dans une poche et dont on percevait le tintement.

Sur ce plan, je n'avais guère grandi. Angeline m'avait traité de satellite, je pris l'expression au pied de la lettre. Je devins son satellite. Je me mis en orbite autour d'elle.

Au vrai, ma volonté compta pour peu. Je ne pouvais pas agir autrement. Une force d'attraction me liait à elle avec une violence que je n'avais jamais supportée. Je l'épiais sans relâche. Je guettais ses apparitions. A l'idée de la voir, mes pensées luisaient de convoitise. La nuit, je l'effleurais dans la fumée tremblante de mes songes. Au matin, je me réveillais sous un coup de fouet. Une image, un son me cinglaient et fuyaient aussitôt. Je me dressai, la conscience en alerte, l'oreille tendue. Avais-je réellement perçu, à travers murs, planchers, meubles et cloisons, Angeline chanter dans le logement des Garrito?...

Je ne me reconnaissais plus. Cette excitation! Cette euphorie qui me lançait debout, hors du lit, aux premières explosions de l'aube! Où était la prédilection de mon corps pour la tiédeur matinale des draps? Et mon goût pour cet instant du réveil où la lucidité, colorée de sommeil, m'a toujours paru ressembler à l'envoûtement que procure une lecture tardive? Moi qui d'habitude me complaisais à étirer ces minutes jusqu'au délire. Au point que certains matins de lycée, mon père, furieux de m'appeler en vain et voyant l'heure filer, venait appuyer sur mon visage une éponge trempée d'eau glacée...

J'ai l'impression que l'essentiel de mes journées se passait à tenter de croiser Angeline. Je la poursuivais. Je la harcelais. Je vivais dans l'escalier. Balayait-elle le seuil de sa porte? J'étais là. Secouait-elle un chiffon par la fenêtre? Son œil trouvait le mien qui volait à lui. Je croyais lire dans son regard un appel muet. Je quittais la rue et mes camarades sous n'importe quel prétexte. Je revenais rôder à l'étage, le cœur fou. Sonner? Surtout pas. Je n'étais qu'un satellite. Je gravitais de mon mieux autour d'une planète qui m'imposait ses rythmes. Les initiatives lui revenaient. Elle choisirait son heure. Mon rôlc ne devait se borner qu'à attendre et espérer. Mais je n'arrivais jamais à m'y tenir. L'impatience me débordait.

Je provoquais une nouvelle rencontre. J'allais chercher mon ballon. Je le lâchais dans l'escalier jusqu'à ce qu'il heurte de nouveau la porte des Garrito. Quoi que l'on prétende, l'Histoire ne se répète guère. Jamais la magie du premier jour ne fonctionna de nouveau.

En me découvrant, Angeline s'agaçait :

« Je ne vais quand même pas t'avoir tout le temps dans les jambes ! »

Je riais.

« Et entre tes jambes ? »

Elle rougissait, suffoquée par mon audace. Elle m'enjoignait de me taire. Tais-toi, fou ! On peut nous voir. Mais d'un ton où je croyais deviner un intérêt qui me poussait à d'autres folies.

Je la suivais sur la terrasse de l'immeuble. Elle y montait le linge sale des Garrito, dans un panier si large qu'il passait tout juste l'escalier. Derrière elle, plus bas de quelques marches, j'entendais son souffle s'enrouer sous l'effort. J'observais le sillon de ses fesses ballottant sous sa robe. Je voyais ses mollets nus frotter l'un contre l'autre. Ses talons glissaient hors de ses espadrilles. Parfois, elle en perdait une que je m'empressais de ramasser. Le faisait-elle exprès ? A présent, cela me semble peu probable ; je la revois tout entière employée à hisser son encombrant fardeau. Mais sur l'instant j'en étais sûr. J'avais l'illusion que chacune de ses actions m'était destinée. Bougeait-elle, c'était dans ma direction. Chantait-elle, ce ne pouvait être qu'à mon intention. Et j'essayai de saisir le sens de son mouvement ou les paroles qu'elle mâchonnait, afin de comprendre son message.

Nous plissions les yeux en atteignant le dernier

étage. La lumière blonde se déversait à flots par une porte qui béait en permanence. Lorsqu'elle battait, les gonds disjoints jetaient un cri d'hirondelle effrayée. La peinture écaillée laissait apercevoir des couches successives allant du vert au brun. La serrure avait été forcée l'hiver précédent par un voleur de draps. On ne s'était pas pressé de la remettre en état. Pour appréhender le coupable, il fallait bien lui permettre de revenir sur les lieux de son crime. Mais les mois passaient, et le voleur sévissait toujours dans une totale impunité.

La terrasse était le domaine exclusif des femmes de l'immeuble. Ici, les hommes étaient bannis, les enfants tolérés. Une ligne d'ombre la partageait en deux, une frontière entre soir et matin. Dans la zone moins éclairée, des buanderies s'accumulaient les unes aux autres, borgnes et couvertes comme les échoppes d'un souk. L'ère des machines à laver n'en était alors qu'à ses balbutiements. Le linge se blanchissait encore à l'ancienne : à la main dans des baquets en métal où on le chauffait à gros bouillons. Les femmes brassaient les draps avec de grands éclaboussements. La chaleur leur fardait le visage, les déshabillait à moitié, débraillait leurs corps et leurs esprits. Elles se moquaient alors des hommes avec une crudité qui aurait à coup sûr asphyxié leurs paons de maris.

Gamin, tout juste détaché des jupes de ma mère, j'aimais m'attarder là. J'aimais surprendre les lingères comploter. J'aimais entendre rouler une plaisanterie que je ne saisissais qu'à peine. Je leur volais trois pinces à linge pour en faire un pistolet.

44

J'échangeais des coups de feu avec les autres garçons de mon âge qui me tiraient dessus. Je me
perdais dans la pénombre entre les buanderies
comme dans les ruelles du marché arabe où
j'accompagnais parfois mon père. Les femmes ne
me prêtaient aucune attention. Elles renversaient
leurs cuves pour les vider. L'eau sale, mousseuse,
rebondissait sur le ciment nu, tourbillonnait autour
des bondes qui l'évacuaient. Le mélange des sueurs,
des crasses, des lessives, l'odeur musquée des peaux
et des tissus en ébullition me pénétraient, douceâtres, lourds, fermentés, intimes. Un trouble, une
effervescence me poussaient à courir vers la portion
de terrasse écrasée de soleil. Là, le linge séchait, sur
des fils de fer. Je précipitais mon visage contre des
pans de draps frais, raides, si blancs qu'ils en devenaient bleus. Ils sentaient le mouillé, le savon, le lit
propre. Ils sentaient la paix. Ils sentaient l'éternité.

Je ne bougeais plus. Je m'asseyais par terre dans
un coin. Je regardais tourner le soleil. L'ombre
avançait lentement sa lisière vers le bord de
l'immeuble. Le bourdonnement du silence finissait
par m'assourdir. Les bruits dans la rue qui rebondissaient jusqu'à moi, aigus comme des éclats de
lumière sur un miroir, prenaient alors la consistance de lueurs jouant dans de l'eau.

Je ne me hâtais pas de repartir. D'ailleurs, personne ne se hâtait. A cette époque, il était permis
aux heures de s'allonger sans honte. Le temps
durait longtemps.

*

Angeline semblait toujours parvenir à la terrasse au bout de ses forces. Elle lâchait son panier d'un coup, avec un hoquet pour reprendre sa respiration. En heurtant le sol, l'osier couinait. Angeline me foudroyait du regard, comme si j'avais été responsable de son épuisement.

« Qu'est-ce que tu fais encore ici ? Va jouer avec tes copains ! Au lieu de me bourdonner dessus comme une mouche autour d'une vache ! »

Je lui rendais son espadrille.

« Allons, je ne suis pas si petit que ça. Et toi, tu n'es pas si grosse.

— Oh, je sais bien comment ils m'appellent, va ! »

Elle se rechaussait, puis elle reprenait sa charge comme si je n'avais pas existé.

Tandis qu'elle allait s'installer, je me promenais sur la terrasse. Je vérifiais que nous étions seuls.

J'ignore pourquoi l'ambiance de fête païenne qui y régnait lors de mes jeunes années a cessé un jour.

Les mâles jaloux de cette cité de femmes au-dessus de leurs têtes se sont-ils arrangés pour en saper les fondements ?

Il me revient le souvenir d'une comptabilité sordide au sujet de partage du territoire, de jalousies à propos de cordes à linge en plastique qui « rouillaient moins que les fils de fer ».

Mon enfance est peuplée d'abracadabrantes histoires de voisinage mal vécu. Les familles étaient promptes à se chamailler. La moindre querelle prenait des proportions épiques. Un ciel parfaitement serein, et soudain, la foudre, l'orage, la tempête. Les témoins impartiaux, dont on sollicitait

46

l'arbitrage, s'appropriaient le conflit et se fâchaient plus fort que les parties. Allumer la discorde était un sport assez répandu, l'entretenir était un art où chacun se devait d'exceller. Et une broutille qui en temps normal aurait tenu l'espace d'une phrase incendiait pour plusieurs semaines tout un pâté d'immeubles.

L'entente s'épuisa donc. Et avec elle, l'animation qui me plaisait tant. Les lingères n'envahirent plus en groupe la terrasse. Elles s'y relayaient, s'y rencontraient parfois à deux ou trois, jamais davantage. Le périmètre des buanderies se mit à ressembler à une ville fantôme. Un labyrinthe à l'abandon dans lequel je m'orientais non sans difficulté.

Rien à mes yeux ne différenciait les buanderies. Des cubes en plâtre et ciment, fabriqués comme au moule. Même trou carré à barreaux, en guise de fenêtre. Mêmes planches mal ajustées et cadenassées pour la porte. Et même couleur verdâtre, de ce vert un peu moisi, un peu humide, ce vert marbré de savon de Marseille qui vient de servir. Mon seul point de repère était leur contenu : un bric-à-brac de cuves, de bassines, de vieilles casseroles et d'objets au rebut.

Celle des Garrito abritait aussi un pauvre sac de sable défoncé. Il avait dû faire partie de la panoplie de sportif de Hubert. Un accroc dans le cuir avait provoqué sa déchéance et m'emplissait de considération pour la puissance des coups de l'haltérophile.

Pour mieux examiner cette déchirure, je me glissais parfois derrière Angeline.

Elle se crispait aussitôt.

« Tu es fou, sors d'ici! Si quelqu'un vient... »

Ah! ce cou, ce visage, tendus pour chuchoter. Angeline en acquérait une acuité, une étrange beauté. Sa crainte d'être surprise par un tiers donnait à nos entrevues une aura de danger qui ajoutait à mon excitation.

Ce frémissement d'incertitude, de clandestinité menacée, qui parait nos rapports, il me semble l'avoir tout le temps recherché depuis auprès de mes compagnes, fût-ce celles d'une unique nuit. Peut-être, au fond, n'ai-je succombé qu'aux seules qui pouvaient m'offrir de revivre ces sensations?

Je lui disais : « Tu vois bien qu'il n'y a personne. » Je lui disais : « T'en fais pas. Nous sommes seuls. » Mais sans conviction. Tant j'avais le sentiment que courir ce risque ne déplaisait pas à Angeline. Le goût épicé de l'aventure mouillait ses lèvres et ses narines. Et mon corps tremblait avec le sien. On eût dit qu'une partie de moi, avide d'émotions fortes, guettait la minute fatale où quelqu'un nous prendrait sur le fait.

*

Cette minute nous était promise. Elle vint.

Un jour qu'Angeline m'éclaboussait joyeusement de mousse pour me faire déguerpir de la buanderie, une voix de femme nous pétrifia.

« Angeline? C'est toi, Angeline? »

Un visage apparut entre les barreaux de la fenêtre. Je le sentis plutôt que je ne le vis. Car Angeline m'avait aplati contre le sac de sable. Mais la voix m'était familière.

Il s'agissait de Mme Ajusse, notre voisine du rez-de-chaussée.

« J'ai cru t'entendre parler. Tu parles toute seule, à présent ? »

Angeline émit un rire contraint.

« Eh oui... Je me tiens compagnie. »

Je me privai de respirer. Angeline faisait de son mieux pour me cacher. Mine de rien, elle avait rabattu la porte d'un coup de fesse. Et tout en se remettant à laver, elle déployait sa masse de façon à paraître occuper tout l'espace de la cabine. Accroupi à ses pieds, j'essayai de me confondre avec le mur. J'imaginais Mme Ajusse en train de plisser les yeux pour essayer de m'apercevoir dans la pénombre.

Je mis un moment pour réaliser qu'elle ne me verrait pas. Le contre-jour l'aveuglait. Et aussi son besoin de bavarder.

Mme Ajusse avait épousé sur le tard son patron, un homme en âge d'être son grand-père. Un juge d'instruction à la retraite que la rumeur prétendait increvable. Même sous la pluie et le vent, il sortait en blazer à écusson et lunettes de soleil. Il tenait sa démarche cassée, sautillante, d'avoir joué au tennis avec Jean Borotra. « Le fameux quatrième mousquetaire », « le Basque bondissant », rappelait-il pour la millième fois à ses interlocuteurs épuisés. La nuit, les erreurs judiciaires qu'on lui prêtait à foison l'empêchaient de trouver le sommeil. Dès qu'il fermait l'œil, ses victimes revenaient par troupeaux plaider leur cause. Son insomnie avait fini par contaminer son ancienne secrétaire. Et certaines nuits de chaleur, on pouvait apercevoir dans leur jardin le bout rougeoyant de leurs cigarettes qui semblaient s'éviter...

De son métier, Mme Ajusse avait gardé une tendance chicanière. Elle passait pour avoir la langue la plus acide de l'immeuble. Elle faisait le procès de tout le monde, et tranchait souvent sur le même soupir : « Quelle gabegie ! » qu'elle savait agrémenter de grimaces douloureuses.

Cet été-là, elle portait le deuil de son chien Pantoufle. Un caniche furieux qui s'égosillait au passage de la moindre mouche. Pantoufle venait de lancer son dernier hurlement, en pleine fleur de l'âge. Crise cardiaque, avait diagnostiqué un vétérinaire. Empoisonné ! jurait Mme Ajusse. Par qui ? Suivez son regard. L'arrière de son jardin jouxtait celui de Si-Moktar, le champion d'échecs. Et il était de notoriété publique que les aboiements de Pantoufle dérangeaient la méditation du grand homme. Attention, Mme Ajusse n'accusait pas Si-Moktar. Si-Moktar ne se serait jamais abaissé à un tel crime. Mais son fils, Samir, « un vaurien qui traînait dans les cafés »...

« Pauvre Si-Moktar... Lui, si bien de sa personne. Si distingué. Presque un Européen... Un tel fils ! On peut dire que cette fois, la pomme est tombée loin du pommier... »

Ce discours, je l'avais déjà entendu. Mme Ajusse l'avait, entre deux portes, exposé à ma mère. Elle l'imposait au mot près à toute oreille disponible.

J'ignorais alors combien Si-Moktar et son fils allaient plus tard m'importer. Et je ne me préoccupais que de passer inaperçu. Davantage que le sens de ses paroles, je surveillais donc les intonations de sa voix qui, seules, m'auraient indiqué si elle m'avait découvert.

Je me fiais aussi aux réactions d'Angeline. Elles me rassuraient. Angeline s'était remise à sa lessive. J'entendais le clapotis du linge qu'elle roulait dans l'eau. J'entendais ses réponses aux propos de Mme Ajusse. Son naturel me stupéfiait. Elle ne se contentait pas d'acquiescer. Elle participait à la conversation, elle la relançait même par une question, un étonnement. C'était peut-être la seule façon de ne pas éveiller les soupçons de Mme Ajusse. Mais confusément une idée me gagna : Angeline prenait du plaisir à la situation.

Sa jambe était appuyée contre mon épaule. Ce que j'attribuais à l'exiguïté de la cabine me parut soudain l'effet de sa volonté. Du bout de l'index, je lui effleurai la cheville. Angeline se déplaça un peu, eut une sorte de piétinement. Puis son mollet revint se coller à moi. Cette pression m'enchanta. C'était un clin d'œil dans le noir. Une furtive connivence. Un nectar de sensualité.

Je recommençai. Angeline remua, m'adressa un semblant de ruade. De l'eau gicla du baquet, m'inonda la nuque. Je retins un piaillement. Angeline pouffa, comme à un mot de Mme Ajusse. Son rire me chatouilla. Une odeur de lingère échauffée remonta de mon enfance. Ma bouche s'assécha. Mon souffle s'alourdit. Je me mis à respirer par le ventre. La jambe d'Angeline m'appartenait. Je voyais les pores de sa peau, le fin duvet sur l'arrondi

51

du mollet. J'y portai mes lèvres, les yeux fixés sur les fossettes de son genou. Angeline se trémoussa et rit encore. Les propos de Mme Ajusse ne pouvaient pas lui arracher de tels gloussements. J'y vis un encouragement. Je continuai mon exploration. Le bas de sa robe mouillé collait à ses cuisses. La position à quoi elle s'obligeait depuis le début, afin de condamner l'accès à la porte, lui creusait les reins. Je tentai une caresse. Ses hanches eurent un roulis. Ses fesses s'offrirent davantage. Le sillon entre elles sembla aspirer le tissu qui les recouvrait. Ma raison s'égara. Ma main aussi.

Combien de temps cela dura-t-il ? Quelques secondes ? Une minute ? Je n'en ai aucune idée. Je crois bien que je dus perdre la notion des réalités. La chaleur, le manque d'air, la confusion de mes sens pourraient expliquer cette défaillance. Autrement, comment se fait-il que je ne pris pas conscience de la fin de la conversation au-dessus de moi ?

Je ne perçus pas non plus le départ de Mme Ajusse. Je n'étais que plaisirs. Plaisir du jeu. Plaisir du risque. Plaisir de l'indécence. Plaisir de la transgression. Adam lui-même, ses incisives attaquant la pomme, avait dû céder à ce capiteux frisson. Je croyais avoir un avantage sur lui. Je n'enfreignais aucune réglementation divine. Je fus pourtant chassé soudain du Paradis.

Une poigne m'arracha à l'ombre qui me camouflait. Je me sentis hissé par les cheveux et agité de haut en bas. La face d'Angeline s'approcha, recula, s'approcha encore. L'expression de rage qui déformait ses traits m'étonna. Plus encore, l'absence de bruit me parut anormale. Je voyais Angeline parler, je la voyais articuler, mais je n'entendais guère. Un vrai rêve de sourd. Devinai-je enfin une insulte sur ses lèvres ? L'ouïe me fut rendue d'un seul coup. Et je compris.

Angeline m'injuriait sans voix. Elle se retenait de crier pour ne pas alerter Mme Ajusse qui s'était éloignée. Mais son corps entier frémissait des paroles qu'elle ne prononçait pas. Par quelle alchimie notre complicité s'était-elle muée en cette hostilité ?...

Angeline ne m'expliqua rien. Elle me secoua en silence de toute la force de son indignation. Puis elle me jeta hors de la buanderie.

*

Je me redressai en titubant. J'aurais aimé m'éloigner. J'aurais aimé passer de l'ombre au soleil. J'aurais aimé me perdre dans la partie plate de la terrasse où, comme moi, l'air tremblait. Je ne bougeai pas. J'aurais aimé entendre Angeline accourir derrière moi, et me retenir, et me consoler. Mais j'étais en disgrâce et Angeline serrait les dents. J'aurais aimé me taire. Je parlai. Je bredouillai une excuse.

Elle ne l'accepta pas. Son profil, que j'apercevais dans le carré de la fenêtre, s'était durci. Elle respirait avec force, la bouche pincée, les narines bien ouvertes. Elle ne lavait plus le linge, elle le frappait. L'eau lui rebondissait jusqu'aux cheveux. Des gouttelettes fusaient entre les barreaux, m'atteignaient comme des postillons. Je ne savais comment me comporter. Je lui avais prêté une pensée, des désirs identiques aux miens. Lui avouer cette erreur ? Lui jurer l'avoir touchée sans le faire exprès ?

Angeline finit par desserrer les dents. J'entendis fuser des mots comme vicieux, vice, cochon, saletés. Je me défendis mal. Je n'avais qu'un argument. Qui avait commencé ? Qui avait tout commencé ? Qui, la première, m'avait attiré chez les Garrito ? L'avais-je insultée alors ? Au contraire. Je lui en étais reconnaissant. C'était la plus belle heure de ma vie. Mais le monde où elle m'avait introduit m'était inconnu. J'ignorais ses lois et ses nuances, j'étais un satellite, l'oubliait-elle ? J'avais tout à apprendre. N'était-ce pas normal que je commisse des fautes ?...

Curieusement, l'objection émut plus que je ne l'avais prévu. Aussi soudainement qu'elle s'était emportée, Angeline se décomposa. Elle s'exclama d'une voix étranglée :

« Oh, mon Dieu... Je regrette... Oh, comme je regrette... »

Puis une larme jaillit.

« Je regrette. J'étais folle... Tu ne peux pas savoir comme je regrette. J'ai honte.

— Mais pourquoi ? C'était formidable. Ça m'a bien plu.

— Je sais trop que ça t'a plu. Sinon tu n'en redemanderais pas.

— Alors ?

— Tu ne peux pas comprendre, toi. C'est un péché ! Un péché mortel !... »

L'intrusion de la religion me désarçonna un peu.

Mais depuis deux ans au moins, le mot péché ne m'effrayait plus guère. Je demandai :

« C'est très grave ?

— Pour toi, non. Tu es juif, toi. »

Elle avait l'air de sous-entendre que c'était une chance. Je ne comprenais pas pourquoi. Je récitai à tout hasard :

« A tout péché, miséricorde. C'est écrit noir sur blanc dans les Évangiles. »

Elle en ouvrit des yeux ronds.

« Tu as lu les Évangiles ? »

Je toussotai un oui hypocrite. J'aurais inventé n'importe quoi pour la consoler.

Au vrai, je tenais cette parole biblique de la bouche de mon ami Dani Colassanto.

Dani était le fils du chauffeur de l'ambassade d'Italie. Il avait un an de plus que moi. Au football, il avait gagné le respect de tous en inventant le coup dit « de chiqué ». Ce coup ressemblait à ce qu'un journaliste sportif aurait nommé une feinte de frappe. Au lieu d'attaquer la balle par le devant du pied, Dani utilisait son talon, ce qui donnait à ses tirs des angles imprévus.

Ses chaussures ne lui servaient pas uniquement à pousser le ballon. A l'aide d'un minuscule fragment de miroir coincé entre ses lacets, Dani n'avait pas son pareil pour deviner la couleur de la culotte des filles en jupe.

Dani était le seul garçon de ma connaissance à avoir eu certaines tendresses pour une poule blanche. Une vraie, nous jura-t-il, avec des ailes et un croupion ! Et d'une coquetterie !... Je le vois encore nous conter son séjour à la ferme de son oncle. Nous l'écoutions, partagés entre le fou rire et l'incrédulité. Dani arborait une luxuriante chevelure rouge, taillée ras aux tempes et dressée sur le crâne comme une crête de coq. Je peux me tromper mais j'ai toujours soupçonné que cette coiffure a eu son importance dans l'affection qui le lia au gallinacé. Comme souvent les coquettes, la reine de la basse-cour était vénale. Contre une poignée de grains, Dani l'avait entraînée derrière un bosquet et essayé en vain — pour employer son langage — de la « tamponner à la sicilienne ».

Selon lui, il n'existait pas de péché plus mortel. Son âme éternelle méritait d'être hachée menu par une horde de démons fourchus. Mais il en riait. Car le dimanche suivant à l'église, il lui suffirait de communier, « une p'tit' confess', une p'tit' hostie », pour en être débarrassé...

Je ne voyais donc pas pourquoi, munie d'une religion aussi indulgente, Angeline s'inquiétait.

« Suffit de te confesser, non ? »

Elle s'emporta.

« Qu'est-ce que tu en sais ? Tu crois que c'est si facile ! »

Je jugeai plus prudent de battre en retraite.

« Non, mais Dani Colassanto... »

Elle ne me laissa pas le temps d'achever. Dani Colassanto ? Qu'étais-je donc allé raconter à ce rouquin ? Des mensonges, sûrement ! Si jamais un mot à son sujet à elle, Angeline, avait passé mes lèvres, elle me tuerait et se tuerait ensuite ! Et puis d'ailleurs, qu'avais-je pu dire ? Que pouvais-je dire ? Rien !

Rien n'avait jamais existé! Tout n'était que dans ma tête! Et je ferais tout aussi bien de l'oublier! Et d'aller m'amuser ailleurs, au lieu de venir la fatiguer avec ces bêtises!...

Je restai sans voix, ahuri par ces sautes d'humeur successives.

Un peu plus tard, alors qu'elle étendait le linge, elle me fit jurer de garder le secret sur ce qui s'était passé entre nous. Je jurai. Mais elle parut douter de ma sincérité. Ses yeux hésitèrent longtemps. Puis la terreur qui les avait habités un instant plus tôt se dissipa. Sa voix se chargea d'une nuance de tendresse.

Elle dit très bas :

« Tu es mon ami... Mais personne ne doit le savoir. Tu entends? Personne... »

Ses doigts rougis par la lessive me serraient le poignet. Un vent sec s'était levé. Tout près, un drap étendu eut un battement d'aile. Je regardais Angeline. Je regardais cette femme, mon initiatrice, la première à aimanter mes sens. Et je ne comprenais pas par quel mystère un goût étrange, piquant, vert-de-grisé, un goût de vieux cuivre, me tapissait soudain l'arrière-gorge, comme lorsqu'une soif immédiate me poussait malgré moi à téter un robinet de jardin.

Angeline répéta :

« Personne ne doit savoir. Personne, tu as compris?... »

Puis dans un murmure :

« C'est notre alliance. »

Le mot sorti de sa bouche sembla la surprendre

57

autant qu'il me plut. Je promis sur ce que j'avais de plus sacré. Je promis et promis encore.

Dois-je révéler que depuis je n'ai jamais failli à mon serment? Bien des fois cependant, le besoin de m'épancher a ramolli mes lèvres. Mais mes amis les plus chers recueillaient-ils une parcelle de confidence, un ultime sursaut de ma part les déroutait et les obligeait à ranger l'aveu au compte de quelque somptueux délire. Je n'ai jamais failli à mon serment.

Est-ce pour cela qu'aujourd'hui, à rédiger ces pages, ma plume se tarit, et ma nuque s'alourdit comme sous le poids d'un reproche?... Par-delà le temps, Angeline semble vouloir m'aider à tenir ma promesse.

Je lui cède souvent. Souvent, je quitte ma table. Mais j'y reviens, animé par une crainte obscure, plus impérieuse que ma fidélité à la parole donnée. Les années qui passent ont la force des fleuves. Les rochers où s'ancrait ma mémoire s'émoussent et deviennent glissants. Chaque jour qui va, des souvenirs vivants se couchent en moi et meurent. Des lumières que je croyais éternelles s'éloignent et fondent au noir. Des parfums préservés, dont hier encore le grain m'entêtait, me piquent déjà moins. Des flacons colorés se vident, qui ne se rempliront plus. Et bientôt, de ces heures que je veux conserver n'existera plus rien que ces traces éparses que mes efforts mêmes pour les retenir corrompent...

*

Après cette conversation avec Angeline, la notion de péché revint au cœur de mes préoccupations.

58

Je croyais bien pourtant n'avoir plus grand-chose à apprendre sur ce sujet.

A partir de l'âge de dix ans, pour me préparer à la bar-mitsva, j'avais dû fréquenter un jeudi sur deux l'école hébraïque.

Le vieil homme qui dirigeait la classe combattait une toux chronique à grandes gorgées de sirops et potions qui ornaient son haleine d'un curieux relent de vin rouge. On l'affirmait capable d'enseigner l'hébreu à un chameau. Ses élèves tremblaient devant ses colères. Ils s'empressaient d'apprendre ce qu'il leur serinait afin de se soustraire à sa fureur. Ils progressaient donc et renforçaient sa renommée auprès de leurs parents...

Je me souviens surtout de sa façon de nous punir. Périodiquement, il brandissait hors de son tiroir un faisceau de ficelles. Une par élève. A chaque remontrance, il ajoutait un nœud de plus à la ficelle. Au bout d'un certain nombre de nœuds que lui seul décidait, nous avions droit à autant de coups de baguette sur le bout des doigts. On se demandait comment il faisait pour s'y retrouver ; les cordelettes nous semblaient toutes identiques.

Il est probable qu'il ne s'y reconnaissait pas plus que nous. Il choisissait au hasard, et toujours au désavantage de celui qu'il voulait punir... Il exigeait que nous l'appelions « Rabbi ». Mais, je l'appris par la suite, entre un véritable rabbin et lui, il y avait la même différence de science et de sagesse qu'entre un professeur d'université et un pion de préau.

Lorsqu'il lui arrivait de poser son regard sur moi, il me toisait, la mine sévère et soupçonneuse, les pouces crochetés aux entournures de son gilet. J'étais sa bête noire. Il paraissait se demander toujours quelle insanité allait encore sortir de ma bouche. Chaque question que je lui posais, il la considérait comme une injure personnelle et s'empressait de nouer ses ficelles.

Il transforma mon existence en une jungle d'épines meurtrières. « Le satan rit derrière ton oreille ! » me hurlait-il. Je ne pouvais faire un pas sans frôler l'abîme. Ouvrir une porte sans sa permission était un péché. La refermer en la claquant, un autre. Péché aussi de bavarder. Et de se gratter les cheveux. Et de mâcher du chewing-gum...

Un jeudi, avisant ma joue gonflée, il pointa soudain sa règle vers moi.

« Crache ça ! Crache ça immédiatement ! C'est péché de mastiquer le shabbat !

— Mais Rabbi, on est jeudi. »

Il s'énerva de plus belle.

« Alors, je mens ? Tu traites un rabbin de menteur !

— Mais non...

— Sache, petit ignorant, que chaque jour de la semaine n'existe qu'en fonction du shabbat ! Alors, crache ce chewing-gum ! Insolent ! Pécheur ! »

La logique de ce « rabbin » était pour moi un mystère beaucoup plus profond que ceux de toutes les religions réunies. Avant de sombrer dans l'hébétude, je courus m'en remettre à l'avis de mon père.

Ce dernier baissa le journal qu'il lisait. Il prit un air très concentré, ôta ses lunettes, nettoya un verre puis l'autre à l'aide d'une peau de chamois, et me déclara :

« Il a raison ! »

Je sursautai.

« Comment ça ? On est jeudi, pas samedi ! Il ne peut pas dire qu'on est samedi ! On est jeudi ! Si on était samedi, il serait en train de prier à la synagogue, non ? »

Mon père toussota, essuya de nouveau l'un et l'autre verre. Il se vantait souvent de pouvoir trouver une réponse à toute question. Cette fois, il chercha sur les murs, sur le plafond. Puis son visage s'éclaira :

« Tu as pensé aux fuseaux horaires ? »

Je convins que non. Son sourire s'élargit tout à fait.

« Eh bien voilà ! Pourquoi crois-tu que Dieu, dans Son infinie clairvoyance, a poussé les hommes à inventer les fuseaux horaires ?... A toute heure du jour, il existe dans le monde un endroit où c'est shabbat. Par respect pour cet endroit, on crache son chewing-gum. »

Il cédait aux plaisirs de l'improvisation, je le sais à présent. Mais sur le moment je m'assis dans un état proche du vertige.

Avant de reprendre son journal, mon père me tapota l'épaule.

« Tu réfléchis trop. Laisse-toi porter. Apprends les prières que le maître d'hébreu demande. Passe ta bar-mitsva. Ensuite, tout deviendra lumineux... »

Aujourd'hui, son attitude m'apparaît comme le fondement même de sa philosophie : Ne pas résister à un mouvement sur lequel on ne possède aucun moyen d'action — un principe qui, par la suite, m'a souvent divisé. Selon mon humeur, je devais l'apparenter à de l'indifférence, ou au contraire à l'efficacité des judokas qui utilisent l'impulsion de leur adversaire pour le mieux défaire.

Mais, à cette époque, le poids de la religion m'écrasait. Le diable ricanait derrière mes oreilles. Je sentais son souffle sulfureux picoter ma nuque. Les tables de multiplication me servaient à calculer le nombre vertigineux de mes péchés. Et mes doigts me cuisaient des coups de règle censés me remettre dans le droit chemin... Ah! comme j'aspirais au calme et à la sérénité de Dani Colassanto qui pouvait mâcher du chewing-gum à volonté, et « tamponner à la sicilienne » la première poule désirée...

Je m'asphyxiais. J'avais besoin d'une solution pratique.

Elle me fut offerte quelques semaines plus tard. Sur le chemin du lycée, je rencontrai Jacky Cassuto et son cousin Gino Lévy en train de se partager un sandwich au jambon.

Je me crus victime d'une hallucination. Pour nous, garçons juifs, manger du porc équivalait à ouvrir sous nos pieds les portes de l'Enfer. Nous avions ordre de nous pincer le nez en passant devant la devanture d'une charcuterie. Respirer ces alléchantes odeurs, et du ciel le plus bleu jaillirait un éclair qui calcinerait sans rémission nos narines de pécheurs.

J'attendis donc avec effarement le feu divin qui devait consumer mes amis. Il ne s'abattit pas.

Jacky Cassuto, toujours serviable, m'expliqua son truc pour n'être pas foudroyé.

« Un signe de croix à l'endroit, hop, tu te convertis au catholicisme. Tu manges tranquillement ton sandwich. Et puis, hop, un signe de croix à l'envers, tu redeviens juif... »

Ce fut un éblouissement. Ma vie s'allégea d'un coup. Je n'attendais que ce tour de magie pour m'abandonner aux turpitudes qui m'étaient auparavant interdites.

Quel besoin me prit-il, le jeudi suivant, d'en demander confirmation au maître d'hébreu ?

« Est-ce un péché de se déguiser en catholique ? »

Il faillit en tomber de sa chaire.

« En quoi ? » hurla-t-il.

Je tentai de l'apaiser.

« Juste une minute. Pas plus. Le temps de manger un sandwich au jambon. »

Il ne prit même pas la peine de nouer sa pelote de ficelles. Il dégringola de son estrade et me traîna par les cheveux aux quatre coins de la classe, puis jusqu'au lavabo des toilettes où il me lava la bouche avec du savon de ménage.

Mais j'étais libéré. Déjà, mon élan me poussait à prêter une oreille plus qu'attentive à une nouvelle théorie.

La puissance au ciel qui comptabilisait les péchés de tout un chacun n'était pas Dieu lui-même, mais un de Ses saints. La nuance était capitale. Car s'il n'était pas question d'échapper à la vigilance du Tout-Puissant, nous pouvions transiger avec celle d'un sous-fifre.

Plus tard encore, j'appris avec joie qu'il n'était pas interdit de transiger avec Dieu lui-même. Pour peu qu'on lui accordât la déférence qui Lui était due, discutailler, ainsi que l'avaient fait de nombreux prophètes, L'amusait même.

De tout cela, me resta une conclusion qui peut paraître légère aux yeux de théologiens. Elle n'en aide pas moins à vivre.

On peut composer avec certains péchés.

*

Cela me semblait un argument de poids. Je lui en ajoutai un autre qui me parut imbattable : On ne peut pas être puni deux fois pour le même péché. Et aussi : Le bon Dieu qui nous a créés faibles et si dépendants de nos sens, peut-Il nous reprocher notre faiblesse ?

J'étais jeune, j'étais candide, j'avais foi dans les mirages du verbe. Je pensais donc ces répliques irrésistibles. Mes songes les paraient d'un pouvoir quasi magique. Il me suffirait de les prononcer, une incantation, une formule cabalistique. Et Angeline, subjuguée par leur pertinence, par leur charme, cesserait de fuir. « Mais tu as raison, on ne perd rien à recommencer », consentirait-elle, envoûtée, déjà ivre du plaisir à venir.

Je fus incapable de lui parler. J'ignore pourquoi. Mes tempes bruissaient pourtant des mille conversations imaginaires que j'avais avec elle. Mais, en sa présence, rien n'en transparaissait.

De plus, un sort malin s'acharna à nous séparer. Mme Garrito tomba malade. L'angine à virus qui dévastait la moitié du quartier se logea dans sa gorge. Ses collègues de travail vinrent la visiter. Elles me découvraient en train de monter ou de descendre l'escalier, tantôt sifflotant, tantôt avec l'air le plus affairé que je pouvais prendre. Je tentais d'entrevoir Angeline. Quand la porte battait, j'avais parfois l'illusion de l'apercevoir ou d'entendre sa voix. Mais seules rampaient jusqu'à moi une quinte de toux lointaine, une aigre bouffée de camphre.

Lorsque Angeline sortait enfin, c'était avec un air soucieux, une hâte qu'on ne lui connaissait pas. Ses yeux ne s'arrêtaient plus sur moi. Elle courait à la pharmacie. Elle rappelait le médecin. Elle jetait quelques mots en pâture aux voisines qui s'enquéraient des progressions de la maladie.

Dès que je tentai une approche discrète, elle m'écartait.

« Pas maintenant. Tu ne vois pas comme je transpire ? »

Le nuage doré qui enflait ma tête s'évanouissait aussitôt. Une sorte de timidité, de désenchantement, me gagnait. Je retardais la discussion décisive sur le péché, puis la reportais à une autre fois.

Mes amis me reprochaient de passer moins de temps en leur compagnie. Ils n'eurent de cesse qu'ils ne m'aient entraîné à la plage.

Pour y parvenir, nous prenions un train bleu et blanc qui avait l'air d'un vieux jouet. Les wagons étaient bondés. Ils cahotaient et tanguaient lorsque les roues franchissaient des aiguillages. La locomotive renâclait et se mettait au pas en abordant un pont, comme si le mécanicien eût soupçonné un piège. « Les Apaches ont miné la voie », rigolait

Jacky Cassuto ou un autre. Il leur suffisait de fermer les yeux pour se croire dans un western.

Moi, je penchais plutôt pour Calcutta. Calcutta vue par le cinéma colonialiste. La chaleur accablante, l'air poisseux, les mouches, la crasse. Les voyageurs compressés, jetés à chaque cahot les uns sur les autres. Les cris des enfants, les insultes des adultes, les braillements des bébés, l'impuissance des contrôleurs dépassés par une bagarre. Les couleurs explosaient. Les odeurs aussi. Animales, suffocantes : suints de mouton, relents de vomi, mélange de sueurs. Les femmes arabes s'isolaient dans leurs voiles comme les hindoues dans leurs saris. Entre mes cils, ondulaient des visions de Gange avant la mousson. Je voyais des brahmanes se tremper tout habillés dans l'eau jaune. Je voyais des pandits en turban. Je côtoyais des intouchables, des vaches sacrées. Et je n'aurais pas été étonné, si, en m'agrippant à une fenêtre pour respirer, j'avais aperçu la fumée des bûchers funéraires.

A peine s'habituait-on à l'haleine de la cohue qu'une bouffée de puanteur venue de l'extérieur achevait de nous asphyxier. Le convoi longeait le lac où la ville vidait ses entrailles. Du marais montait en permanence une odeur d'œuf en décomposition. Dans les wagons, un silence soudain s'installait. Les poumons happaient les dernières bribes d'air supportables, les yeux sortaient de leurs orbites, les peaux congestionnées viraient au violet, les ongles griffaient le bois des banquettes. Heureusement, le train avançait. Après une période d'apnée qui se prolongeait suivant les caprices du vent, la foule exprimait sa délivrance par un cri d'accouchée.

Le lac reculait, nappe d'eau plate où luisaient de glauques reflets de marécages. Souvent, deux ou trois barques longeaient ses bords. Des silhouettes d'Arabes en chapeau de paille surveillaient inlassablement des lignes à brochets. D'autres relevaient leurs culottes bouffantes pour se mouiller les chevilles.

Au centre du lac, entouré d'un brouillard mauve qui en accentuait les mystères, un îlot de terre ferme soutenait les restes d'un fortin. Des légendes sans âge embellissaient ces ruines. Elles parlaient de sables mouvants, d'ancien repaire de pirates, de trésor caché. Elles ne pouvaient laisser insensibles nos imaginations avides.

Un jour, je courais sur mes neuf ans, je me joignis à une petite bande qui décida en grand secret d'organiser une reconnaissance des lieux. Chacun se munit d'un objet personnel mi-outil, mi-fétiche. Moi, je pris mon canif à six lames, un bijou rapporté de voyage par un de mes oncles et que beaucoup jalousaient.

Notre expédition nous conduisit à découvrir une vieille barque dissimulée dans de hautes broussailles. Après quelques conciliabules, nous l'empruntâmes. L'embarcation piqua du nez dès sa mise à l'eau. A moins d'un mètre du bord, nous nous vîmes noyés. Nous revînmes à grands cris sur la berge où nous nous séchâmes, en partageant les biscuits que le plus boulimique d'entre nous avait emportés. Puis, harassés de chaleur et de piqûres de moustiques, imprégnés d'une odeur de poubelle oubliée, nous reprîmes le chemin du retour. Non sans avoir mis au point une version du naufrage qui réduisait celui du *Titanic* à une simple broutille.

Je fus le seul, je crois, à ne pas partager l'euphorie générale. Car de ce jour-là date la disparition de mon couteau suisse... Mais, par la suite, cette perte aussi fut intégrée dans le récit de nos exploits. Et le tout devint évidemment un souvenir à chérir. Il ne se passait pas de voyage en train, sans qu'à un moment ou à un autre l'un d'entre nous lançât : « Tu te rappelles l'excursion "dans" l'île ?... »

Mais très vite, nos vantardises tournaient court. L'énergie nous manquait. Nous respirions une vapeur malodorante. Nous macérions dans un bouillon. Nombre de voyageurs, épuisés, s'endormaient debout, la bouche ouverte. Les soubresauts des wagons les faisaient dodeliner. Aux premières haltes du train, ils bronchaient à peine. Et lorsque se présentait leur arrêt, ils paraissaient quitter le convoi à contrecœur tant le moindre geste leur coûtait.

Nous, nous descendions au terminus. Sur le quai, une gifle de chaleur nous battait le front, comme si nous venions d'ouvrir la porte d'un four. La plage était à une centaine de mètres de la gare. Cette distance nous paraissait aussi éprouvante à traverser que la Vallée de la Mort. Muets, voûtés, en nage, nous avancions en traînant misérablement nos espadrilles. Le soleil, à la verticale, appuyait sur nos nuques et transperçait nos chemises. Nous rasions les maisons pour trouver un peu d'ombre. Et soudain, entre les murs d'une aveuglante blancheur, surgissait une lumière d'un bleu irréel, liquide, scintillant. La mer.

Effacées aussitôt, les difficultés du voyage. Un regain de force nous lançait en avant. Nous courions. Nous ne nous effondrions qu'au bord de l'eau, sur la frange de sable ridée par les vagues. Et, haletants à plat ventre, pareils à ces miraculés qui dans un désert découvrent une oasis, nous nous empressions de livrer à l'eau fraîche notre visage desséché.

La journée se poursuivait en jeux divers. Baignades, plongeons, compétitions sans fin, dont le but inavoué était d'attirer l'attention des filles qui lézardaient à proximité.

Mais cet été-là, ces activités traditionnelles ne me captivèrent plus. Cet été-là, des beautés que je ne soupçonnais pas me pénétrèrent. Je compris l'étrange langueur que l'on ressent au bord de la mer. Je cédai au poids troublant de l'air salin. J'admirai des heures durant les éventails de lumière que le soleil balance au-dessus des vagues. Et des heures durant, j'appris à écouter par-delà les rires et les bruits les soupirs du ressac.

Je flottais sur une eau si transparente parfois qu'elle me semblait composée de la même matière qui forme les brises. Mes pensées flottaient aussi. Et souvent mes lèvres, s'arrondissant, lançaient vers le ciel le prénom d'Angeline.

Tout s'estompait alors. Le rythme de la houle gagnait ma propre respiration. Le clapotis des vagues devenait celui d'une lessive. J'étais à la terrasse et j'avançai sans bruit. Cette fois-ci serait-elle enfin la bonne ? Angeline allait-elle s'emparer de moi comme la première fois ?... Dès que j'apparais-

69

sais à sa vue, elle feignait de m'asperger de mousse. Puis toute sa façon d'être se modifiait. Ses traits qui rayonnaient de bonne humeur se fermaient un peu. Peut-être se concentrait-elle simplement sur son travail. Sur l'instant, je ne m'y attachais guère. Je mettais ce changement au compte de l'irritation qu'elle avait pris le parti de jouer en ma présence. Elle frappait le linge, et le tordait, le triturait, le battait et rebattait contre l'eau avec une sorte de fureur brouillonne. A m'en souvenir, ses gestes me paraissent se teinter de précipitation, de maladresse, d'incertitude. Autrement, m'auraient-ils renvoyé à notre première étreinte ?

Je ne le ressentais alors que confusément, mais n'avais-je pas été, par une inoubliable fin d'après-midi, une sorte de linge entre ses mains ? Ne m'avait-elle pas saisi et malaxé avec cette même expression de refus, de rage impuissante ? Ne m'avait-elle pas ainsi pétri puis rejeté, rompu et flasque au soleil ?...

Je n'espérais qu'une chose. Que cet essorage recommençât. Mais, malgré mon audace, j'étais incapable de le provoquer. Je me contentais de dévorer Angeline des yeux. Lorsqu'elle levait le bras pour s'essuyer le front, les poils de son aisselle dépassaient de l'emmanchure de sa robe. J'avais l'impression d'en respirer l'odeur de varech. Et la vision de cette touffe me saoulait davantage que si j'avais plongé mon nez dans des toisons plus secrètes...

Mais cela ne pouvait pas durer. Cette dépendance m'épuisait. J'émergeais de mes songes de plus en plus vaseux et solitaire. L'insatisfaction bouillonnait en moi. Il me fallait agir.

Un soir, le déclic se produisit. Je revenais de la plage. La peau de mes pommettes me tiraillait, rongée par le sel. Je me sentais harassé, alourdi par une indigestion de soleil et de mer. Je ne rêvais que de pluie et de draps de lit frais. Je m'immobilisai à quelques mètres de l'immeuble.

Angeline était là, trônant au centre d'un groupe de voisines dont je ne me rappelle plus que la silhouette cassée de Lucia, notre vieille concierge. L'angine de sa patronne guérissait. Mais après quelles complications ! Il avait fallu changer trois fois d'antibiotique. Quant aux « analyses de laboratoire », on ne les comptait plus. Des abcès continuaient à étrangler la malheureuse Mme Garrito. Elle se nourrissait encore de liquides qu'elle vomissait aussitôt. Le plus dur était enfin passé, mais elle s'affaiblissait encore. Elle perdait du poids.

« Elle a fondu », jurait Angeline aux voisines apitoyées.

Puis avec un gloussement d'envie :

« Sept kilos en quinze jours. Un régime pareil, je l'aurais acheté pour cher !... Seulement, j'ai beau faire, les microbes ne veulent pas de moi. »

Un frisson me saisit. Elle portait un ridicule chapeau de dame en équilibre sur son front. Trois pétales de rouge à lèvres lui serraient la bouche en cul de poule.

Ce n'était pas la première fois que je la voyais ainsi. Jusqu'ici, j'évitais de m'attarder sur ce qui en elle pouvait me déplaire. Ce soir-là, je m'obligeai à la contempler.

71

Je vis sa taille épaisse. Je vis le bourrelet de graisse sur sa nuque et ses épaules. Je vis la chair flasque qui flottait sous ses bras. Je vis la marque de ses sous-vêtements qui la boudinaient sous sa robe.

En moi, quelque chose se serra puis se desserra. Le sortilège qui me tenait lié à elle s'allégea. Je me crus sauvé. Mais je n'en étais pas très sûr. J'avais beau forcer mon œil à plus de cruauté, mon corps ronronnait encore des sensations que m'avait procurées Angeline.

Aussi, pour achever de me libérer de son emprise, je résolus de la remplacer.

Et, par un caprice du hasard, mon choix s'arrêta sur Bouche-Folle.

Bouche-Folle

Il est des êtres privilégiés. Une aura les entoure, qui capture immédiatement le regard. Bouche-Folle, fille des rues, était de cette race.

Nul ne connaissait son véritable prénom. Notre voisine, Mme Ajusse, qui avait essayé de l'employer, l'appelait Fatma. Mais Mme Ajusse rebaptisait Fatma n'importe quelle bonne arabe.

« C'est tellement plus simple », affirmait-elle, le nez haut levé et la mine dédaigneuse, sûre de son essence divine.

Mme Ajusse avait proposé à Bouche-Folle de nettoyer les carreaux de ses fenêtres. Sur ses indications, Bouche-Folle avait commencé à frotter les vitres avec de vieux journaux. Puis elle s'était arrêtée. Elle avait déplié un journal, avait fait des trous pour les yeux, et était restée debout, immobile, avec cette sorte de masque sur le visage. Mme Ajusse, ahurie, avait alerté toutes les voisines. Chacune avait essayé de raisonner Bouche-Folle. En vain. Bouche-Folle s'était obstinée. Elle était demeurée, raide, perchée sur son escabeau. Jusqu'à ce que lui vînt l'idée de changer de jeu.

Mme Ajusse avait conclu :

« Cette fille se moque de nous ! Personne n'en tirera rien ! »

Quelqu'un lui avait répondu :

« Quelle idée aussi de vouloir employer cette malheureuse... Vous savez bien ce qui lui est arrivé... »

Et toutes de se recueillir, et de soupirer, et de hocher la tête, dégoulinantes de compassion.

Je devais être le seul à ne pas m'apitoyer. Pour moi, Bouche-Folle constituait une inépuisable source d'étonnements.

La première fois que je l'ai vue, elle avait entouré ses haillons par un foulard de gitane à franges rouge et or. Elle sautait à cloche-pied au bord du trottoir, en balançant ses bras écartés, comme pour faire tourner une corde qu'elle seule voyait.

Ses cheveux se dénouaient. Mèche après mèche, ils s'échappaient de sa coiffure. Son foulard glissa, retenu à son corsage par une petite broche arabe. Bouche-Folle continua de danser ainsi. Puis quelque chose parut la gêner dans sa chevelure libérée. Elle cessa de sauter, s'adossa à un palmier, et se mit à pleurer en silence.

Elle était capable de passer plus d'une heure à sauter ainsi par-dessus le caniveau. Sa concentration ressemblait à celle d'une enfant qui joue. Les gens oubliaient alors son corps de femme et lui donnaient quatre ans.

De temps à autre, elle se recroquevillait au bout

d'un banc, ou elle s'accroupissait entre les racines d'un arbre. Elle fermait les yeux, comme pour s'endormir. Mais son visage penché évoquait une vieille souffrance. Et les gens se remémoraient son histoire...

D'autres fois, elle se déchaussait. Elle déambulait, pieds nus au milieu de la chaussée, sans se soucier des voitures. Elle se déhanchait, en balançant d'une main son sac, de l'autre ses chaussures à talons hauts.

La circulation ralentissait, s'organisait autour d'elle. Même les limousines noires des ambassades, d'ordinaire si imbues de leur majesté, n'osaient guère la déranger. Les hommes au volant l'interpellaient rarement. Certains sifflaient d'admiration. D'autres béaient ou se frottaient les yeux comme devant un mirage. Bouche-Folle tendait les seins, pointait les fesses et lançait à qui voulait un rire canaille.

Les spectateurs, rangés sur les trottoirs, affirmaient alors qu'on pouvait l'avoir pour quelques francs. Mais peu s'y risquaient. Elle exerçait sur l'avenue un pouvoir de fascination qui me paraissait relever de celui des sirènes en haute mer. Les gens éprouvaient l'envie irrésistible de se précipiter à sa rencontre, de lui proposer toutes sortes d'aides, mais une espèce de crainte ancestrale, un instinct de survie semblaient les retenir.

Un flic en maraude arrêtait son vélo près d'elle. Il lui parlait sans jamais la dévisager. Il la raccompagnait jusqu'au trottoir sans jamais la toucher. Un valet escortant sa maîtresse... Foxie lui-même,

Foxie-le-sadique qui trouait nos ballons, Foxie-la-terreur, réputé pour ne respecter personne, manifestait envers cette fille des rues une considération, une délicatesse qui surprenaient.

Peut-être s'agissait-il d'envoûtement. Peut-être était-ce simplement de la prudence...

Car Bouche-Folle écartait les importuns par un rire soudain. Un rire strident, très prolongé, qui secouait son corps pulpeux, comme un démon enfermé dans un sac.

Je ne peux me souvenir de ce rire sans tressaillir. C'était un rire de gamine, de femelle, de folle. Et pourtant, d'une fraîcheur et d'une insolence incomparables. Il laissait à ceux qui l'entendaient le même frisson d'inquiétude, le même frisson d'envie que donne la perception fugitive de la liberté absolue.

*

Vers l'âge de quinze ans, elle avait été victime d'un double viol collectif.

L'affaire avait commencé à deux pas de notre immeuble, dans le garage privé du docteur Jaoui.

Je connaissais l'endroit. Il me semblait approprié à bien des jeux, mais jamais à d'aussi coupables. Deux voitures y vieillissaient, rangées côte à côte, dont une superbe Chrysler aux pneus à plat. Le docteur Jaoui avait perdu un fils dans un accident et avait fait le vœu de ne plus toucher à un volant. Il aurait pu vendre ses voitures. Il préférait les laisser mourir sur place. De temps à autre, des vandales en détachaient des pièces : poignées de portières, essuie-glaces, boutons du tableau de bord ou enjoliveurs de roues.

N'importe qui pouvait pénétrer dans le garage. La porte ne coulissait pas complètement. Le rail était faussé, juste à l'endroit de la fermeture. Le battant bloqué laissait une ouverture qui permettait de s'y glisser de profil. Si bien qu'à l'intérieur chaque saison apportait son activité.

En hiver, des clochards s'y garaient de la pluie. Au printemps, des chattes errantes y mettaient bas. Des amoureux s'y cachaient. Nous les voyions se faufiler l'un après l'autre à quelques minutes d'intervalle. Et l'un de nos plaisirs favoris consistait à les en chasser par des moqueries.

Au début de l'été, un amandier planté dans le jardin de Mme Ajusse lançait ses branches les plus fructueuses sur le toit du garage. Les atteindre devenait donc aisé. Et, tout en décortiquant des amandes vertes, nous observions les alentours, cachés dans les frondaisons.

Parfois, nous avions la chance d'apercevoir de loin Si-Moktar le champion d'échecs se reposer dans sa véranda.

Il portait souvent une ample djellaba en soie blanche, aux manches flottantes. A demi allongé dans un fauteuil canné, il fumait un narguilé, en contemplant un échiquier posé sur une table basse près de lui. Il tirait une bouffée du narguilé. Puis il avançait une main, aux doigts longs, fins, démesurés. Il saisissait une pièce de bois, avec une délicatesse incroyable. On eût dit qu'il pinçait les ailes

77

d'un papillon. Il la déplaçait à peine. Et tout recommençait. Il se remettait à réfléchir pendant d'interminables minutes. La brise effaçait la fumée bleue de son narguilé. Et les oiseaux, saisis par son immobilité, en venaient à se poser sur ses épaules...

J'aurais pu l'épier ainsi durant des heures. Mais aucun de mes camarades ne partageait ma curiosité. Nous redescendions donc. Nous nous installions au volant de la Chrysler. Nous nous recoiffions dans les rétroviseurs, en inventant des histoires d'autoroutes américaines. Nous en repartions vite. Nos rêves d'espace ne résistaient pas à l'exiguïté des lieux...

C'était, pour résumer, un local encombré, donnant sur la rue par une allée, et accessible à tous. D'anciennes taches d'essence et d'huile de vidange noircissaient le sol. Une espèce de mousse gris verdâtre rongeait les murs. Une humidité de cave à l'abandon empêchait d'y respirer librement.

Et pourtant, des voyous l'avaient choisi pour agresser Bouche-Folle.

Ils avaient arraché un bord de sa robe. Ils lui avaient fourré le morceau de tissu dans la bouche. Puis, ils s'étaient acharnés à obstruer les autres orifices de son corps de toutes les façons imaginables.

Ils s'étaient relayés pour faire le guet et empêcher toute intrusion à l'intérieur du garage. Le quartier avait continué de bourdonner autour d'eux. Mais personne n'en avait pu donner le moindre signalement. Personne n'avait été intrigué par leur manège. Personne n'avait rien remarqué. Ni leur

78

arrivéc. Ni leurs agissements. Ni leur départ. Ils s'en étaient retournés, sans être inquiétés.

De temps à autre, quand le passé de Bouche-Folle émergeait de nouveau dans les conversations, le bruit revenait que Samir, le fils de Si-Moktar, n'était pas étranger à toute cette histoire. Des témoins l'auraient aperçu, le lendemain du drame, sa joue portant des traces de griffures. Une pure calomnie. A l'époque, Samir sortait à peine de l'adolescence. Et Si-Moktar n'avait même pas encore emménagé dans la villa voisine.

Tout ce qu'on savait, c'est que les bourreaux de Bouche-Folle étaient au moins trois. Et qu'ils avaient fait subir à leur proie un véritable calvaire.

Certains récits allaient jusqu'à mentionner l'utilisation d'accessoires. Les uns faisaient allusion à une pompe à vélo. Le goulot d'une bouteille vide de Coca-Cola avait, paraît-il, joué aussi un rôle. D'autres parlaient plus volontiers d'une canette de bière. Mais tous s'accordaient pour dire que c'était le moindre des sévices qu'avait supportés la pauvre fille.

Elle avait fini par ressortir du garage à la tombée du soir. Seule. Titubante. Ombre souillée, aux jambes écartées, au regard de démente.

A ce spectacle, quelques bonnes âmes s'horrifièrent. Son état nécessitait d'urgence un examen médical. Mais il était tard, et le commissariat était plus proche que l'hôpital. On choisit donc de la conduire à la police.

On la croyait en sécurité. Quelle erreur!

Les agents de permanence se mirent à la ques-

79

tionner. Ils étaient incrédules et très tatillons. Ils comprenaient trop qu'une adolescente aux formes aussi joufflues ait pu exciter la convoitise de mâles en chasse. Mais le récit qu'elle bégaya de ses malheurs parut exagéré. Ils exigèrent des précisions. Les mots ne suffirent pas à les persuader. Ils convinrent d'une expérimentation.

Ils lui arrachèrent un autre lambeau de robe. Ils le lui fourrèrent dans la bouche. Ils lui firent prendre les positions incroyables qu'elle leur avait décrites. Ils vérifièrent tour à tour que les tortures subies avaient bien pu avoir lieu. Ils n'avaient pas de bouteille de Coca-Cola sous la main. Une matraque fit l'affaire.

Puis, un peu échauffés, ils inventèrent d'autres supplices de leur cru. Trois voyous n'allaient quand même pas avoir plus d'imagination qu'un quatuor de représentants de l'ordre public. L'honneur de la police était en jeu. Ils rivalisèrent donc de fantaisie. Ils se surpassèrent tout au long de la nuit.

Quand l'équipe de jour vint les relever, ils étaient ivres d'alcool et de sexe. L'objet de leur zèle n'était qu'un sac de chair à moitié morte. Et le commissariat empestait, paraît-il, la même odeur d'orgie que le garage du docteur Jaoui.

Il n'y eut aucune poursuite, aucun procès. Les policiers furent déplacés. Mais pour un motif autrement plus sérieux. Contre eux, leurs supérieurs ne retinrent que le crime impardonnable d'avoir bu du vin, ce qui est interdit à tout musulman digne de ce nom. L'enquête, bâclée, ne mentionnait même pas la présence de Bouche-Folle.

Le dossier fut vite enterré. On ne rechercha pas le premier groupe de violeurs. Personne ne porta plainte contre eux. Bouche-Folle était orpheline. Une vague tante l'avait élevée, qui préféra se trouver d'autres centres d'intérêt. En outre, elle n'eut plus la possibilité de s'expliquer. Le choc l'avait endommagée à jamais. Elle s'exprimait dans une langue qui n'appartenait qu'à elle. Et des pans de sa mémoire avaient basculé dans l'oubli.

On la garda à l'hôpital. Puis on la libéra. Les jours succédèrent aux nuits. Et le temps passa.

Le garage du docteur Jaoui retrouva son innocente odeur de caverne. L'histoire de Bouche-Folle devint une légende qui s'ajouta aux légendes du quartier.

Et Bouche-Folle devint cette femme-fleur, cette femme-grappe, cette sirène des rues, qui changeait d'âge à volonté, et qui sécrétait un charme étrange, vénéneux, aussi déroutant que son langage.

*

Nous, les footballeurs — comment le confesser sans honte ? —, nous rêvions tous de l'associer à un troisième viol collectif.

Et je peux me souvenir d'un soir de feu, où les yeux rétrécis par le soleil du crépuscule, nous avons attiré Bouche-Folle dans le garage du docteur Jaoui.

Nous lui avons déchiré sa robe. Nous l'avons bâillonnée. Et martelée de nos corps. Et bu, dans les creux mouillés du sien, l'eau de sa peur et de son humiliation... Qu'aurions-nous craint? La Justice pouvait-elle condamner des faits qu'elle avait déjà par deux fois négligés?... De plus, s'il faut se défendre, j'ajouterai ceci. Nous ne pensions qu'au bien de Bouche-Folle. Dans nos esprits hypocrites, ce troisième choc ne pouvait manquer de lui être salutaire. Il le fut. Fouettée par des circonstances qu'elle avait déjà vécues, sa mémoire se réveilla. Et Bouche-Folle retrouva la parole...

Mais je divague. Ce n'est pas la vérité. Nous n'étions que des garnements. Le désir nous ankylosait. L'ignorance aussi. Tant qu'il s'agissait de caresser une éventualité par des paroles, des ailes d'aigles nous poussaient. Au pied du mur, nous ne volions pas, nous rampions. Peut-être, au fond, étions-nous incapables de réelle cruauté...

Et puis Bouche-Folle nous aimait bien. En nous reconnaissant, elle souriait, elle nous adressait un petit signe.

Nous l'entourions. Rires étouffés, murmures grivois. Ses seins étaient si longs qu'ils tendaient son corsage à l'horizontale. Sa chute de reins faisait avec son dos un angle droit. On aurait pu poser un vase sur sa croupe de pouliche dont le roulis nous éblouissait. Nos mains nous démangeaient. Mais nous ne nous permettions aucune familiarité.

A nos blagues, elle répondait gentiment par une bousculade d'onomatopées.

Marco-l'Étincelle affirmait qu'il s'agissait d'une langue oubliée. Il croyait parfois reconnaître certaines consonances grecques ou latines. Il était persuadé qu'en prenant le temps il parviendrait à déchiffrer ce langage.

Un jour, mû par une intuition divine, il acquit une autre certitude : C'était de l'égyptien ancien, la version orale des hiéroglyphes. Il essaya avec « Ramsès, Cléopâtre, Toutankhamon », les seuls mots qu'il connaissait, d'éveiller l'intérêt de Bouche-Folle. Mais celle-ci s'assit par terre et se mit à manger des fourmis...

Comment résister ? Ses déraillements tenaient de la magie. Et à mes yeux, elle possédait la beauté la plus rare : celle d'être imprévisible.

*

Je la rejoignis à l'heure de la sieste.

Elle prenait le frais sur le banc devant notre immeuble. Une vieille robe rouge la moulait. Une robe à épaulettes et volants, passée de mode, et si fripée qu'on l'eût dite taillée dans un amas de chiffons ensanglantés. Son sac à main était lui aussi d'un rouge vermillon, ainsi que ses chaussures à hauts talons dont le vernis craquelait.

A son accoutrement tapageur, les passants non avertis ne doutaient plus de la légèreté de ses mœurs. Leur regard rempli de cette certitude m'exaspérait. Mais peut-être soupçonnais-je déjà qu'ils n'avaient pas tout à fait tort...

Bouche-Folle ne s'en souciait pas. Elle jouait avec une boule de fourrure. Un chaton nouveau-né, si misérable que je le pris d'abord pour une grosse souris.

Je n'en avais jamais vu d'aussi laid. Le poil mité, grisâtre, poussiéreux, le museau et la queue d'un rose sale, l'œil torve, les rats d'égout l'auraient adopté sans hésitation.

Je me fendis de compliments que j'aurais réservés à un animal de concours. Bouche-Folle ne réagit pas. Elle s'intéressait à cette bestiole. Et pour l'instant, rien d'autre ne pouvait exister.

J'en profitai pour l'admirer de près. Son nez aplati, cassé juste entre les yeux, lui faisait le profil un peu concave. Un tatouage bleu, une fine étoile à cinq branches, lui ornait la tempe. Ses pommettes étaient gonflées. Sa bouche, très étirée. Les lèvres très longues et larges, soyeuses comme des rubans, étaient entrouvertes. Un bout de langue pointait.

Je me rendis soudain compte qu'elle ne caressait plus le chaton. Elle cherchait à l'enfermer dans son sac à main. Complications. Le sac était déjà plein. Et l'animal, de nature, peu enclin à la captivité.

Elle finit par y arriver. Elle se leva, passa avec soin son bras dans l'anse du sac. Sans doute entamait-elle une promenade. Je me préparai à la suivre. Le sort qu'elle réservait à son prisonnier m'intriguait.

Elle ne fit pas trois pas. Le sac dilaté s'agita. Le fermoir céda. Le chaton sortit une tête tout étonnée. Puis il sauta à terre et courut se cacher sous le banc.

Je n'eus qu'à me baisser pour le ramasser.

Bouche-Folle consentit alors à s'apercevoir de ma présence. Elle écarta ses sourcils et dit :

« Souki ! »

J'hésitai. Cela ne ressemblait à rien de connu. D'ordinaire, je me fiais à son intonation ou à l'expression de son visage. Or aucune n'était déterminante.

84

Bouche-Folle lança la main vers moi et précisa :
« Souki-souki ! »

Je lui tendis le chat. Elle me remercia d'un sourire. Elle s'assit de nouveau, mais tout contre moi. Comme si le banc avait été une chaise que j'occupais déjà. Sa cuisse recouvrit mon genou. Mon coude s'enfonça dans sa hanche. L'élasticité de son corps sur le mien me surprit telle une secousse.

Son parfum m'envahit. Fort, moite, familier et pourtant étrange. Désagréable au premier abord, une des nuances qui le composaient me donnait envie d'y revenir sans cesse. Je l'avais déjà respiré mais pas sur elle. Où donc ? La réponse m'échappa, agaçante comme la clef d'une devinette mille fois entendue et oubliée.

Bouche-Folle ne s'occupait à nouveau que du chaton. Il refusait toujours de rentrer dans son sac. Dès qu'elle y parvenait, le fermoir lâchait, et tout était à recommencer. Je me risquai à l'aider. Elle me laissa faire. Je m'enhardis. Nos doigts se frôlèrent, s'emmêlèrent. Mon expérience avec Angeline m'autorisa à aller plus avant. Je lui pris la main. C'était peu. C'était énorme. J'attendais la foudre. J'attendais son rire. Elle m'épargna. Elle détacha seulement ses doigts des miens, et me pinça les ongles l'un après l'autre.

La caresse m'émut. Je suppliai le ciel que personne ne vînt nous déranger. Mais, pour d'obscures raisons, je ne méritais pas cette grâce.

L'avenue se peupla en un clin d'œil. Des filles se mirent à construire une marelle. Lucia, notre concierge, sortit de l'immeuble. Des gamins se lancèrent des cailloux. Un autobus faillit renverser un cycliste. Un vieil homme essoufflé s'affala sur le banc pour ôter un gravillon de sa chaussure. Une partie de football s'organisa. D'un bout à l'autre de la rue, des joueurs se hélaient pour se regrouper. Ils m'apostrophèrent.

Je dus feindre l'indifférence et entamer avec eux une de nos conversations inutiles. Tandis que Bouche-Folle s'éloignait en serrant le fermoir de son sac.

*

Plus tard, dans la même journée, j'identifiai son parfum.

Je déambulais en compagnie de Jacky Cassuto. Et il ne comprit pas pourquoi soudain je me précipitai en haut d'une clôture.

J'en ramenai une de ces plantes à épines que les Arabes appelaient *cha'hala* et les Italiens *cavoluccia*. Je n'ai jamais su leur nom en français. On les trouvait en abondance sur certaines grilles. Elles produisaient des fleurs sans aucune grâce. De petits cubes violacés dépourvus de pistil. Les offrir relevait de l'injure. On ne les utilisait que pour l'épaisseur de leur feuillage. Et aussi parce qu'elles formaient un contraste saisissant avec les grappes d'étoiles jaunes, aériennes, du mimosa...

Je la tendis à Jacky.

« Devine ce que ça sent. »

Il fut formel.

« Ça sent rien. »

Je chiffonnai la fleur.

« Et maintenant ? »

Il me regarda de travers. Nous avions perdu le match de foot. Et son humeur s'en ressentait.

« Maintenant, ça pue ! »

Il eut tort. Aucune tentative de confidence ne résiste à une grimace. Je changeai de sujet.

J'achevai la promenade en parlant d'autre chose et en flairant discrètement sur le bout de mes doigts la dernière exhalaison du *cha'hala*.

Bouche-Folle, froissée par les hommes, froissée par la vie, dégageait le parfum un peu âcre d'une fleur qu'il fallait froisser pour en révéler l'essence. Cette cohérence me séduisait.

Je n'en cherchai pas moins une raison objective. Se frottait-elle la peau avec ? Dormait-elle dans un endroit où les *cha'hala* abondaient ?... Je cherche encore. Je m'étais bien promis de vérifier à la première occasion. Je ne le pus. Car la fois suivante que je la vis, il se produisit un miracle.

*

Il pleuvait. L'orage avait éclaté avec la soudaineté des déluges d'été. Des trombes d'eau s'abattaient, fouettaient les palmiers, inondaient les trottoirs. Un sauve-qui-peut euphorique vidait l'avenue. Les passants couraient s'abriter, en bondissant avec des petits cris de joie entre les flaques.

Nous étions plusieurs à avoir trouvé un refuge sous le store de l'épicier-le-grand, ainsi surnommé, non en raison de sa taille, mais de celle de son magasin.

Il me faut préciser que l'épicier-le-grand était un vieil ennemi. Il avait la réputation de vouloir coincer les garçonnets dans son arrière-boutique. Nos parents hésitaient avant de nous envoyer chez lui faire les commissions.

Il n'y a pas de fumée sans feu. Et je me serais bien gardé de souiller cette page par une médisance, si je n'avais personnellement assisté à un fait. Quatre ou cinq ans plus tôt, l'épicier-le-grand avait accusé Dani Colassanto de lui avoir volé un rouleau de réglisse. Il l'avait entraîné derrière son comptoir pour le fouiller. Le sauvetage de Dani, à moitié dévêtu et encouragé par nos hurlements, mériterait d'être narré dans ses moindres détails. Mais, abrégeons. Sa mère avait aussitôt ameuté le quartier. Son père, chauffeur de l'ambassade d'Italie, était venu, en agitant une manivelle de cric, demander des comptes au *vizioso*. Et l'épicier-le-grand, congestionné, la main sur le cœur, avait juré ses intentions dépourvues de lubricité. Il ne voulait que dénicher la preuve du délit. Il était persuadé que Dani cachait la réglisse dans sa culotte...

Depuis, par périodes, nous attaquions son magasin comme des corbeaux un champ de maïs. Nous choisissions le moment où un client l'occupait. Il tournait la tête. Trop tard. Nous étions déjà repartis après avoir dévasté ses bocaux de friandises. Et il nous maudissait et nous poursuivait sans espoir en brandissant un balai...

Aussi ne vit-il pas d'un bon œil l'arrivée de notre groupe sous son store. Il sortit sous la pluie, préférant se tremper, et remonta son rideau en ricanant.

Nous nous éparpillâmes donc. Certains d'entre nous filèrent dans des immeubles. D'autres foncèrent jusqu'au garage du docteur Jaoui. Moi, j'aperçus Bouche-Folle adossée à un palmier. Et je traversai pour la rejoindre.

Ses cheveux défaits frisottaient autour de son visage. Elle les essuyait avec un chiffon, une de ces peaux de chamois qui servent à lustrer les meubles.

Elle me salua à sa manière.

« Poukère! »

Elle n'avait pas l'air d'excellente humeur. Je la dévisageai, essayant de comprendre pourquoi. L'avais-je bousculée, en me serrant, près d'elle, contre l'écorce de l'arbre?... Sur l'autre trottoir, l'épicier achevait de remonter son rideau. Il se campa, devant le seuil de son magasin, les poings sur les hanches, l'air satisfait comme s'il venait de nous infliger une punition exemplaire.

Bouche-Folle répéta :

« Poukère! »

C'était plus qu'un salut. Un ordre. Je ne la contrariai pas.

« Bien sûr, Bouche-Folle. Poukère. C'est limpide... »

Sa robe, imbibée de pluie, lui collait au corps et prenait par endroits une transparence de papier. Son décolleté tendu à craquer béait, tenu par trois boutonnières qui semblaient à la limite de leur résistance. Et un de ses seins m'apparut plus lourd, plus allongé que son jumeau.

« Poukère, boukère! »

Le blanc de ses yeux rougeoyait, irrité par l'eau.

Elle lança soudain ses cheveux en arrière et rangea la peau de chamois dans son corsage. Les coins du chiffon retombèrent avec mollesse sur sa poitrine. De près, on voyait bien qu'il s'agissait des coins d'un carré de suédine jaune moucheté de noir. Mais de loin, ils devaient faire un curieux effet. Car par la suite, Marco-l'Étincelle qui nous observait depuis le garage du docteur Jaoui me jura avoir vu Bouche-Folle manger une banane et se planter l'épluchure entre les seins.

Ce fut alors qu'elle dit :

« Bzak ! »

Je sursautai. Cela sonnait comme une interjection. C'était surtout le mot arabe pour « salive ». Le premier son doté de signification que j'entendais d'elle. Je n'en crus pas mes oreilles. Je questionnai, le cœur battant :

« Bzak ?... Bzak ?... »

Elle resta sans réaction. Je fis venir un peu de salive sur mes lèvres. Je crachai par terre. Bzak ! Elle se détourna. Voulait-elle partir ? Je le crus. La pluie redoublait d'intensité. Les palmes de l'arbre semblaient se desserrer. L'eau nous aspergeait comme à travers un tamis. Il fallait d'urgence trouver un abri plus sûr. Mais je la retins par le bras. Bzak !

Elle eut un sursaut, une espèce de convulsion. Une transe. Sa gorge s'enfla. Sa tête bascula en arrière. Ses prunelles se révulsèrent. Sa bouche folle palpita. Des voyelles s'y précipitèrent, butant entre elles, inaudibles, sonores ensuite comme sur les lèvres d'un muet qui crie. Puis cette sorte de hoquet s'interrompit. Et elle parla. Trois fois. Trois mots d'affilée. Elle dit : « Bzak ! » Elle dit : « Ss'zrah ! » Elle dit : « Sfour ! » Et elle fila vers un autre palmier.

La poursuivis-je ? Je ne crois pas. Je la vois encore fuir d'arbre en arbre, courbée entre les tourbillons de pluie mauves qui enveloppaient sa silhouette. Il me semble que je bandais tous mes muscles pour la rejoindre. Je revois ma main mouillée ouverte contre l'écorce presque à ras du sol. Les racines du palmier saillaient tels des serpents pétrifiés. Ai-je vraiment trébuché ? J'ai tant de fois conté cette histoire. Le feu de la narration crée parfois des étincelles qu'on se complaît à suivre de l'œil. Et cette chute opportune me paraît aujourd'hui un enjolivement. La seule chose dont je suis sûr est la suivante. Les mots de Bouche-Folle me frappèrent comme des cailloux et m'immobilisèrent parce que, pour la première fois depuis une dizaine d'années, je compris leur sens.

Ils signifiaient « salive », « arbre » et « oiseau ».

*

Personne ne me crut.

Mes amis furent les premiers à se moquer de moi. Eux qui applaudissaient pourtant aux plus énormes élucubrations !... Peut-être est-ce ma faute ? Peut-être aurais-je dû enrober mon récit d'artifices propres à la féerie... Mais la vérité nue m'apparaissait déjà en soi tellement extraordinaire. Elle les laissa sceptiques.

Ils préférèrent accorder leur crédit à la version de

Marco-l'Étincelle. Pour ce dernier, je m'étais collé à Bouche-Folle sous le palmier. Elle s'était énervée. Avait-elle cru que j'en voulais à la banane qu'elle mangeait? Car elle l'avait avalée à grande vitesse, et en avait caché la peau entre ses tétons...

J'eus beau argumenter, il n'en démordit pas. Il considérait le jargon de Bouche-Folle comme sa propriété personnelle. Depuis des mois il relevait toutes les onomatopées qu'elle prononçait. Il en possédait un plein carnet. Il se concentrait dessus à intervalles réguliers pour les décrypter. L'idée qu'elle pût soudain s'exprimer avec clarté ne lui convenait pas du tout. Il devint fou de logique. Pourquoi le vocabulaire de Bouche-Folle se serait-il si brusquement modifié? Et pourquoi m'avait-elle choisi, moi, pour premier interlocuteur? Et ces mots : Salive, arbre, oiseau, comme un bébé qui se dénoue la langue! Non, ça ne tenait pas debout... Un charabia exotique, voilà qui correspondait au personnage! Une pelure de banane dans les seins, voilà qui embellissait son mystère!...

Je me rabattis sur mes parents. Ma mère qui lavait la vaisselle ne se lassa pas d'entendre mon histoire. A plusieurs reprises, elle me poussa à la recommencer. Et je me rappelle : dans ma rage à convaincre, le bégaiement de Bouche-Folle crépitait sur mes lèvres. Je me rappelle aussi ma désillusion. Son attention était calculée de manière à me garder près d'elle, le temps pour moi d'essuyer les couverts.

Assis à la table de la salle à manger, mon père se débattait avec une liasse d'imprimés. Il alignait des colonnes de chiffres. Mon récit vint perturber ses calculs. Il les reprit patiemment. Une, deux fois. Puis il souleva ses lunettes, se pinça les paupières et approuva avec un sourire menaçant.

« C'est un pur miracle... C'est un authentique miracle d'excellente qualité... Retourne, s'il te plaît, le faire homologuer dans la cuisine. »

Il me restait un dernier espoir : Angeline. Je la guettai à un retour de courses. Elle transportait un filet rempli de fruits. Un étonnant parfum de citron vert rafraîchissait son sillage. Elle m'accueillit avec nervosité. Un battement de cils échangé de loin suffisait à raviver notre secret et elle redoutait toujours de ma part une exubérance qui nous eût trahis. L'escorter nécessitait tout un cérémonial. Je m'y pliai. Elle m'entraîna dans la pénombre près des boîtes aux lettres, chuchota :

« Qu'est-ce que tu veux encore ? »

Je lui expliquai. Elle s'esclaffa.

« Bon, Bouche-Folle n'est plus folle. Qu'est-ce que j'y peux ? Je tombe à genoux et je remercie la Sainte Vierge ? »

J'insistai, piteux :

« Elle a dit salive, arbre, oiseau...

— Vous la harcelez comme des moustiques, toi et tes copains... Elle t'aura dit va cracher ta salive sur l'arbre où chantent les oiseaux ! »

Et de pouffer de plus belle.

Le lendemain, en poursuivant un ballon sur la chaussée, Gino Lévy, le cousin de Jacky Cassuto, roula sous un camion lancé à toute allure. Nous ressentîmes tous le soubresaut du poids lourd écrasant son corps. Et nos vies s'interrompirent avec la sienne. Le camion continua sa course en rugissant. Gino se releva dans la fumée des gaz d'échappement. Son séjour de trois secondes parmi les morts ne l'avait nullement entamé. Nous le palpâmes en silence pour nous assurer de la matérialité de sa présence. Et nous reprîmes l'entraînement, les jambes à peine plus cotonneuses...

Nous vivions une ère bénie où les prodiges abondaient. Ils se condensaient soudain, puis s'évaporaient comme les larmes d'un rêve au matin. Grande était l'aptitude de nos sens à les saisir. Grande aussi notre promptitude à les oublier.

Je n'aurais sans doute rien conservé de mes conversations avec Bouche-Folle. Mais il y eut un dimanche au marché.

*

Certains dimanches, j'étais forcé de me réveiller plus tôt que d'habitude. Une animation, prévisible pourtant, me surprenait toujours. Un tourbillon de joyeuse nervosité désordonnait la maison. Il englobait mes jeunes frères, la femme de ménage, et mes parents. Les rideaux agités lançaient des éclats de soleil qui me frappaient aux paupières. Et mille bruits me heurtaient et m'interdisaient toute replongée dans le sommeil.

Je me demande aujourd'hui si mon père ne s'arrangeait pas pour compromettre en douce ma grasse matinée. Car soudain, sans qu'il me l'ait demandé, je bâclai ma toilette, lapai trois gorgées de café au lait, raflai une tranche de pain, et je me retrouvai à courir derrière lui. Il ne s'en étonnait guère. Il me lançait un regard, un sourire. A peine s'il ralentissait l'allure. Et, tout en mâchonnant ma tartine, il me fallait doubler le pas pour l'adapter au sien.

J'essayais de l'entraîner vers le trottoir de l'avenue qui était encore dans l'ombre. Mais il adorait marcher en pleine lumière. Chaque fois que nous croisions quelqu'un, mon père pinçait le bord de son chapeau avec une brève inclinaison de la tête. Il n'était pas rare que nous nous arrêtions pour échanger trois mots entre voisins. Mon père laissait tomber une grosse patte sur ma nuque et me poussait en avant. « C'est mon fils aîné! » affirmait-il avec un débordement de fierté qui m'intimidait.

Je détestais ce geste. Je haïssais cette manifestation d'orgueil paternel. J'exécrais surtout le sourire niais que je me sentais obligé d'accrocher à ma face. En repartant, je lui en faisais le reproche. Ses amis nous côtoyaient depuis ma naissance. Ils connaissaient l'état précis de nos liens familiaux. Pourquoi le clamer à tout bout de champ comme s'il s'agissait d'un exploit?

Il me répondait en riant :

« J'ai tellement attendu pour avoir un fils. Tu veux que je le cache? »

Ou bien :

« Tu grandis si vite cet an-ci. Je craignais qu'ils ne t'aient pas reconnu. »

Ou encore, il s'immobilisait soudain comme touché par l'évidence.

« Mais c'est vrai! Ça te gêne!... Tu as bien fait de me le rappeler. Je ne le referai plus. »

Promesse de joueur. Il ne pouvait s'empêcher de recommencer par pur plaisir de provoquer ma réaction. Aussi, souvent j'anticipais son mouvement. Il me suffisait juste de ralentir le pas à l'instant où il s'arrêtait. Il devinait ma dérobade. Son bras esquissait néanmoins une caresse, ne trouvait que le vide et retombait comme à regret. Alors, curieusement, sa manière, son attitude, sa fierté, le poids de ses doigts sur ma nuque, tout me manquait. Et je me surprenais de nouveau à lutter contre moi-même pour rester à sa hauteur. Il gardait sa main sur moi et me faisait traverser les rues en diagonale, hors des passages pour piétons.

Parfois, nous faisions un bout de chemin avec des voisins endimanchés qui se rendaient à l'église. Leur rythme de procession ralentissait un moment notre allure. Puis nous bifurquions presque sans prévenir. Nous empruntions un raccourci entre les palissades d'un chantier de construction. Et nous débouchions sur la place du marché.

Aussitôt, une troupe d'enfants en guenilles nous entourait. Chacun brandissait un couffin vide, si vaste qu'il aurait pu dormir dedans, et jurait qu'il était capable de le transporter plein. Les voir se bousculer, se battre à qui se vanterait le plus vite, le plus haut, amusait beaucoup mon père. Ils n'avaient que quelques secondes pour persuader l'éventuel client de leur offrir une première chance. Ils se pressaient donc de dévider leurs arguments dans des raccourcis drolatiques qui fusaient comme les slogans des bateleurs de foire.

Leurs assauts n'importunaient guère les acheteurs. Mais les portefaix professionnels n'admettaient point cette concurrence. Souvent, un adulte se jetait sur les gamins en les injuriant. Le groupe s'égaillait et allait se former plus loin.

Mon père choisissait toujours le même porteur. Aziz. Un jeune homme poussé en graine, tout en os et tendons, la poitrine creuse, les jambes maigres. Pourtant, il soulevait les plus lourdes charges avec une facilité qui me déconcertait. Il poussait juste un cri : Héhi-hou ! Héhi, les dents serrées, pour mobiliser son énergie. Hou ! pour propulser le couffin aux flancs dilatés jusqu'à ce qu'il pût en caler le fond sur son crâne. Ses premiers pas sous ce fardeau étaient flottants, puis se raffermissaient. Il jetait à mon intention un rire de vainqueur. Mais j'y décelais une crispation d'apprenti funambule qui veut oublier sa peur du vide. L'effort était considérable. Le chemin du retour s'allongeait d'autant. Le soleil tapait. Aziz respirait fort. Les veines de ses tempes s'enflaient comme des varices. La transpiration inondait les creux de son visage. Il avait un curieux geste pour sécher ses yeux. Il les essuyait avec l'ongle de son pouce. Et à la réflexion, c'était bien je crois la seule partie de son corps qui ne fût pas mouillée.

Je marchais à ses côtés. J'avais le devoir de l'escorter jusqu'à la maison. Seul avec lui, je l'encourageais à faire une pause. Mais il mettait un point d'honneur à ne se reposer qu'en fin de parcours. Il contournait les feux rouges. Il zigzaguait entre les voitures en mouvement. Combien de fois ai-je cru qu'un pare-chocs l'abattrait ? Il restait debout. Et la fluidité de son allure m'évoquait un filet d'eau évitant les obstacles.

Rien ne le freinait. Un jour, courant à sa gauche, je m'aperçus qu'il saignait du nez. Je le lui fis remarquer. Il eut une petite grimace. « J'ai trop de sang », soupira-t-il. Je crus qu'il s'arrêterait. C'était mal le connaître. Il se pinça les narines et continua d'avancer, en vérifiant tous les cinq pas la couleur sur ses doigts, jusqu'à ce que l'hémorragie cessât de suinter. Son endurance m'épatait. Elle était faite de courage, de volonté et d'une certaine idée de lui-même à laquelle il tenait.

En accueillant mon père, Aziz lui étreignait les bras comme s'il retrouvait un ami très cher. Cette familiarité, peu courante chez un employé, ne laissait pas de m'intriguer. Un dimanche, Aziz me confia que mon père lui avait rendu un grand service. Lequel ? Il changea de conversation. J'interrogeai mon père. Un souvenir agréable lui fit plisser les yeux. Mais il haussa les épaules. « Oh, une bricole, je ne me rappelle plus. »

Dans l'enceinte du marché, ils ne se séparaient pas. Ils échangeaient des mimiques de vieux complices. Aziz intervenait dans les choix de mon père. Il lui donnait des conseils. Il lui indiquait les meilleurs étalages. Il marchandait à sa place. Sa passion à faire baisser les prix épuisait les vendeurs. Ils titubaient comme saouls et diminuaient les chiffres marqués sur leurs ardoises avec une seule prière : que finisse son harcèlement.

Je les laissais ensemble. Non que j'eusse l'impression d'être de trop. Mais j'aimais à me perdre dans le marché. Les stands des marchands, quoique rangés avec art, débordaient fréquemment dans les allées déjà étroites. Des embouteillages se créaient. La foule avançait par saccades bruyantes et m'entraînait où elle voulait. Les vendeurs criaient et gesticulaient. Ils agitaient des branches de palmier pour chasser les mouches. Ils frappaient sur les mains des mendiants qu'un fruit trop tentant attirait. Certains n'hésitaient pas à manger leur propre marchandise afin d'en prouver la qualité. D'autres aspergeaient d'eau leurs étalages. Et soudain la lumière rebondissait sur les fruits et les légumes comme sur de l'émail.

Au cœur de cette fête, un endroit respirait pour moi le déshonneur. C'était le marché aux volailles. Je ne pouvais m'y arrêter sans un frémissement. Aux remugles de basse-cour mal tenue s'ajoutait une douceâtre odeur de sang tiède et de mort violente.

Dans des cages empilées puant la fiente et les plumes sales, les volailles énervées par la chaleur semblaient espérer la main qui les tirerait du lot. Cette délivrance n'était qu'un leurre. Une fois pesées, elles étaient remises aux égorgeurs rituels. Ils étaient deux, figures symétriques assises dos à dos. Ils portaient les mêmes vêtements informes, protégés par un tablier ensanglanté. La même calotte en coton tricoté leur couvrait le crâne. Bleue pour le juif, blanche pour le musulman. Ils serraient entre les dents le même couteau. Un tranchoir à la lame étroite, effilée par d'incessants aiguisages. Leurs gestes aussi étaient identiques. Ils immobilisaient un coq entre leurs cuisses, avec un gros soupir comme s'ils regrettaient d'avoir à sacrifier une si belle créature. L'animal piaillait. Un seul cri de détresse qui me perçait l'âme. L'opérateur bougeait les lèvres. Murmure d'excuse? Prière? La religion exige le respect pour la victime, je ne l'ignorais point. Elle commandait que le volatile ne voie pas la lame qui le tuerait. L'homme lui rabattait la tête, mettait en évidence la boucle élastique du cou qu'il tranchait d'un coup net, vif, précis, si fulgurant qu'on doutait de l'avoir vu. Mais le sang fusait. Le boucher passait la bête palpitante à un aide qui la plongeait dans un seau. Ah! ce seau que les ultimes tressaillements de l'agonie agitaient! Ensuite la dépouille flasque était lancée entre les mains des enfants chargés de la plumer.

J'en repartais les larmes aux yeux, le cœur transi et la trachée crispée, comme broyée par le froid de la lame. Une insupportable tristesse, tombée droit des cieux, rétrécissait l'univers.

Je me sermonnais. Quelle sensiblerie! Et quelle hypocrisie! Rien ne me mettait mieux en appétit qu'un poulet rôti grésillant dans son jus. Oubliais-je avec quelle délectation j'en détachais la peau dorée, craquante?... Et puis, à tout prendre, cette méthode d'abattage me semblait moins barbare que d'autres. Par exemple, celle de Lucia, notre concierge. Lucia sortait devant l'immeuble pour opérer. Tout en entamant un dialogue avec une voisine, elle tenait le poulet vivant sous le bras et lui tiraillait la tête, en inclinant l'oreille pour percevoir le délicat craquement des vertèbres qui lâchent. Ainsi, affirmait-elle, le sang se garde à l'intérieur, et le cou, enflé par l'ecchymose, devient un morceau de choix aussi recherché que le meilleur boudin.

100

J'en étais malade. La vision du sang répandu m'était épargnée. Mais l'animal mettait à mourir le temps d'une conversation que Lucia ne se pressait jamais d'achever. Il se débattait de plus en plus faiblement. Ses pattes se serraient, se desserraient. Et son bec s'entrouvrait sur un cri immense, affolé, infini, un cri que tout mon être retenait avec lui...

Si la violence de ma réaction s'est atténuée au fil des ans, le spectacle d'une vie minuscule qu'on abrège me griffe autant l'échine. Je n'ai appris qu'à en détourner mes yeux. Piètre remède. Mais longtemps, je me suis obligé à regarder ces tortures pour m'endurcir. Je trouvais ridicule qu'elles me jetassent dans des états si peu contrôlables. Ce débordement de détresse, d'impuissance, ce sentiment de rancune qui suivait me contraignaient à fuir. Et je me lançais dans la foule, en frappant des coudes et des genoux, offusquant des ménagères anonymes qui ne comprenaient rien à la fureur qui m'aveuglait.

*

C'est en m'échappant du marché aux volailles, ce dimanche-là, que j'aperçus Bouche-Folle.

Oubliées aussitôt les pénibles impressions d'abattoir qui me propulsaient. Un autre élan les remplaça.

Depuis plus d'une semaine, Bouche-Folle désertait notre avenue. Cela lui arrivait fréquemment. Personne, à ma connaissance, ne s'en inquiétait. Où habitait-elle ? Où dormait-elle ? Ceux que la question effleurait lui supposaient des habitudes dans d'autres quartiers, un hébergement de fortune dans la ville arabe. Pourquoi pas au marché?...

Plus que sa présence ici, me frappa son allure. Les allées combles en paraissaient vides. La foule lui témoignait un respect insolite. Autour d'elle, les gens se pressaient, s'agitaient, se bousculaient, prêts à l'emporter dans le mouvement comme ils m'enlevaient moi-même. Pourtant à l'instant de la percuter, leur comportement se modifiait. Non seulement ils ne la heurtaient plus, mais à peine la frôlaient-ils. Ils se déhanchaient, ils glissaient sur le côté pour l'éviter. Et l'espace entre elle et eux semblait palpiter du rayonnement invisible qui entoure les flammes.

Elle piqua soudain une pêche à l'angle d'un étalage. Le vendeur s'occupait d'un client, mais il avait l'œil partout. Il bondit en agitant la feuille de palmier qui lui servait de chasse-mouches. Par quel mystère son mouvement se cassa-t-il? Pourtant il vit mieux que moi Bouche-Folle porter le fruit à sa bouche, et la chair tendre éclater sous ses incisives et le jus éclabousser ses lèvres et son menton. Il ne dit rien. Il se détourna et se mit à injurier un de ses aides qui empilait des cagettes vides.

Bouche-Folle ne leur accorda aucune attention. Elle continua sa promenade en mangeant sa pêche.

Je bataillai pour me rapprocher d'elle. Mais je n'avais pas ses pouvoirs. La cohue se joua de moi. Ses barreaux mobiles me gardèrent à distance. Plus je m'acharnais, plus les obstacles humains se multipliaient et me repoussaient.

Bouche-Folle se comportait toujours comme dans

un verger désert. Elle cueillait çà et là un fruit qui la tentait. Elle ne s'en cachait pas. Elle suçait une prune, elle mordillait une cerise, elle ouvrait un abricot pour le dénoyauter. Elle s'empara même d'une tranche de pastèque dont je suivis la tache écarlate qui diminuait en sautillant entre les trouées de la foule.

L'absence de réaction des marchands était surnaturelle. Étais-je le jouet d'une illusion ? Étais-je le seul ici à voir Bouche-Folle ? L'instant suivant, je ne la vis plus. Une bousculade m'enferma. Je courus dans une forêt d'épaules, de jambes, de paniers pleins, de filets à provisions. Des pans de vêtements me fouettèrent comme des basses branches d'arbre. Des bras me rejetèrent. Je rebondis d'un éventaire à l'autre, m'allongeai sur un lit d'oranges. Des acheteurs qui s'apprêtaient à payer perdirent leur monnaie et m'injurièrent. Je repartis de plus belle. Une éclaircie s'ouvrit entre deux tréteaux. Je fonçai, dérapai sur quelque écorce de melon. Une main me retint, rétablit mon équilibre, me tira vers le haut.

« Hou, p'tit frère ! On est là !... »

C'était Aziz. Tout près, nous tournant le dos, mon père hésitait entre deux catégories de tomates.

« Tu te croyais perdu ? »

Je le détrompai. Je lui dis après qui je courais. Bouche-Folle. Elle allait dans sa direction. Ils avaient dû se croiser...

Il se détourna. Mais quelque chose dans son expression, une hésitation, une gêne, m'alerta. J'insistai. Je traçai en l'air des courbes pour lui suggérer une poitrine de femme. Il m'interrompit.

« Arrête de remuer comme ça. Je sais qui c'est...
Tu l'appelles comment?

— Bouche-Folle. »

Son air offusqué m'étonna.

« Tu ne dois pas.

— Pourquoi? Tu l'as déjà entendue parler?
Elle... »

Il m'empêcha de continuer. Et sa voix s'emplit
d'une sorte de terreur religieuse.

« Non! Il ne faut pas!... On ne l'appelle pas. On
ne la voit pas. On ne s'en occupe pas.

— Mais pourquoi?

— Elle sait!... »

Il disposa les tomates sur le haut de son couffin
pour les protéger de denrées moins délicates. Ses
doigts frémirent. Ses paroles aussi, animées par une
ferveur, une réticence d'initié qui dévoile à contrecœur le mystère fondamental de sa secte.

« Elle sait la Vérité! »

Son tremblement m'envahit. Le marché couvert
devint temple. Ses voûtes acquirent une sonorité de
cathédrale. Les cent voix du peuple se fondirent en
un même grondement sacré. Des fidèles s'agenouil-
lèrent en extase. Et des faisceaux de lumière pou-
dreuse descendirent d'un vitrail.

Dans cet univers, Bouche-Folle était une prê-
tresse, une vestale. Une inspirée. Elle connaissait le
grand secret, l'unique, celui que les humains ne
méritent pas d'entendre. Pour l'empêcher de le
divulguer, Dieu, d'un doigt appuyé sur sa bouche,
lui avait brûlé la parole. Ainsi, Il pouvait continuer à
converser seul avec elle...

Aziz m'assura d'une voix blanche :

« Un mot d'elle Là-Haut, et tu es rayé du Livre... »

Son ton de prêcheur visait à m'écraser d'épouvante mystique. Il m'amusa.

Je n'en continuai pas moins à l'écouter. La terre est solide sous nos pieds, mais nous nous enivrons des vapeurs qui la relient au ciel. L'intangible tissait mille liens qui rampaient nuit et jour sous la peau fibreuse de la réalité. Et le tout formait une trame ondoyante mais solide, un hamac sur lequel ma raison adolescente se balançait non sans plaisir.

Je me rappelai Bouche-Folle pendant l'orage. Son air furieux, ses yeux blancs soudain. Les sons rauques, comme dictés, que sa transe lui avait arrachés. Et la conclusion s'imposa d'elle-même.

J'avais été choisi par les puissances du ciel pour recevoir un message.

On peut rire. Mais j'abordais l'âge présomptueux où il apparaît naturel de se croire élu. En début d'été, m'avaient distingué les forces terrestres, animales, représentées par Angeline. Après le charnel, le spirituel. Cette harmonie aurait grisé une tête plus froide que la mienne.

Salive, arbre, oiseau... et yaourt

Salive, arbre, oiseau... Ces trois petits mots sans prétention se mirent à scintiller. Ils se parèrent des délices de l'occulte, du monde troublant des signes et de la divination. Ils devinrent présage, allusion, énigme. Ils constituèrent surtout le plus imprévu des casse-tête. Car comment les interpréter ?

Je les triturais de toutes les façons possibles. Je les permutais, je mélangeais leurs syllabes, leurs lettres, je les relisais à l'envers. Peine perdue. Il me fallait un nouvel élément, une clef, un verbe peut-être qui transformerait cette suite de noms communs en une phrase dont la logique m'éblouirait. Mais lequel ? Je me fiai au hasard. J'usai tous ceux que je rencontrais. Combien en ai-je pointés dans des pages de livres, des colonnes de journaux ou de dictionnaires ? Mais, imprimés, les verbes restaient inertes. Ils manquaient de souffle. Ils manquaient de nerfs. Ils manquaient d'ampleur. Ils manquaient de vie. Je m'en remis donc à Bouche-Folle.

Avec quelle impatience je la cherchais alors ! Elle apparaissait toujours, en fin de matinée, par le haut de l'avenue. Elle longeait les premiers immeubles, suivie souvent par trois gosses des rues qui chahutaient derrière elle à distance respectueuse. Quelquefois, une fenêtre au rez-de-chaussée s'ouvrait. Une matrone l'appelait, lui tendait quelque cadeau. Un vêtement hors d'usage, un cornet de pain rempli de restes. Tout en s'éloignant, Bouche-Folle se plaquait la loque sur le corps pour en vérifier la dimension. Ou bien, elle goûtait au sandwich, puis l'abandonnait à son escorte qui se disputait cette manne comme des moineaux.

A mesure que le jour avançait, elle dérivait dans le quartier. Elle décrivait une espèce de triangle dont les trois sommets étaient l'ambassade d'Italie, la vitrine de la pharmacie Savoia et la station-service dirigée par le père de Jacky Cassuto.

D'autres points fixes parsemaient son trajet. Le banc devant notre immeuble. Le socle d'un ancien lampadaire près de la villa de Si-Moktar. Ou encore le monument dressé sur le vaste rond-point où l'avenue prenait naissance.

Ce monument faisait pendant à un urinoir public dont la facture baroque et les émanations acides étaient accusées de rabaisser le cachet résidentiel du quartier. Il s'agissait de deux insipides cylindres en marbre formant banquette. Au centre, se camouflait une fontaine censée projeter en l'air des jets tourbillonnants.

Rares étaient les promeneurs qui s'y reposaient. Aussitôt assis, le carrousel des voitures, des autobus, des tramways dont les rails serraient le rond-point, les incitait à repartir. Mais ni le vacarme, ni les vapeurs d'essence ou celles de l'urinoir, ne dérangeaient Bouche-Folle.

Elle venait s'emparer de la place. S'accoudait sur le marbre. S'y couchait. S'y vautrait. S'y alanguissait. Prenait des poses obscènes. Et dans les voitures, les autobus ou les tramways, les gens arrondissaient les yeux et se penchaient et étiraient le cou pour ne pas la perdre de vue.

Je mettais alors un temps excessif à l'approcher. Il me fallait un encouragement de sa part. Dès que je croyais l'obtenir, je m'avançais. J'étais persuadé qu'elle lâcherait de nouveau des mots que je pourrais reconnaître. Était-ce si absurde ? Elle s'était exprimée clairement une fois. Pourquoi n'aurait-elle pu renouveler son exploit ?... J'attendais. Je lui parlais. Elle avait toutes sortes de réactions plus ou moins surprenantes. Un jour, elle m'amena à souffler dans une cosse de caroube. Un autre jour, elle me saisit l'index et le tordit dans tous les sens. Mais jamais son langage ne retrouva un semblant de cohérence. Jamais plus, en ma présence, elle ne prononça autre chose qu'une série de syllabes impossibles à comprendre.

Un après-midi pourtant j'y crus presque. En m'accueillant, elle manifesta un agacement. Elle renversa la tête comme à l'écoute d'une Voix à transmettre. Elle eut cette palpitation des lèvres qui, le jour de l'orage, avait précédé sa transe. Il n'en sortit qu'une bouillie de sonorités incongrues.

Je la quittai, déçu, furieux contre moi-même. Quelle perte de temps ! Quelle importance accordée à trois petits mots probablement mal entendus !

Quelle facilité à faire d'un rien une idée fixe! Moi qui raillais l'obsession de Marco-l'Étincelle acharné à décrypter un baragouin stérile... Je décidai de détacher mes pensées de Bouche-Folle et mes pas des siens.

Mais l'insondable a des doigts collants. L'effleurer, même par jeu, on s'y prend fort. J'eus beau m'en défendre, les mots revinrent me harceler. Ils parasitèrent mes pensées. Ils s'emparèrent de ma raison. Ils bourdonnèrent dans ma tête comme trois mouches captives.

Ils me surprenaient partout. A table, j'en oubliai de manger. Au lit, de dormir. En pleine partie de football, ils papillotaient devant mes yeux déjà imprécis de gardien de but. J'en fis alors mon cri de guerre. Salivarbroiseau! Trop long. Inefficace. Le temps de le hurler à la face des buteurs ennemis et le ballon me passait sous le nez...

A la plage, ils ricochaient, galets miroitants, sur la surface étale du jour. La quantité de leurs rebonds m'étonnait. Je les fuyais en plongeant dans les creux des vagues. Et l'instant d'après, je les retrouvais sur le rivage. Je les entendais, salive, arbre, oiseau, tels que Bouche-Folle me les avait offerts. Je ressentais leur poids, leur couleur, leur humidité. Et peu à peu, la chaleur de l'air contre mes paupières se dissipait. Le sable ne fumait plus sous ma peau. Le temps refluait. Les souffles de la mer devenaient rumeur de pluie battante, écho lointain des éclairs. Bouche-Folle courait entre les palmiers de l'avenue. Et mon nez s'emplissait du piquant goût d'ozone qui revient aux orages...

Le soleil, astre jaloux, n'admit pas cette légèreté à son égard. Il me mordit aux omoplates avec une cruauté qui me terrassa.

*

En découvrant mon dos à vif, ma mère s'emporta. « Tu ne fais jamais rien comme les autres ! Un coup de soleil ça s'attrape en début de saison, pas à la fin ! »

Je sautillai d'un pied sur l'autre. Mille aiguilles me transperçaient les épaules. Mille insectes microscopiques grouillaient sur ma colonne vertébrale. Leurs antennes me chatouillaient, leurs pattes frêles me griffaient, leurs mandibules me grignotaient vivant. Je me désarticulai les bras en arrière pour les chasser. Je rebondissais d'un meuble à l'autre pour me racler les vertèbres à leurs arêtes. Je préférai hurler de douleur que du supplice de la démangeaison.

Ma mère avait la pédagogie féroce. Le mot dorloter n'entrait pas dans son vocabulaire. Elle décida que j'en faisais trop et m'envoya prendre une douche. Ensuite, elle profita de mon épuisement temporaire pour me panser.

La nuit, j'arrachai le tulle gras, en me tortillant de rage. Le harcèlement reprenait. Ma peau s'épluchait. Je la laissai par lambeaux entiers à mes ongles. Je me mordais les doigts pour m'empêcher de me gratter. Je criais dans mes coussins. J'allais d'une fenêtre à l'autre. Mes frères entrouvraient un œil bouffi de sommeil et croyaient me voir en rêve.

J'implorais les dieux des tempêtes. Je les suppliais de souffler. Ah! prendre le vent. Rouler dans une tornade de fraîcheur où mon corps flotterait en état d'apesanteur. Mais l'air restait moite, immobile, collant. Et son poids, irritant comme du sable, me tirait des injures...

Une seule personne aurait pu m'aider. Ma grand-mère.

Elle venait nous voir un mardi sur deux. Elle habitait un logement sombre, à l'orée de la ville arabe. Une invraisemblable quantité de meubles dépareillés transformait l'espace déjà restreint en labyrinthe. Chaque fois qu'un de mes oncles ou tantes changeait de mobilier, l'ancien revenait à ma grand-mère. Elle conservait tout, elle ramassait tout. La plus insignifiante babiole avait son utilité. Je l'ai vue enfermer dans une taie d'oreiller, avec une minutie de diamantaire, les débris d'un verre brisé. Chez elle, la place pour circuler diminuait donc constamment, au profit du nombre d'endroits où elle dissimulait ses pauvres trésors, provisions d'écureuil obsédé par l'hiver. Et les premières images qui me reviennent d'elle me la montrent, furtive, en train de vider ou de remplir une de ses vaines cachettes.

Ses persiennes donnaient sur une rue commerçante. Une rue si étroite que les stores des magasins qui se faisaient face se chevauchaient. Un jour, ma grand-mère me confia qu'un bébé leur devait la vie. Tombé d'un toit, il avait bondi et rebondi sur ces auvents d'étoffe. On eût dit que des anges, plongés droit du ciel pour sauver l'innocent, se l'étaient repassé d'aile en aile. « Ô, puissance de Dieu ! Infinie toute-puissance du destin ! » avait conclu ma grand-mère, en larmoyant de piété vers le plafond. Puis elle m'avait foudroyé du regard. Elle s'attendait à ce que je répondisse amen. Mais je riais. Car en ces époques sereines, je trouvais que les anges me ressemblaient. Ils jouaient à la balle avec tout ce qu'ils pouvaient. Et ils n'étaient pas dépourvus d'une certaine espièglerie puisque, en fin de chute, le bambin s'était retrouvé les fesses coincées dans un bocal d'olives vertes.

Ma grand-mère regorgeait d'histoires toutes aussi fabuleuses qui survenaient à ses voisines. Elle commençait sur un ton de catastrophe. « Vous ne pouvez pas savoir ce qui est arrivé ! » Et elle enchaînait son récit avant de passer le seuil de notre porte, comme si elle avait eu besoin de ce prétexte pour nous rendre visite. Elle multipliait les détails avec tant de malice que, plus d'une fois, j'ai éprouvé l'impression qu'elle les forgeait de toutes pièces dans le tramway qui l'amenait jusqu'à nous.

Ce tramway lui permettait de traverser les strates de plus en plus neuves de la cité. De voir ainsi la ville rajeunir lui donnait l'illusion de rajeunir aussi. Et, lorsque je tardais à lui sauter au cou, elle ne manquait jamais de me rappeler combien les vertus de cette promenade, une vraie cure, plus que le plaisir de me voir, avaient suffi à la faire se déplacer.

La station qui desservait notre avenue s'appelait « les Ambassades » — entre footballeurs à la coule nous disions « les Embrassades ».

Ma grand-mère y mettait pied à terre, aidée par le

contrôleur. Elle inspectait l'horizon d'un air épuisé. Puis elle ornait son visage d'une mine courroucée comme pour se redonner courage, et se mettait à trottiner jusqu'à notre immeuble. Elle avançait comme elle parlait, avec précaution et en ménageant de longues pauses. Je ne savais pas encore, en courant à sa rencontre, qu'une maladie vidait la substance dure de ses os.

Ce qui m'étonnait c'était de la voir s'accrocher à son sac à main. Plus qu'un sac, une valise. Une de ces trousses à soufflets que convoient les tricheurs professionnels dans les westerns. Hors de son domicile, elle ne s'en séparait jamais. Même chez nous pour s'asseoir, elle le coinçait entre son dos et le dossier de son fauteuil. Si bien qu'elle paraissait toujours sur le point de glisser par terre.

Elle en extirpait un sachet de friandises. Elle me serrait sur son giron. Son parfum variait selon l'endroit où nous nous étreignions. Dans son logement, elle semblait imprégnée par les fumets d'ambre et de poivrons frits à l'ail provenant des boutiques orientales toutes proches. Son trajet à travers la ville les effaçait-il? Car une fois assise dans notre appartement, ne s'accrochait plus à ses vêtements qu'une odeur douceâtre de fleurs fanées, d'eau de Cologne et de légumes cuits.

Elle s'isolait souvent dans la cuisine avec ma mère.

D'innombrables litiges les opposaient. Ils provenaient d'une même source. Ma grand-mère affichait une prédilection sans bornes pour ses fils. En donnant naissance à une fille, elle avait poussé un cri de déception. Pour elle, la hiérarchie entre

113

hommes et femmes valait celle qui séparait maîtres et domestiques. Cette conception surannée l'avait conduite à toutes sortes d'abus. Et ma mère ne pouvait lui pardonner une partie de vie dépensée à servir ses frères.

Ce contentieux empoisonnait tous leurs rapports. Il abrégeait leurs rires. Il électrisait leurs gestes. Il remplissait leurs discussions les plus anodines de chuchotements, de cris retenus, de soupirs, d'agacements. Malgré leurs efforts de paix, un désaccord fondamental rôdait dans leurs propos comme la rumeur d'un vieux chagrin. Elles n'y faisaient plus attention, mais il était là. Omniprésent. Aussi évident à mes oreilles que le bruit du repas qui cuisait dans les marmites. On eût dit le clapotement d'un vaporetto s'éloignant à regret le long d'une côte.

Je détestais m'en apercevoir. Il me semblait que le goût même de la vie se dissipait. Je m'arrangeais pour les interrompre. Ma grand-mère m'appelait alors son petit-fils adoré, lumière de son âme, son seul amour. Elle en jurait autant à mes frères et mes cousins. Pourtant, j'en mettrais ma main au feu, elle était sincère à chaque fois. Elle jouait son rôle d'aïeule à la perfection. Tout en me tirant vers son fauteuil préféré, elle me disait : « Ah, ah! Toi, tu veux ta revanche! » Du fond de son sac à soufflets, elle extirpait un vieux paquet de cartes collant de crasse. Et elle commençait à le battre.

Pour le physique, elle ne différait point des grand-mères de mes amis. Vêtue de noir en permanence. Les cheveux blanchissants aplatis par un foulard noué sur la nuque. Un dentier mal conçu qu'elle rajustait parfois d'un clappement de langue. Une présence de chat. Même assoupie, rien ne lui échappait. Elle rayonnait tour à tour de douceur, de dignité outragée, d'humilité, de roublardise ou de paresse.

Mais elle était dépositaire d'une science aujourd'hui oubliée.

Elle savait comment éplucher les oignons sans larmoyer. Et surtout comment traiter certaines calamités courantes. Elle combattait les furoncles à l'ail haché. Une mixture à base de persil et d'écorce d'orange desséchait sans pitié les vers solitaires. Poux et lentes succombaient sous son peigne entortillé de fil à coudre blanc. Et pour chasser les fièvres, elle tournait sept fois dans un sens puis dans l'autre une poignée de sel au-dessus du malade.

Je lui découvrais sans cesse de nouveaux talents. Elle touchait un œuf de poule et affirmait qu'il était fécondé, comme si elle voyait la goutte de sang à travers la coquille. Elle posait un doigt sur le nombril d'une dame enceinte, et prédisait aussitôt le sexe de l'enfant à naître. Dans les cas plus difficiles, celui des primipares, elle enveloppait une aiguille dans une mie de pain. La future mère mordait dans cette boule et repartait avec un diagnostic irréfutable.

La salive constituait aussi un ingrédient de choix pour ses préparations.

Un mardi, je l'avais accueillie d'un œil torve, la tête inclinée par un torticolis. Elle s'apitoya. Elle cracha dans une poignée de sel, la malaxa et m'appliqua cette sorte de cataplasme gluant sur le cou. Ma nuque se délia aussitôt.

Mon père attribua cette guérison miraculeuse au bond de dégoût que je fis. Il s'amusait de ces pratiques païennes. Il ne voulait pas croire aux remèdes de bonne femme. Ni aux amulettes. Ni aux jeteurs de sorts. Ni au mauvais œil. Il se faisait un principe d'opposer une explication rationnelle à chaque performance de ma grand-mère. Elle ne s'en formalisait jamais. Un gendre est fait pour contester. Elle le regardait, elle souriait. Ce sourire d'indulgence, ce sourire de supériorité que les croyants accordent à ceux que la foi déserte...

Très tôt, elle me permit de deviner sa conception de l'univers. Un empilage de tapis flottants. Des mondes sans fin ondulaient sous celui des apparences. Des mondes insolites, gais, mouvants, obliques. Elle comptait parmi les rares privilégiés capables d'en repérer les interférences. Pour elle, la météo n'était pas seule à présider aux dentelures des nuages. Et les nervures des feuilles de mûrier contenaient des indications que les spécialistes de moindre envergure affirment discerner dans les lignes de la main...

D'ailleurs, autant le révéler maintenant, c'est d'elle que je tiens la seule traduction que j'eus jamais du rébus de Bouche-Folle.

Je me revois, au cours de l'automne qui suivit, lui réciter de but en blanc :

« Salive... Arbre... Oiseau... »

Elle cesse de distribuer les cartes. Puis une expression d'une incroyable malice rafraîchit ses traits parcheminés. Et mon cœur saute.

Elle sait! J'en ai la certitude. Je répète mes trois mots. Avec lenteur, avec intensité. Je suis sans doute ridicule d'emphase. Mais il me faut par l'intonation rendre ce qu'ils évoquent pour moi. Et la réponse vient.

Ma grand-mère se touche d'abord les lèvres : « Salive. » Puis le front : « Arbre. » Puis ses doigts miment un battement, un envol dans l'espace : « Oiseau. »

« C'est tout ? »

C'était tout. Une gestuelle qui, à un détail près, ressemblait au « salam », ce salut qu'échangeaient certains dignitaires arabes. Était-ce là tout le contenu de mon courrier céleste ? Un simple bonjour ?... Une salutation divine n'est certes pas à négliger. J'aurais pu m'en contenter. Mais j'étais insatiable.

J'accablai ma grand-mère de questions. Je savais pourtant qu'elle les fuyait. Je me rappelle comme son visage se figeait. Un vieux sachem présidant au conseil des sages. Ses yeux étaient si noirs qu'on distinguait mal la pupille de l'iris. Son regard en avait dû être difficile à soutenir. Mais des paupières un peu tombantes, aux bords rougis par une éternelle conjonctivite, l'embuaient de patience. Parfois le sommeil la surprenait. Son menton se décrochait. Son dentier se déplaçait un peu. Je me détournais comme si j'avais entrevu sa nudité. Je me jurais de ne plus la fatiguer avec mon histoire. Et, la fois suivante, je lui ressortais Bouche-Folle, l'orage, la prédiction. Comme elle me contemplait alors ! Elle contemplait cette sorte de petit sauvage, avide, tenace, irrespectueux, pétulant et stupide, qui était de son sang. Et elle retenait une bouffée de tendresse, un soupir, moins qu'un soupir, un son, comme le bruit d'un apaisement, d'un essoufflement, d'un espoir...

Qui d'autre aurais-je pu invoquer du fond de ma nuit blanche ? Elle, dont le savoir-faire m'avait épargné bien des tortures, aurait su, j'en garde la conviction, éteindre l'incendie qui me dévorait le dos.

Mais le contact était difficile à établir. Un continent nous séparait. Pour la première fois de son existence, elle avait pris l'avion. Son fils aîné, celui d'entre ses enfants qu'elle préférait, l'avait emmenée en vacances dans une station thermale.

*

Au matin, j'eus la faiblesse de regretter à haute voix son absence. Mon père intervint avec son assurance coutumière.

« Moi, je sais ce qu'elle aurait fait !... Je l'ai entendue parler d'un cas semblable. Une brûlure au troisième ou au quatrième degré... »

Il se tourna vers ma mère. Ne s'en souvenait-elle pas ? Si ? Non ? L'histoire de cette fille, un peu gourde, qui au lieu de remplir une tasse de thé bouillant, s'était rempli... la main ? Quelle recette avait donc utilisée ma grand-mère, notre docteur-miracle, notre chaman personnel, notre fakir familial ?... De l'argile ? Du talc ? De l'eau de fleurs d'oranger ? De la pierre d'alun ?... Non ! C'était du... du...

Un doute m'effleura. Son ton n'annonçait rien qui vaille. Mais la douleur m'ôta tout esprit de contradiction. Je n'étais d'ailleurs pas le seul à subir son charme de bonimenteur. Ma mère, mes frères et même notre jeune bonne Mabrouka étaient suspendus à ses paroles. Il nous dévisagea l'un après l'autre, sûr de son effet. Puis il acheva :

« Du yaourt ! »

Je passe sur les diverses réactions qu'il suscita. Le fait est qu'il finit par ouvrir le réfrigérateur. Il en sortit un yaourt. Et sous les yeux éberlués de toute la famille, il me l'étala sur les épaules.

Poussait-il un peu trop loin une plaisanterie improvisée ? Voulait-il tenter une expérience ? Ou, par le jeu, mettre un terme à mes jérémiades ?... Aujourd'hui encore je ne parviens pas à me fixer sur la réponse.

M'étonne aussi mon manque d'opposition. Je ne fis rien pour le contrer. Et non seulement je ne manifestai aucune résistance, mais à plusieurs reprises dans les heures qui vinrent, je lui demandai de m'enduire à nouveau de yaourt. Depuis, je comprends mieux la passivité de certains malades que les plus grossiers charlatans éblouissent. L'espoir de guérison peut égarer. Je dois aussi à la vérité de dire que le traitement me soulagea. Du moins pendant les minutes qui suivaient son application.

Je traversai la journée tant bien que mal. Une odeur de lait caillé m'auréolait. Elle déclenchait les quolibets de mes frères. Mabrouka se pinçait le nez et pouffait avec eux. Je faisais mine de ne pas m'en apercevoir. L'essentiel était de me rétablir.

Mais la nuit venue, une horde de démons déchaînés ranima le brasier de mon dos. Ils me lacérèrent de leurs cornes, me labourèrent de leurs fourches, me saignèrent de leurs sabots, et plantèrent dans ma chair vive des graines d'orties infernales. Quand ils me lâchèrent à l'aube, j'étais épuisé, ivre de souffrance et d'insomnie. La fièvre me faisait grincer des dents. Et ma mère n'eut d'autre ressource que d'appeler le docteur Jaoui.

Le docteur Jaoui était un quinquagénaire longiligne et fatigué. Son teint bilieux et ses manières funèbres lui donnaient l'air d'un vampire. Les costumes croisés dans lesquels il flottait sentaient la naphtaline. Dès qu'il ouvrait sa sacoche, des flexibles de stéthoscopes emmêlés surgissaient comme des entrailles. Il lui en fallait au moins trois pour ausculter un patient.

Je ne lui faisais qu'une confiance modérée. Les gens l'abordaient comme si c'était lui le malade. Ils lui parlaient de biais avec cette fausse aisance que l'on emploie envers les grands incurables. Ils voyaient en lui une réincarnation de Job. Après lui avoir permis d'accumuler science et richesse, le destin l'avait fusillé. Son fils avait péri dans un accident de voiture. Sa femme, de dépression en dépression, dégringolait une pente que peu remontent. Sa mère, une vieille dame très digne dont jamais la raison n'avait failli, se persuada que le mauvais œil fixait sa maison. Elle fit sacrifier un coq noir sur son perron. Une attaque cérébrale la jeta aussitôt dans un fauteuil d'invalide. Le docteur Jaoui, lui, continuait de résister. Maigre, hâve, rongé par un désespoir discret, il affichait en permanence une grimace de champion déchu. Mais on ne s'inquiétait pas vraiment à son sujet. Les traits du sort qui le visait n'abattaient que les personnes de son entourage. Des bruits alarmants couraient sur sa belle-famille. Dans l'espoir vain de se protéger, ses cousins juraient avoir coupé tout lien avec lui. Ses amis préféraient l'éviter. Sa clientèle se raréfiait. De ce fait, il était le seul médecin du quartier qu'on pouvait joindre à toute heure. Et ma fièvre était à quarante.

La vue de mon dos l'horrifia. Avec quoi m'étais-je blessé? Une lampe à souder? Un barbecue?... Et cette curieuse odeur de fromage pourri? Avec quelle sorte de pommade m'avait-on traité?... Je balbutiai :

« Du yaourt! »

Il eut un sursaut. Son regard vacilla vers mes parents.

« Ce n'est pas possible.

— Si, si! Du ya... »

Mon père m'interrompit d'une tape sur la tête.

« Ne l'écoutez pas, docteur. Il délire... »

Le docteur Jaoui réajusta sa série de stéthoscopes.

« Heureusement. J'ai craint un instant... Imaginez, du yaourt. Avec des bactéries actives... Il aurait risqué la septicémie. »

Un autre que mon père se fût alarmé. Lui, il rétorqua avec superbe :

« Aucune crainte, docteur. C'était du yaourt désactivé! »

Je me souviens du hennissement qu'émit le doc-

121

teur Jaoui. Il voulait signifier que la fréquentation du malheur n'avait pas altéré son sens de l'humour et qu'il comprenait toujours la plaisanterie.

Après son départ, j'apostrophai mon père.

« Assassin ! »

Mais sa défense était prête.

« Ne t'emballe pas. Pourquoi crois-tu que j'ai pris des yaourts du frigo ? Les bactéries étaient épuisées de froid, les pauvres chéries... »

Que répondre ? Je l'aurais bien plongé dans le bain de goudron et de plumes que la tradition du vieil Ouest réservait aux escrocs à l'élixir de serpent. Mais les forces me manquaient.

De toute façon, je n'ai jamais su lui en vouloir. L'aplomb avec lequel il épiçait ses mensonges relevait du grand art. Ses improvisations les plus douteuses mettaient une telle accélération dans notre quotidien que plus d'une fois au cours de ma vie je me suis surpris à les attendre.

*

Mes amis m'enviaient un tel père. Sa haute taille, sa prestance, son élégance les impressionnaient. Certains lui découvraient des ressemblances avec de célèbres acteurs américains. D'autres penchaient pour le prince Philip d'Angleterre. On peut trouver ces comparaisons faciles. Aussi flatteuses qu'elles soient, elles signifient implicitement que mon père semblait toujours en représentation. Mais il faut l'admettre, près de lui, les hommes les mieux habillés avaient l'air débraillés.

Sa foulée était celle des gens habitués à focaliser l'admiration du public. Aisance, élasticité, et ce rien d'affectation qui fait les seigneurs des planches. Il descendait l'avenue comme sous le feu de projecteurs. Et soudain, pendant une poignée de secondes, le monde se réjouissait. Une buée d'insouciance colorait l'atmosphère. Une trépidation de joie transformait le trottoir en décor de comédie musicale.

Les gens qui avaient eu la faveur de partager ses jeunes années le surnommaient « la Girafe ». Un beau matin, sans prévenir, il les avait dominés de deux têtes. D'autres personnes, moins amicales, le taxaient de « gravure de mode ». C'est en surprenant leurs conversations que j'ai appris que mon père traînait derrière lui une réputation de noceur. Sa jeunesse était jonchée de conquêtes féminines et de concours de tango.

Comme tous les vrais séducteurs, il restait très discret sur ses exploits. Je n'ai jamais réussi à lui arracher qu'une seule confidence. Elle concernait un mythe. Mistinguett! Eh oui, la Miss, elle-même, en chair, en os, en plumes d'autruche et en aigrette de diamants. Le monde entier la croyait accrochée à la lippe de Maurice Chevalier. Erreur. Elle s'ennuyait incognito, au bout d'un fume-cigarette long de deux mètres, dans la grande salle d'un casino. Mon père était arrivé comme un jaguar. Ils s'étaient tout d'abord dévorés des yeux par-dessus une table de baccara. Ensuite, verre au bar, musique douce, bandonéon énamouré, paso doble. Mon père avait achevé l'envoûtement par quelque figure de tango inconnue d'elle. Et ils avaient continué à danser jusque dans la suite de dix fenêtres qu'elle occupait dans un palace. Il en gardait un souvenir langoureux.

Longtemps, je me suis ébloui à les imaginer, lui en smoking, elle toute strass et paillettes, en train de virevolter dans les salons du casino. Jusqu'au jour où, en comparant des dates, je m'aperçus du seul défaut de cette histoire. Ce soir-là, la divine étoile fêtait sa soixantaine.

Mis devant le fait, mon père n'eut qu'un haussement d'épaules.

« Et alors, sombre jaloux ! A soixante ans, elle en valait bien trois de vingt !... »

Ce galant sans défaut, oh oui, mes amis me l'enviaient. Son personnage les subjuguait. Et cela ne me déplaisait pas. Au contraire. Cela me flattait tant que j'ai souvent eu tendance à exagérer pour eux cette image idéale.

Mais un point de détail les chiffonnait. Ils me pressaient avec leur vocabulaire de footballeurs. Pourquoi un champion pareil avait-il lâché le ballon ? Comment un feinteur d'une telle envergure s'était-il mis sur la touche ? Eux, à sa place, se seraient vautrés indéfiniment dans cette existence de rêve...

Je les éclairais sur le même mode. Une vie d'athlète épuise, c'est connu. Les plus longues carrières se taisent toujours trop tôt. A l'orée de sa quatrième décennie de frasques, ses cheveux se raréfiant, mon père avait senti sur son crâne dégarni les effets sournois du vent d'automne. Il quitta le terrain. Sur les gradins, une brunette au nez retroussé attendait de devenir ma mère. Affaire conclue. Reconversion immédiate. Finie la haute voltige. Mariage, famille, respect des traditions... Il ne se reprochait rien. Quoique des bouffées de passé vinssent parfois le surprendre. Le vert de ses yeux noircissait. La pétillante écume des sommets lui manquait. Son existence trop assagie l'entravait comme un ceinturon, comme une gaine, comme une camisole de force. Il se débattait. Des coutures craquaient.

J'y voyais l'influence de la lune, des marées, mais au moins une fois par mois, cette mouche le piquait. Une immense colère l'embrasait. Adieu décontraction ! Envolé flegme anglo-saxon ! La Méditerranée prenait le dessus. Entrait en scène un ogre. Un tyran domestique. Un volcan en éruption... La moindre atteinte à son autorité, qu'un jour plus tôt il aurait réglée d'un bon mot, devenait soudain crime de lèse-majesté. Le grondement de sa voix faisait trembler les fenêtres. Je l'ai vu renverser la table. Je l'ai vu casser des assiettes. Je l'ai vu envoyer au plafond un steak mal cuit. Je l'ai vu accrocher un de mes frères à un portemanteau. Je l'ai vu déchirer à mains nues une chaussure en cuir tressé qu'il n'arrivait pas à délacer.

Dans ces cas-là, mes frères se figeaient, assis les bras croisés. Ils conservent encore une mémoire endolorie de ses froncements de sourcils. J'étais le seul, je crois, que ses emportements, même lorsqu'il les tournait contre moi, poussaient à l'hilarité. Sa rage décuplait mais je continuais de m'esclaffer. Et peut-être était-ce encore un de ses talents que de

125

m'aider à transformer en éclats de rire la frayeur qu'il pouvait inspirer.

C'était aussi le plus mauvais bricoleur que j'aie jamais connu. Il enfonçait une punaise près d'une baie vitrée, toutes les vitres de la baie éclataient comme par magie. Il tripotait un interrupteur défaillant, les plombs de l'immeuble sautaient. Il serrait un robinet qui s'obstinait à goutter, c'était l'inondation. Les voisins couraient s'interroger entre les étages telles des fourmis affolées. Ma mère, qui avait eu l'inconscience de lui demander d'effectuer la réparation, le suppliait de ne plus toucher à rien. Grâce à lui, aucune serrure ne fonctionnait. Aucune porte ne fermait. Les battants des persiennes ne s'adaptaient plus les uns aux autres. La chasse d'eau des toilettes se bloquait une fois sur deux.

Un jour, à quatre pattes, armé d'un minuscule tournevis un peu tordu, il gratta le siphon de la baignoire. Puis il se releva triomphant. La vidange se faisait. Sa gloire dura exactement un quart d'heure. Ensuite, les pompiers intervinrent dans l'appartement du dessous.

Un autre jour, il revint à la maison les bras chargés d'un nouveau produit. Du Vénilia adhésif. L'entreprise qui l'employait venait d'en devenir l'importateur exclusif. Une invention révolution-naire, clama-t-il. Révolutionnaire et économique!... Inutile en effet de remplacer la vieille penderie en palissandre bleu nuit. Ce plastique blanc à rayures rouges lui rendrait en un clin d'œil une nouvelle jeunesse.

Ma mère s'inquiéta.

« Tu ne trouves pas que ça fait rideau de douche ? »

Le regard qu'il lui assena la repoussa dans la cuisine.

Je me remémore souvent cette journée épique. Elle roule entre mes souvenirs comme un bijou. Une perle du plus rare orient.

Mon père avait besoin d'un assistant. Il me commit d'office. Il défit les rouleaux. Il enleva le papier de protection. Il colla le Vénilia sur le meuble, en cherchant à le lisser du plat de la main. Des bulles d'air s'accumulaient entre le plastique et le bois. Il les négligea. Il m'expliquait chacun de ses gestes, toujours soucieux de parfaire mon apprentissage. Puis il recula afin d'apprécier son œuvre et émit un clappement de satisfaction. Moi, j'étais plutôt sur l'expectative. La surface de la penderie ressemblait à une nappe froissée après un banquet.

Il convia ma mère à admirer le spectacle. Elle se permit une réserve.

« C'est normal toutes ces... cloques ? »

Il la renvoya et me prit à part. « Voilà bien les femmes. Elles s'arrêtent à des détails... Enfin, faisons-lui plaisir. Et s'il y a une leçon que tu dois retenir, la voici : Il faut toujours faire plaisir aux femmes. » Il décolla un coin de Vénilia, le recolla. De travers. Le plastique, malléable jusqu'ici, se révolta. Les bulles d'air se multiplièrent. Mon père tenta de les aplatir en les frappant. Elles se mirent à fuir sous ses gifles. Une nouvelle idée l'illumina. Les cribler de coups d'épingle. Peine perdue. Une mourait, cent autres naissaient. Et les plis proliféraient à mesure. Plus il s'activait, plus la nouvelle peau de la penderie ondulait et se ridait. Il voulut la lisser de force. Elle se fendit. Très vite, le meuble prit l'apparence d'un panneau d'affichage lacéré. Mon père tenta de camoufler les dégâts sous des bandes vierges. Le Vénilia adhésif ne voulut plus adhérer. Les angles se cornaient. Les bords se soulevaient. La penderie parut se couvrir d'écailles en plastique fripées.

Cette étendue boursouflée et trouée ne pouvait longtemps combler son sens esthétique. Mon père prit une décision capitale. « On recommence tout ! » cria-t-il. Il arracha le Vénilia déjà gâché d'un mouvement sec. La porte coulissante de la penderie lui tomba dessus.

Je le revois encore, échevelé, cramoisi de surprise. Je réprimai de justesse un gloussement. Je ne le connaissais que trop. Il était en nage. Des ondes d'exaspération l'agitaient. Un seul sourire et il m'aurait étranglé. J'affichai donc une mine de circonstance. Il me rassura. Ce n'était qu'un contretemps mineur. Tout allait s'arranger. Il s'emplit d'une longue inspiration pour se calmer et se remit à la tâche. Je voulus l'aider. Il m'arrêta.

« Surtout ne touche rien, malheureux ! C'est du travail au microscope ! Regarde... et apprends ! »

Il reposa le battant sur son rail, le fit coulisser. Non sans mal. La penderie tout entière vibra. Elle m'évoqua une bête volumineuse à qui un étourdi chatouille le nez. Dans une seconde, elle allait sortir de son hibernation. Mon père ne s'en rendait pas compte. Il débordait déjà de fierté. « Au mi-cro-scope ! » répéta-t-il.

La penderie s'effondra dans un éternuement formidable.

Quand ma mère osa un coup d'œil dans la chambre, le tableau la stupéfia.

Je suffoquais de rire. Et mon père me poursuivait en essayant de se défaire d'un monceau de bois, de planches, de vêtements, de cintres, inextricablement liés à lui par les bandes adhésives. Plus il s'agitait, plus il s'emmêlait, plus il m'injuriait, plus autour de lui le désordre augmentait. Il fallut près de deux heures pour le libérer de ses entraves. Il fallut aussi acheter une armoire neuve. Et remplacer les rideaux, leur tringle, et deux lampes de chevet que sa fureur n'avait pas épargnés.

Plus tard, il utilisa le restant du Vénilia adhésif pour renforcer la couverture de mes livres scolaires. J'ignore comment il s'y prit, mais mon manuel de géographie demeura saisi dans une gangue plastifiée. Voilà sans doute pourquoi, ma scolarité durant, j'ai entretenu des relations mouvementées avec cette noble discipline...

Ce n'était pas de l'incompétence. C'était un don. Entre ses mains, la matière inerte devenait vivante, indocile, incontrôlable. Mais il n'en était pas esclave. A quelques rares exceptions près, il parvenait à donner l'illusion de dominer la situation. Il prétendait qu'une part d'imprévu et de spontanéité, même dévastatrice, est essentielle à l'harmonie d'une maison. A l'en croire, tout juste s'il ne provoquait pas des désordres exprès pour nous égayer... Un enfant attend peut-être davantage de son père. Pourtant, à son contact, aucune catastrophe n'était sans remède. Et, chose curieuse, j'avais le sentiment d'être protégé quoi qu'il advînt...

Grâce à lui, en cet été finissant, le concept de yaourt désactivé s'installa dans la mythologie de notre famille. Mes frères continuent de s'y référer chaque fois qu'ils cherchent une occasion de se divertir à mes dépens.

Ils pensent voir les mêmes images que moi. Mon père invraisemblable de sérieux en nouvel homme-médecine de la tribu. Son baratin et ses effets de manches lorsqu'il me tartinait le dos aux bactéries transies. Mon impardonnable crédulité. Ma façon de quémander à ce chaman de pacotille un nouvel emplâtre de yaourt. Ils se pincent le nez et rivalisent de comparaisons savoureuses pour définir le fumet de lait tourné que je dégageais. Et ils se tiennent les côtes aussi fort qu'ils pouffaient entre les jupes de ma mère et celles de Mabrouka.

Je prends alors un air jaune de mauvais perdant qui décuple leur joie. Mais ils ne se doutent pas comme en secret je m'amuse. Ils ne soupçonnent pas à quel point je dois à cette trouvaille de mon père.

Elle provoqua dans ma vie sensuelle un rebondissement inespéré.

Mabrouka

En ces temps-là, j'étais — suivant le mot de ma
mère — un malade invivable.

Mes copains, mes frères, tous les enfants de ma
connaissance, traitaient le moindre microbe comme
un allié. Ils le guettaient, l'invitaient, l'examinaient
avant de se le repasser tel un cadeau de prix. Quel
bonheur s'il s'agissait d'un virus, répertorié comme
pouvant offrir de plus longues vacances ! Une fois
contaminés, c'était pour eux le nirvana. Ils se laissaient emmitoufler dans du moelleux. Ils buvaient
des bouillons brûlants en poussant des gémissements de plaisir. Ils en profitaient pour se faire
plaindre, soigner et dorloter tout leur soûl.

J'étais l'exception. Avaler un médicament m'était
une torture. Je recrachais les sirops. Je renversais
les gargarismes. Je refusais les inhalations. Pour me
garder au lit, il fallait presque m'attacher. La maladie me semblait une boîte qui rétrécissait. Je
n'acceptais pas d'y être enfermé. Même les livres,
pour lesquels j'étais prêt à sacrifier des heures de

jeu, ne me libéraient plus. Et les plus courtes convalescences duraient pour moi une éternité.

A tel point que, lorsque j'ai simulé parfois une fièvre pour échapper à quelque souci d'ordre scolaire, ma mère, me voyant alangui et l'écume aux lèvres, comprenait instantanément à ce calme que j'avais en douce mâchouillé du savon et frotté le thermomètre contre les couvertures. En pleine épidémie, mon inertie était pour mes parents le gage le plus sûr de santé florissante.

Cela pour aider à comprendre que les jours qui suivirent la visite du docteur Jaoui furent agités. J'étais encore une fois incapable de prendre mon mal en patience. Je passais mon temps à arracher les pansements de mes épaules et à pester contre ma peau qui tardait à cicatriser.

C'est alors que Mabrouka vint me chuchoter :
« Je sais comment te guérir. »

Cet air malicieux ! Je faillis l'envoyer promener. Mon père venait de me vacciner contre toute espèce de guérisseurs. Pourquoi acceptai-je ? Nous étions seuls. Les autres occupants de la maison étaient affairés ailleurs. Pas de témoins pour rire le cas échéant de ma crédulité...

Non, ne trichons pas. Je n'ai jamais su résister à une tentation.

Je laissai Mabrouka passer derrière moi. Elle me ferma les paupières. Ses doigts m'effleurèrent, m'abandonnèrent. Elle resta un instant dans mon dos sans bouger. Puis, alors que je tentais de deviner ce qu'elle mijotait, elle appuya sur ma nuque la pointe de sa langue.

Ce n'était rien. Une chatouille imprévue. Une touche un peu humide contre mon épiderme surchauffé. Elle me transperça pourtant jusqu'à la moelle. Et mon corps partit en vrille comme sous un coup d'épingle sublime.

J'en redemandai. Mabrouka s'échappa en riant. « Ah, non ! un bon docteur ça se paye ! »

Je courus vider ma tirelire. Mabrouka se moqua. Ça ne suffisait pas ? En voulait-elle davantage ? Non, pas d'argent.

J'en fus étonné. Je connaissais son âpreté à discuter ses gages. Pour elle, chaque sou importait. Elle cachait ses économies dans le nœud d'un mouchoir qu'elle coinçait sous sa robe. Elle les recomptait souvent. Une piécette, un billet de plus représentaient à ses yeux un supplément de dignité, un surcroît de bonheur, une enjambée de fourmi mais une enjambée quand même vers l'indépendance et la liberté. Qu'aurait-elle pu convoiter d'autre ?

Elle hésita un peu, puis lâcha :

« Un livre. »

Elle ne plaisantait pas. Me le soufflaient son soudain rougissement, la vibration d'une honte dans sa voix comme si elle avait dévoilé un de ses désirs les moins clairs.

Je la regardai.

Notre quartier, dit « des Ambassades », avait la réputation d'offrir les plus hauts salaires aux domestiques. Tous les matins, des dizaines de femmes venaient de la ville arabe ou des banlieues miséreuses pour louer leurs services. Certaines amenaient leur plus jeune enfant. Cela leur permet-

133

tait d'attendrir leur future patronne et donc d'en tirer quelques francs de plus. Puis, pour avoir les mains libres, elles laissaient le gosse dans le premier coin d'ombre venu avec un croûton de pain à l'huile.

C'est ainsi que j'avais connu Mabrouka. Livrée à elle-même sur un seuil, une marche d'escalier, un perron ou un patio, et se mêlant jusqu'au soir aux jeux des autres gamins. Nous avions grandi ensemble. Elle plus vite que moi, pressée d'en arriver à l'âge de remplacer sa mère. Et à présent, la voilà qui m'offrait l'occasion de rattraper mon retard.

Pour cela, il me fallait sacrifier un livre. Ce n'était pas une mince affaire. Les livres constituaient mon unique richesse. Je les accumulais avec une rapacité d'avare. J'étais prêt à tous les mensonges pour m'en procurer. Je poussais mes amis à détourner ceux de leurs parents — j'échangeais à cette fin mes jouets et même ceux de mes frères. Je ne rendais guère ceux que j'empruntais. Je préférais les payer d'une punition, voire d'une raclée, plutôt que de m'en séparer. Ils m'étaient indispensables. Ils m'assuraient respect, prestige, et tranquillité. Ils constituaient un royaume inexpugnable, un empire dont j'étais le maître absolu.

Pour la plupart, il s'agissait de rescapés. Deux hivers plus tôt, une inondation avait ravagé la bibliothèque de ma tante Alice. Seul un rayonnage avait survécu au désastre. La collection « Nelson », protégée par le saint patronage du célèbre amiral anglais, était selon toute évidence insubmersible. Une bonne centaine de volumes en fort piteux état.

Je bénissais ma tante de me les avoir donnés, je bénissais le déluge qui l'y avait contrainte.

Je les conservais dans les flancs de mon lit-coffre. Certaines nuits, leur présence troublait mon sommeil. Je m'éveillais à demi, je repoussais le matelas, l'abattant, et plongeais dans ma cargaison avec le délice d'incrédulité d'un chercheur d'or découvrant le filon de sa vie. Ces livres sentaient le vieux carton, l'eau un peu faisandée et un curieux parfum d'herbe, une lointaine odeur de gazon provenant sans doute de la pelouse où on les avait mis à sécher.

Les histoires qu'ils racontaient se doublaient de celle plus physique de leur naufrage. Couvertures tordues, enflées, dédoublées. Pages fripées, tachées ou collées. Ces dommages ne me dérangeaient guère. Une ligne, un paragraphe manquaient, effacés ou illisibles, je les recréais avec une patience d'amateur de puzzles. Je n'ai jamais vérifié si les mots que je prêtais ainsi correspondaient à l'impression d'origine. Et il ne me serait pas venu à l'idée de préférer à mon tas de mutilés crasseux les défilés de bouquins impeccables que je caressais dans les librairies.

Il serait peut-être utile de préciser ici que le label « Nelson », souverain contre la noyade, ne valait rien en cas d'incendie. Surtout un incendie volontaire. Un été, la maison fut l'objet d'une invasion d'insectes. Cafards, punaises et autres calamités rampantes élurent domicile dans mon lit-coffre. On les délogea au pétrole enflammé. On grilla aussi mes livres dont le labyrinthe abritait nids et larves. Cet autodafé commis en mon absence me révolta longtemps. En l'apprenant, je compris la ruine, je compris le dénuement, je compris la solitude... Mais pourquoi anticiper ? J'en étais à une heure de plaisirs sans blessure.

*

Je présentai à Mabrouka le plus abîmé de mes livres.

Le nom de l'auteur ne m'est pas resté. Il s'agissait d'une bêtifiante aventure de spahi écartelé entre l'honneur et la passion amoureuse. Le dernier chapitre effrité par l'eau m'épargnait une fin trop facile à reconstituer. Suivant l'humeur, on pouvait accorder au héros une mort épique lui permettant de racheter une ancienne lâcheté, ou bien le laisser couler des jours aussi bâclés et insipides que l'histoire elle-même.

Mabrouka me rit au nez. Elle ne voulait pas de ce cadavre en putréfaction. Elle avait déjà arrêté son choix. Sur ma table de chevet trônait un recueil de contes — Grimm je crois, ou peut-être Andersen car l'illustration de couverture, une fillette blonde au regard de pluie nordique, m'évoque tout à coup la Petite Marchande d'allumettes... Je dis non, trois fois non, et puis quoi encore, impossible, c'était un cadeau d'anniversaire, m'en séparer me semblait une amputation. Mais ma nuque tremblait encore du contact d'une chair mouillée. Et cette sensation neuve, promesse d'extases à découvrir, engourdissait ma volonté.

Mabrouka rafla le livre avant que je revienne sur

ma décision. J'ignore ce qu'elle en fit. Elle ne savait pas lire. Pensait-elle, paradant dans la rue avec cet album rouge et or sous le bras, atteindre le statut des lycéennes qu'elle jalousait ?... Ou peut-être — j'y songe seulement maintenant — ce recueil de contes n'avait d'autre prix pour elle que celui immense que je lui accordais. Peut-être avait-elle trouvé d'instinct la meilleure façon de s'emparer de moi.

Car à dater de cet instant je me mis à lui appartenir. En échange de ses faveurs, elle me réduisit à l'esclavage. Elle avait une science innée pour monnayer chaque effleurement. Ses caresses devinrent vite de plus en plus coûteuses. Mais elle avait obtenu le plus. Le moins ne posa aucune difficulté.

Au fil des jours, je lui offris mes économies, la boîte fendue qui les contenait et dont je n'eus plus l'usage, ainsi que diverses autres babioles que je ne tiens pas à me rappeler. Quand je n'eus plus d'argent, elle me poussa à dissiper celui des commissions. Elle me poussa à ouvrir le sac de ma mère. Elle me poussa à alléger les poches de mon père. Je me rendais compte du mal. Mais mes scrupules duraient peu. J'étais intoxiqué. J'étais possédé. J'étais malade de désir. J'étais dans le noir, avec cette frayeur sournoise qui pince, mais qui n'empêche pas d'avancer et de s'enfoncer davantage dans les ténèbres. En ces temps-là, je ne savais rien faire à demi.

Pourtant, elle n'était même pas jolie. Un visage fluide, un corps d'adolescente fluette, couleur café au lait mal mélangé. Elle sentait fort, tantôt le clou de girofle, tantôt la crasse. Mais sa sève débordait.

Elle était toute jeunesse et rire, insolence et fierté. Elle détenait surtout un petit talent pour transformer les pétillements les plus chastes en jeux interdits. Et elle avait décidé de le perfectionner sur moi. Au fond, c'était une fille de ressources. Le hasard lui avait envoyé un citron, elle faisait une citronnade.

Je la traquais pendant qu'elle vaquait au ménage. Je me croyais chasseur, braconnier rempli de ruses, je n'étais que gibier transparent. Je tombais dans les moindres pièges. Ses yeux malins s'amusaient de moi. Dans ses prunelles, brillait une étincelle impitoyable. De celles qui flanquent le feu aux broussailles, aux étendues noires des forêts, aux vies des garçons insouciants. Elle secouait un chiffon à poussière, en me coulant un regard enjôleur. Et je perdais le souffle, je devenais ce chiffon, j'étais cette poussière. Je me dissolvais dans un rayon de soleil. Je tremblais en lui parlant. Oppressé. Tâtonnant. La touchais-je, elle s'esquivait en riant. J'avais les mains froides, prétextait-elle. Mais l'espace d'une seconde, son corps se recollait au mien. Je pinçais son corsage. Je froissais son jupon qui tournait sur ses hanches. Mes paumes, mon visage se couvraient de sueur. Mabrouka chassait mes doigts, mais avant de me lâcher, elle me mordillait l'index. Ou elle me léchait le nombril. Et mes jambes se liquéfiaient, mon corps se défaisait pour la journée.

Jusqu'à quels sommets aurait-elle pu me conduire? Je ne sais. C'était un délectable prurit, une urticaire de voluptés. Je me grattais, c'était si facile. Une seule ombre au tableau : les exigences financières de Mabrouka croissaient sans cesse. Parfois, je refusais d'y céder. L'ambiance de la maison se transformait d'un coup. Aussi animé qu'il fût, l'appartement devenait désert. Mon existence se mettait à lui ressembler. Demi-jour. Parfum du carrelage qu'on a mouillé pour rafraîchir l'atmosphère. Relents de bombe insecticide. Bourdonnement d'une mouche à l'agonie que mes tympans tentent éperdument de situer. Lorsque ce bruit minuscule s'arrêtait, les battements de mon cœur se suspendaient aussi. Une sorte d'étouffement me gagnait. Une sensation de regret irréparable me frôlait.

Alors, je capitulais. Je rôdais de nouveau jusqu'à la cuisine où Mabrouka s'asseyait pour déjeuner. J'avais beau me composer une mine indifférente, elle savait exactement où j'en étais. Je retrouvais la flamme ironique dans ses yeux, je voyais l'arc lourd de sa lèvre un peu mouillée aux commissures, je voyais la palpitation de sa langue entre ses incisives. Et j'étais la bouchée qu'elle dégustait, j'étais le morceau de pain que son sourire malaxait. Je confondais son appétit avec l'annonce d'une prochaine jouissance inédite.

Elle en profita pour augmenter ses tarifs. Je dis non, stop, pas question, un pas de plus et c'est l'abîme. Elle se tortilla, coquine :

« En échange, je te le croquerai. »

J'en restai muet, n'osant y croire. Elle confirma d'un clin d'œil.

« Je te croquerai ton piment rouge. »

Ah, cette flèche! Ce besoin surprenant, cette vapeur folle qu'elle savait si bien planter en moi!

J'étais fichu. Ficelé, habité par un nouveau mirage :
le tranchant de ses dents, la pulsation tiède de son
haleine s'alourdissant contre ma, contre mon...

Mon pauvre piment rouge en devenait violet. Et
ma cervelle aussi. Je titubais au long des jours,
cuisant et recuisant sa proposition. Je rôdais autour
de l'armoire de mes parents, porté à toutes les
bêtises pour remplir ma part du marché. J'ouvrais
des tiroirs défendus, je comptais des billets, les
lâchais aussitôt. La somme qu'elle demandait était
impossible.

A bout de ressources, je tentai un mensonge. Je
jurai que j'avais l'argent. Qu'elle m'ait cru, je n'en
reviens pas encore. Erreur de débutante ? L'empire
qu'elle savait avoir sur moi l'aveugla-t-il un instant ?

Nous glissâmes vers la salle de bains. Pénombre.
Filet d'eau qui coule. Tintement lointain de casseroles. Ma mère, dans la cuisine, pouvait surgir d'une
seconde à l'autre. Mais que valait cette menace
devant ce qui m'attendait ? Je tremblais d'avance.
Mabrouka avait goûté à ma nuque, à mon nombril.
Ses lèvres renflées mordirent plus bas.

Saurais-je dire le tressaillement qui m'anima ? Je
pourrais écrire électricité, jaillissement, tournis. Ce
serait peu. Ce serait faux. Je n'ai gardé le souvenir
que d'un choc étrange, un choc éblouissant, satiné,
et d'une immense faiblesse, une faiblesse prodi-
gieuse, quasi liquide, qui me montait aux yeux
comme des larmes... J'ai connu depuis bien d'autres
émois. Mais jamais je crois d'aussi terribles, d'aussi
cinglants, d'aussi nus.

Mabrouka cracha dans le lavabo et eut son rire de
diablesse.

Elle se voyait riche. Elle déchanta. Le portefeuille dont je lui avais laissé admirer l'épaisseur ne contenait que des paperasses sans valeur. Sifflant sa rage, elle m'enjoignit de régler ma dette. Sinon, elle se vengerait.

Je ne la crus pas. J'eus tort.

*

Deux jours plus tard, aux alentours de midi, ma mère se transforma en tornade. Je me livrais alors à quelque activité innocente. Mon visage respirait la candeur. Le sien transpirait d'indignation. Sa voix virevolta dans l'aigu. Mais rien ne m'atteignait encore. Puis je vis non loin Mabrouka qui jubilait et j'eus une sueur froide. Je l'avais imaginée trop finaude pour sacrifier la poule aux œufs d'or. J'avais compté sans sa fierté, son esprit de revanche. Et tandis que se déchaînait la tourmente, je m'enfermai dans un détachement halluciné, mon intelligence obnubilée par une seule question : Qu'avait dit exactement Mabrouka ? Quels mots avait-elle employés pour formuler ses griefs à mon égard sans se dénoncer elle-même ?

Pour la suite, ma mémoire hésite. Je vois une petite foule encombrant le vestibule. Des voisins intrigués, avides de spectacle, avec, pour certains, des bouches pleines, des lèvres balafrées de sauce tomate, des coins de serviette encore fichés dans leurs cols de chemise. Je vois, mais sans certitude, le visage d'Angeline, arrondi de curiosité et se frayant un passage pour mieux regarder.

141

Je vois surtout la tête haut perchée de mon père qui arrive sur ces entrefaites. Et ma mère qui l'assaille, hurlante et bondissante. Elle réclamait une intervention immédiate. Une punition exemplaire qui extirperait de ma peau les démons de la lubricité. Mais elle criait trop fort pour être entendue.

Mon père, désorienté, se rabattit sur un geste machinal. Il se changeait toujours en rentrant pour déjeuner. Il lâcha donc son chapeau, son veston, commença de déboucler sa ceinture.

Ma mère se jeta sur lui, s'accrocha à son bras.

« Non, pas la ceinture! Pas avec la ceinture! Ça fait trop mal! »

Et mon père, agacé par cette furia qu'il ne saisissait guère plus que quiconque :

« Eh bien quoi! On ne peut plus se déshabiller tranquillement ici? »

Le décalage total.

J'en souris aujourd'hui, mais sur le moment je n'en menais pas large. Mes minutes étaient comptées. Ma mère corrigea le tir. Son index m'associa à Mabrouka.

« Il lui a manqué de respect dans la salle de bains! »

J'entends encore son cri. Morceau d'argile pétri de colère, de déception aussi, coincé dans ses cordes vocales. Aiguillon idéal pour déclencher les foudres paternelles.

J'entends le silence horrifié qui suivit.

Et me revient de nouveau ce calme irréel en moi, cette impression d'être dans l'œil du cyclone, non pas à l'abri mais au repos. Ma raison s'extasiait enfin. Voilà comment Mabrouka avait exprimé sa plainte : je lui avais manqué de respect dans la salle de bains. C'était lumineux. C'était imparable. Cela frisait la perfection. J'étais condamné... Et je contemplai non sans admiration Mabrouka, cette sainte-nitouche qui penchait pieusement la tête pour masquer son triomphe.

Mon père finit par réagir. Ses yeux, son cou, ses épaules s'enflèrent. J'eus le temps de penser « il va m'étriper ». Il me saisit par les cheveux et me propulsa dans sa chambre qu'il ferma derrière lui.

Je sentis de nouveau le poids de son regard, le déplacement d'air quand il bougea. J'eus un réflexe pour éviter ce que je croyais être la première gifle. Mais son mouvement n'était pas dirigé contre moi. Il s'assit au bord du lit. Il ne paraissait plus m'en vouloir. Son accablement ne semblait provenir que de la chaleur et de l'accumulation de ses heures de travail. Il entreprit de délacer ses chaussures.

« Mabrouka, hein... Et dans la salle de bains... »

Il n'en revenait pas. Il me regardait, la mine intéressée, incrédule.

« Tu as fait quoi exactement ? Tu l'as... touchée ? »

J'admis.

« Un peu ? Beaucoup ? »

Je bredouillai :

« Pas mal. »

Il se pencha davantage.

« Comment ça pas mal ! Et où donc ?... En... haut ?... En bas ?

— Un peu partout.

143

— Partout!... Et elle t'a laissé faire?

— C'est elle qui a commencé. »

Il en resta bouche bée, remuant la tête, et me considérant longuement comme lorsqu'il revenait de voyage et qu'il lui fallait se réadapter à mon aspect.

Puis il soupira :

« Treize ans... Même pas treize ans. »

Du temps s'écoula. Il acheva de se déchausser, se massa les orteils, l'air ailleurs. Un peu amusé. Un peu triste aussi. Et je regrettais de lui avoir fait les poches pour payer cette hypocrite de Mabrouka. Soudain, il parut se réveiller. Sur ses traits brilla une expression de comploteur. Il chuchota :

« Crie. »

J'hésitai. Il m'indiqua la porte. Derrière, des oreilles outrées guettaient le bruit d'un châtiment. Mon père ne tenait pas à les décevoir. Il en allait de son autorité. Il saisit un coussin et se mit à le boxer en l'injuriant. A l'entendre sans le voir, il me massacrait. Moi, je braillai aussi, à la fois pantois et ravi de la tournure que prenaient les événements.

Je n'avais qu'une crainte : ma mère, effarée par la violence qu'il déployait, était bien capable d'entrer pour le supplier d'arrêter le carnage. Sa tête alors en découvrant la supercherie... Mais il s'agissait de luxure et en ces matières périlleuses elle ne transigeait pas. La correction devait être définitive. Ma mère n'intervint pas.

Nous jouâmes un moment ainsi. Puis mon père quitta la chambre en prenant soin par son claquement de porte de faire frémir l'immeuble sur ses bases. La parole assure qu'à la suite de cet effort il gagna sa place à la table familiale nimbé par la lumière qu'irradiaient les Césars traversant Rome sur leurs chars de victoire.

Il est des sévices que le corps n'oublie plus. Surtout si c'est un oreiller qui les a subis à votre place. La volée que mon père flanqua à sa literie demeure inscrite en moi davantage que si ma peau avait craqué sous le fouet. Et je me replonge avec tendresse dans notre partie de bruitage. Je savoure encore ce fou rire qui nous prenait et que nous combattions par une surenchère d'insultes et de piaillements mêlés. C'était un instant de grâce. Un instant d'envol. De ceux qui, lorsque le public retient son souffle, empoignent les comédiens et leur donnent une raison d'être.

On peut n'y voir qu'une complicité entre un père et son fils. Une manifestation de solidarité masculine. Mais j'y ai puisé bien plus.

Rares étaient les pères capables de se comporter ainsi. Ceux de mes amis fondaient leur pouvoir sur un maniement excessif de la cravache. Le mien préférait m'enseigner l'art de tourner le drame à la farce, l'art de choisir la navigation à contre-courant. Il me soutenait là où nul ne se serait attendu qu'il prît mon parti. Il m'accordait une chance, un privilège. Et la vie me les accordait aussi.

Sans lui, j'exagère à peine, j'aurais été jeté au ban de l'immeuble, au ban du trottoir, au ban de l'avenue, et qui sait au ban du quartier. Pendant une demi-journée ou deux, on me montra bien du doigt ou du nez. Je n'avais pas su discipliner mes bas instincts. Et ce avec qui ? Une domestique ! Pis : une Arabe ! Quelle déchéance ! Moi, à qui on accordait d'emblée le bon Dieu et ses prophètes. La bar-mitsva n'avait donc pas, ainsi que le prévoit la tradition, nettoyé et fortifié les champs de mon âme ? Par chance, ma glissade sur le toboggan du vice avait été enrayée de main de maître...

Il se trouva cependant quelques spécialistes de la compassion pour juger, à l'écho de mes plaintes et au masque délabré que j'affichais ensuite, que la sanction avait été trop cruelle. Après tout, ce n'était que menues fredaines, barbotage de caneton.

Ma mère, dont le punch éducatif n'était plus à prouver, leur rétorqua :

« La moralité d'abord ! On laisse passer un geste un peu leste, et puis tout se détraque ! »

N'empêche, ses interlocuteurs auraient bien aimé en savoir davantage. Leur tempérament de mêle-à-tout supportait mal de rester dans le vague. La précision manquait, et tant de détails qui auraient épicé les conversations. Tous se demandaient au moins quel geste j'avais osé sur les appas naissants de Mabrouka. Et dans les regards qui se lançaient sur moi, la curiosité l'emportait sur la réprobation.

*

A l'exception de mon père, Angeline fut la seule à me poser directement la question.

Sitôt que je la croisai dans l'escalier, elle m'agrafa et m'entraîna au rez-de-chaussée dans le renforce-ment des boîtes aux lettres.

L'aveu qui va suivre me coûte. Mais voilà.

L'intérêt qu'elle me portait me rendit fat. Dès qu'elle prononça le nom de Mabrouka, une bulle de prétention enfla en moi. Je ne pus résister au besoin de me vanter. J'affirmai avec une inconscience, une vanité que je déplore aujourd'hui :

« Je l'ai plantée ! »

C'était une des expressions consacrées par la rue. Les autres faisaient tout aussi dans le lapidaire, l'agressif. « Je l'ai clouée », « je l'ai craquée comme une pastèque » ou « je l'ai déchirée de bas en haut ». Elles me changeaient des « étreintes passionnées », « longues nuits d'amour » et autres « plaisirs coupables » que les romanciers que je lisais enjambaient d'une plume désinvolte.

Angeline en oublia de retirer le courrier.

« Pardon ?

— Je l'ai plantée, oui. Debout contre une porte. »

Ces mots ne m'appartenaient pas. Je les avais entendus prononcés par le frère aîné de Jacky Cassuto dont j'enviais parfois les allures de coq. Et je n'espérais que l'occasion de les servir à mon tour.

En retour, le frère de Jacky avait eu droit à des mimiques d'admiration. Moi, je reçus une claque.

Je retins un cri. Devenait-elle folle ou quoi ? Nous étions à deux pas de la loge de Lucia, notre concierge, qui pouvait nous surprendre d'une seconde à l'autre. C'était la première fois que je voyais Angeline courir un tel risque. Elle cracha, dents serrées :

« Ne parle jamais comme ça ! »

Je me défendis. C'est le langage de tout le monde.

147

Elle s'en fichait. Elle me renvoya, me rattrapa par la chemise. Elle était rouge, révoltée. Son corsage tremblotait. Mais sous l'indignation palpitait une inquiétude, plus qu'une inquiétude, une pointe de fièvre, quelque chose qu'elle ne contrôlait déjà plus et qui montait d'elle comme un parfum intime.

« Tu n'as pas fait ces saletés avec cette souillon ? »

Je lui jetai un œil rancunier.

« Bien obligé. Puisque tu ne me veux plus. »

Elle sursauta. Elle ne s'attendait pas à ce que je lui fisse endosser la responsabilité de ma conduite. Ses yeux s'arrondirent.

« Moi ? Moi, je ne te veux plus ? »

Elle me secoua. Moi, je ne te veux plus ? Moi ! La mine douloureuse, fermée à demi. Puis elle me rejeta. Va-t'en. Va-t'en. Mais je ne pouvais pas m'éloigner. Elle me tenait par la chemise. Elle me repoussa. Elle m'attira. Elle me repoussa encore. Et son tremblement croissait. Il allait bien au-delà de son irritation à mon sujet. C'était comme un sanglot ou un rire ou un éternuement qui s'amassait progressivement dans son corps. Une palpitation charnelle. Un scintillement. Cela déborda soudain. Son visage toucha le mien. Sa bouche goba la mienne. J'eus la vision d'une fleur rouge-noir, veloutée, une belle-de-nuit. Dans la même fraction de seconde, sa langue, le muscle de sa langue, battit contre mes dents, les écarta, alla et vint contre mon palais, puis se retira. La face d'Angeline reflua aussi. Puis sa masse tout entière. Et je demeurai seul dans l'ombre du cagibi aux poubelles, parmi les relents suaves de moisissures, de pipi de chat et de détergent. Tandis

148

qu'en moi, à l'intérieur de mes joues, s'accumulait un léger goût de latex, de caoutchouc, oui, de jouet en caoutchouc, ou de gomme à effacer.

Je ne suis jamais parvenu à comprendre ce qui déclenchait les impulsions d'Angeline. Nos contacts en acquéraient une brusquerie qui procédait du télescopage. Nous nous percutions — ou plutôt elle me percutait. Et la secousse nous séparait.

Plus tard, j'ai pensé que ces hoquets qui nous rapprochaient et nous écartaient ressemblaient aux cahots d'un moteur un peu grippé qu'on peine à mettre en marche. Et peut-être, à cette époque, le moteur de notre histoire était-il un peu grippé.

Plus tard encore, j'ai comparé ces soubresauts à une variété de pulsations cardiaques. Et peut-être, à cette époque, notre histoire avait-elle déjà un cœur...

*

Mabrouka ne devait plus rester longtemps chez nous.

Ma mère n'était pas femme à remettre en cause l'innocence qu'elle lui avait prêtée. Mais la prudence lui interdisait de garder une employée qui avait propulsé l'aîné de ses fils dans des outrances inexpiables. D'ailleurs, à compter de cet été, elle n'utilisa plus que les services de solides matrones, lourdement pourvues en décennies et en progéniture, et que l'idée même de bagatelle démoralisait car elle impliquait une grossesse supplémentaire.

Mabrouka trouva un emploi dans un autre quartier.

Je ne la revis qu'à trois mois de distance. Je traînais sans joie mon cartable. Elle vint s'appuyer contre le poteau qui marquait l'arrêt des bus.

Elle semblait fuir quelqu'un ou quelque chose. Elle avait l'allure farouche et émaciée de ceux qui ne relâchent plus leur vigilance. Elle me montra une sorte de couteau. Mais sans le brandir, sans me menacer. Au contraire. Son sourire fripon témoignait plutôt de notre ancienne familiarité. Et si elle découvrit cette arme pour moi, ce fut d'un geste furtif de gamine qui veut faire partager un secret.

Pour tout dire ce n'était pas un couteau. Ni même un canif. Il s'agissait d'une lame de rasoir déjà usée, coincée dans les branches d'une pince à linge. Et sans prétendre que cet instrument était inoffensif, je doute qu'il pouvait causer grand mal.

Mabrouka croyait devoir se défendre. Contre qui? Contre quoi? Je ne peux répondre. L'autobus arrivait et j'étais déjà en retard. Je perdis l'occasion de la questionner plus avant. Elle en profita pour sortir de mon existence.

Mais cela je ne pouvais le deviner tandis que le bus me conduisait au lycée. Elle avait toujours ce parfum si prenant de crasse et de clou de girofle. J'avais remarqué aussi que ses économies bosselaient toujours son jupon. Tout ce que je calculais alors, c'est dans quelle mesure je n'allais pas encore contribuer à les accroître. Et mon malheureux piment, délaissé depuis qu'elle l'avait si divinement mordu, en rougissait de confusion.

En ces temps-là, il m'en fallait tellement peu. L'eau de mes jours était cristalline. Les plaisirs

venaient y frétiller à l'improviste. Ils me traversaient, vif-argent, innombrables, pétillants comme
un banc de sardines.

Le filet de mes nerfs s'étonne d'avoir tant remué à
cette pêche élémentaire. Il est devenu ce chalut qui
traîne et racle le fond. Des algues l'alourdissent, des
coraux, des coquillages aussi dont la rareté peut
soulever l'envie — inévitables concrétions de l'âge.
Et seuls les poissons d'un fort calibre le font vibrer.

Mais en ces temps-là, il n'était qu'épuisette. Il
frémissait à la surface. Il flottait au gré des courants.
Il était neuf, frais tendu et si sensible. Il résonnait à
la moindre approche. Il s'émouvait du moindre
effleurement. Ses mailles serrées, délicieusement
névralgiques, n'oubliaient aucune proie. Et la plus
mince nageoire, le plus négligeable alevin de plaisir
l'emplissaient à ras bord et régalaient mon attente.

Hiver

L'hiver suivant, Angeline se fiança.

La nouvelle traîna avant de prendre consistance. Simple effet de saison. En été, les gens vivaient dehors. Ils vivaient à l'extérieur des maisons. Ils vivaient à l'extérieur d'eux-mêmes. Les variations de leurs destins fusaient haut et fort sous le soleil. Et tout était démesure. Tout était débordement. On ne se parlait plus, on hurlait. On ne hurlait plus, on vociférait. Là où un bonjour aurait suffi, on se froissait les mains, on se pétrissait les coudes, on se désarticulait les épaules à grandes claques dans le dos. Fallait-il prouver son attachement, c'était aussitôt embrassades, soupirs pâmés, baisers de sangsues et dégoulinades de paroles sucrées. L'affection singeait la vénération, l'idolâtrie. Le dédain se muait immédiatement en haine. Se suffire d'un regard de mépris, alors qu'on pouvait s'enivrer d'insultes, crachats et anathèmes? Se contenter d'une brouille? Allons donc! on se fâchait à mort! on se déclarait une guerre de cent ans! de mille ans! on ameutait les générations passées et à venir. Et on se réconciliait la seconde suivante en sanglotant de bonheur. Ce n'était la faute de personne. En été, chaque parfum piquait. Le moindre bruit tonitruait. Et les secrets de chacun semblaient appartenir à la communauté entière.

Heureusement venait l'hiver. Il douchait les enthousiasmes, rabattait les exaltations, diluait les tempéraments. Les odeurs se gorgeaient d'eau. Les sons s'atténuaient. Les vies aussi. Des murailles que l'œil ne percevait pas se mettaient à isoler les familles. Des voisins naguère inséparables de volubilité ne se fréquentaient plus que du bout des lèvres. Et chacun donnait l'apparence de se plonger en soi.

Parfois une rumeur qui, au soleil, aurait ravagé la ville faisait frémir certains rideaux. Mais cette flammèche n'embrasait guère les broussailles des curiosités. L'intérêt retombait vite. On se gardait des secousses. On réservait les séismes pour des jours moins frileux.

L'annonce des fiançailles d'Angeline faillit à la règle.

Un écho rebondit paresseusement entre les étages. Mais au lieu de s'étioler à la sortie de l'immeuble, il s'accéléra le long de l'avenue, il déferla sur le quartier... et revint en charpie.

Comment! « Engagée », Angeline-la-Grosse? Alors que des poupées taillées comme des guêpes avaient encore l'annulaire libre de toute bague!... Alors que Fortunée, la cousine de Mme Ajusse, attendait toujours que la promesse de son prénom se réalise!... Alors que Daisy Memmi, dont la famille

153

comptait deux millionnaires et un poète, s'épuisait les sangs à espérer une offre « intéressante »!... Impossible, voyons!... Des demoiselles mieux nées, mieux dotées, mieux calibrées, peinaient à dénicher l'oiseau rare!... D'irréprochables « grillonnes du foyer » fraîchement démoulées encombraient le marché!... Les marieuses de profession se lacéraient les joues tant les affaires devenaient impossibles! Et que disait-on? Angeline! La bonne blague! Aussi épaisse que la fiancée!

Pourtant voilà qu'Angeline se mettait en frais. Elle se promenait les bras nus sous la pluie. Elle achetait du satin pour une robe de bal. Elle chantait plus fort. Elle tirait à qui voulait une langue noire, résultat d'un régime amaigrissant à base de charbon pilé. Et cette malice quand on la questionnait! « Tant que ce n'est pas officiel, je préfère faire un nœud à ma bouche. » La famille Garrito, elle-même, n'était pas plus loquace. « Après tout ça regarde Angeline, disait Mme Garrito. Demandez à l'intéressée. »

L'évidence faisait mal. Quelqu'un, un homme, un mari en puissance, avait « demandé » Angeline.

Mais qui?

Les bonnes âmes refusèrent de rester davantage dans l'ignorance. Elles se rendirent deux dimanches de suite à l'église. Après avoir dressé un cierge à leur sainte patronne, elles laissèrent un œil pieusement posé sur un missel, et écarquillèrent l'autre pour analyser sans pitié la brochette de mâles pommadés qui pouvaient convenir. Lequel d'entre eux était le malheureux élu? Quel était ce célibataire qui avait échappé à leur écrémage? Quel était le demeuré qui avait posé ses yeux remplis d'écailles sur Angeline?

Bientôt, un nom courut, qui augmenta la stupeur. Giancanaglia! Et non pas n'importe quels Giancanaglia. Pas les Giancanaglia de l'impasse des Salines, cette branche pourrie, ces ferrailleurs, ces forains, ces sournois. Mais carrément « les » Giancanaglia, les seuls dont on prononçait le nom chapeau bas, les Giancanaglia du quartier des Arcades!

*

Je connaissais au moins un membre de l'illustre tribu des Giancanaglia. Il se distinguait dans mon lycée comme professeur de mathématiques.

Entre autres particularités, la nature l'avait affublé d'un système pileux exubérant. De loin et de dos, avec les touffes de foin qui fusaient de sa nuque et de ses poignets, on eût dit un gorille habillé. De face, il s'humanisait à peine. Ses sourcils se confondaient avec la ligne des cheveux qu'il portait ras dans l'espoir vain de les domestiquer. Il aurait mieux fait de se coiffer d'un morceau de paillasson. Quant à ses joues, il avait beau se les racler au rasoir, une paille de fer bleue les couvrait jusque sous les paupières.

Seuls ses yeux trouaient cette brousse. Deux flammes rouges, furibardes en permanence. Car cette surabondance de poils que personne n'aurait songé à railler aiguisait sa susceptibilité. Qu'un de ses élèves chuchotât ou étouffât un gloussement, ce ne pouvait qu'être dédié à sa pilosité. Dans ce cas, M. Giancanaglia n'hésitait pas. Il ôtait sa montre, un de ces bracelets métalliques qui se dégrafaient d'un clic, et abattait sur le rieur une patte si velue qu'elle paraissait prise dans un gant de crin noir.

Autant dire qu'il passait ses heures de cours à enlever et remettre sa montre. Il ne ménageait pas plus les filles que les garçons. Un cri de guerre, proche du hululement, ponctuait souvent ses démonstrations de force.

« Nu-u-uls! Vous êtes tous nu-u-uls! »

Un matin, je ne sais quelle audace gagna la classe entière. Nous nous unîmes pour tenter de différer un devoir sur table. Nous convînmes de parlementer avec le fauve. Il fallait un chef pour conduire la délégation. La majorité me désigna.

En principe, je n'avais rien à craindre. J'aimais les maths. Elles comblaient ma paresse. Quelques formules, des théorèmes à retenir, un minimum de logique pour assembler le tout, les problèmes les plus contournés me devenaient des plaisanteries, des devinettes dont je me jouais. C'était la seule matière où je brillais. Elle me permettait d'arriver en cours les mains dans les poches, elle me servait de tremplin de classe en classe. Pour le reste, je remuais juste assez pour qu'on ne remarquât pas trop mon indifférence. Et jusqu'ici, les foudres de M. Giancanaglia m'avaient épargné.

Il s'étonna de me voir arriver sur l'estrade. Je lui dis prudemment ce qui m'amenait. Il décrocha sa montre et, une calotte plus tard, je me retrouvai au sol. A demi assommé, les bras en croix, je perçus à peine qu'on improvisait une civière pour me reconduire à mon banc. On ne rigolait pas avec un Giancanaglia !...

Mais ce n'était sûrement pas lui le prétendant d'Angeline. Ce Giancanaglia-ci ne se déplaçait en ville que suivi d'une femme et de quatre gosses — quatre boules de duvet, vrais modèles réduits du précédent, qui allaient deux mètres derrière lui et en file indienne ricocher de coiffeur en coiffeur...

Je m'en remis donc à mon cousin Gérard qui habitait lui aussi le quartier des Arcades.

Mon cousin Gérard était le seul être de mon entourage à mériter deux sobriquets.

Le premier, « Queue de Castor », lui venait du raisonnement qu'il nous exposa à l'âge de sept ans. Puisque le sexe des filles consistait en une fente, celui des garçons nécessitait pour s'y adapter un sérieux travail d'aplatissage.

L'autre, « Double Décimètre », témoignait mal de son tempérament de chercheur toujours sur la brèche. Ayant joué au docteur avec sa voisine, il avait songé à lui prendre sa température rectale à l'aide d'une branche soigneusement effeuillée. L'affaire, après passage dans les mille bouches de la cité, devint : « Il lui a mesuré l'intérieur avec un double décimètre... »

Détournement pour détournement, mon cousin s'en forgea une légende. Ce second surnom, l'entendis-je se flatter au fil des ans, donnait à un millimètre près l'exacte mesure du premier. Et peut-être m'en voudra-t-il de rétablir ici la vérité...

Car c'est mal le récompenser de m'avoir aidé. Il

vivait, je l'ai dit, au cœur même du fief des Gianca-naglia dont la jeune génération, volontiers plus bavarde que les anciennes, le tutoyait.

Par lui, je sus enfin l'identité du « fiancé » d'Angeline.

Il s'agissait de Monsieur Baptiste, le frère cadet, quasiment le maître après Dieu. Ses intimes l'appe-laient le Fluet. Mais il semble qu'ils n'en avaient pas après sa carrure.

Monsieur Baptiste possédait un magasin de maté-riel saisi en douane. Comme plusieurs membres du clan sévissaient en uniforme dans les postes fron-tières, personne ne s'étonnait. Bien sûr, des ragots ne se privaient guère d'évoquer un trafic juteux : les uns confisquaient à qui mieux mieux, Monsieur Baptiste revendait.

Trafic, peut-être. Juteux, non ! Un exemple entre dix : l'histoire des aquariums. Monsieur Baptiste avait récupéré aux douanes un chargement consi-dérable d'aquariums. Il pensait s'en débarrasser en moins d'une semaine. Pour vendre un produit, ne suffit-il pas d'en créer le besoin ? Monsieur Baptiste avait aussitôt lancé une vaste distribution gratuite de poissons rouges en sachets. Il croyait que les gamins ravis viendraient lui acheter de quoi abriter ses frétillants cadeaux. Personne ne se présenta. Chacun préférait tremper son poisson ailleurs, lavabo, baignoire, casserole, caniveau, verre à dents, n'importe où, quand il n'en faisait pas une friture. Et lorsque j'ai connu Monsieur Baptiste, il s'asseyait pensif devant son magasin débordant d'aquariums.

Peu importe. L'essentiel est que cet hiver-là une

pleurésie venait de le priver de son épouse. Les larmes de son troupeau d'enfants, sept dont des jumeaux, nécessitaient d'urgence une nouvelle poitrine féminine pour s'épancher. Supporter d'un coup le nom de ces huit Giancanaglia ? Quelques candidates pressenties s'étaient jugées indignes de tant d'honneur. Angeline, cette gourde, n'avait pas dit non. Et Monsieur Baptiste, ce veuf de fraîche date, ce père sans défauts, ce parti idéal, attendait la fin de son deuil pour l'accueillir chez lui.

Je n'étais pas de taille à lutter contre un Giancanaglia, fût-il fluet. Mais je me précipitai chez les Garrito.

Depuis un certain coup de langue caoutchouteux reçu près des boîtes aux lettres, il se passait peu de jours sans que je m'arrêtasse à leur étage. J'avais toujours une question à poser au père Garrito sur sa collection de timbres, ou bien à Hubert sur ses haltères ou son vélo. L'un se grattait la tempe et me répondait d'un mot aussi raide que sa jambe. L'autre étalait pour moi sa science cycliste avec la même complaisance qu'il montrait la courbure de ses biceps.

Seule Angeline savait la vraie raison de ma visite. A travers l'enfilade des pièces, nos regards s'effleuraient, se dénudaient. Le sourire qu'elle affichait en permanence faiblissait. La chanson qu'elle fredonnait un instant se taisait. Et c'était comme un signal, comme un mouchoir agité de très loin, comme un encouragement à revenir, comme une promesse cryptée dont mon esprit vagabond essayait, plus tard et de préférence aux heures de lycée, de décoder toutes les nuances.

159

Cette fois, les Garrito avaient un invité. Un gros bonhomme à béret qui, sur le point de quitter, grasseya, d'une voix d'ivrogne à jeun, qu'il ne partirait pas sans embrasser la « future ». Angeline roucoula une bêtise convenue et lui tendit ses joues roses d'un bonheur de photo-roman.

Je la fusillai des yeux. Je lui en voulais de se prêter à cette mascarade. Je lui en voulais pour cette avidité à s'insérer dans un moule bricolé par son entourage et où je ne compterai plus.

Dès que je pus, je m'approchai d'elle. Elle assaisonnait une laitue. Je pris mon air le plus voyou pour lui susurrer du coin des lèvres :

« Dis, "la future", ta chance ne te fait pas trop peur ? »

Elle me toisa du bout des paupières, très reine du bal considérant le valet qui vient de tacher sa traîne. Puis elle froissa tous nos souvenirs et les jeta au panier.

« Allez, allez, ouste, déblaye, débarrasse. Il y a assez de vinaigre dans ma salade ! »

*

Je m'en allai, la mine basse, avec l'impression d'avoir dilapidé une fortune. Notre été était loin. Rien alors n'indiquait que nous en aurions d'autres. Et les lambeaux qui me restaient perdaient jour après jour de leur réalité.

Que pouvais-je faire d'autre sinon lutter contre cette érosion ? J'avais déjà une propension farouche à labourer ma mémoire. De tous les sillons qui la

marquaient, ceux qu'avait tracés Angeline m'importaient tant. Sans arrêt mon esprit y retournait. Il les
mesurait, les recensait, les ravivait. Incessant guetteur, fatigante ronde. Et parfois mes pas, accompa-
gnant mes pensées, revenaient sur d'anciens parcours.

Je montais jusqu'à la terrasse. J'errais un moment
dans l'espace désolé. Un vent gris courait entre les
cabines, sifflait dans les fentes des planches qui
servaient de portes. Le sol bosselé conservait un peu
de pluie en ses creux. Mon pèlerinage me portait à
la buanderie des Garrito. La fenêtre par où je venais
naguère surprendre Angeline n'était qu'un trou
noir à barreaux. Un frisson me réveillait. Je me
demandais ce que je faisais là. Et je m'empressais de
repartir.

Je me croyais seul. Je me trompais. Une autre
ombre que moi hantait ce territoire.

Un soir, au détour d'une ruelle, nous tombâmes
nez à nez. Le ciel éteint, la surprise nous empê-
chèrent de nous reconnaître d'emblée. Nous eûmes
la même secousse, la même amorce de retrait. Deux
rôdeurs pris en faute. Puis je le vis mieux. C'était
Samir, le fils de Si-Moktar le champion d'échecs.

Au début, comme pour chaque tête nouvelle,
Samir avait été surnommé par les membres de
l'équipe de football Ramsès II — dans la rue, il
avançait à « la pharaon », un profil après l'autre
comme si chacun de ses pas le propulsait à travers
une porte trop étroite pour sa carrure. Puis son
surnom fit long feu. Peut-être parce qu'il se mit à
adopter des allures coulées de mauvais garçon;

même au milieu de la chaussée, il donnait l'air de glisser le long d'un mur.

Mais il en va des sobriquets comme des décorations. En attribuer un, c'est honorer qui le porte. Et si celui de Samir ne fut pas renouvelé, il le dut je pense à ce que personne n'éprouva l'envie de chanter ses sombres exploits.

J'ignore pour quels crimes on le blâmait à l'époque. Il semblait né pour être coupable. Il n'avait ni l'élégance ni la dignité de son père, on l'avait donc catalogué dévoyé. Lui, il en rajoutait dans le style gouape. Petite moustache lustrée divisée en deux accents prétentieux sous le nez, tortillon de cheveux frisés sur le front, allumette coincée entre les incisives, et lunettes « miroir ». A quel exemple essayait-il de conformer son image ? Je ne sais. Il ne réussissait qu'à émettre une impression d'arrogance et de sournoiserie.

Il me demanda sur un ton de reproche :

« Qu'est-ce que tu fais ici ? »

Et je répondis :

« Rien, rien. Je me balade. »

Mais entre nos yeux qui s'évitaient sauta une étincelle. La vérité. L'intuition de la vérité. Je sus instantanément pourquoi Samir se trouvait là. Par un retour de cette même évidence immédiate, quasi physique, il sentit que je savais.

Son rictus s'accentua.

« Tu es seul ?... Oui, hein. Je ne t'ai pas entendu marcher. Comme tu marches doucement ! »

Il laissa apparaître la pochette en plastique de Prisunic qu'il cachait mal derrière son dos. Elle contenait du linge plié, je n'avais même pas besoin de vérifier.

Où l'avait-il volé? Pas sur notre terrasse. Aucune lessive n'y pendait. Samir devait venir de l'immeuble voisin, ou de plus loin qui sait. Sacrée gymnastique. Les toits n'étaient pas au même niveau. Des traces de plâtre sur les manches de son blouson indiquaient des murs escaladés.

« Oui, tu marches très doucement. Très. Tu m'as fait peur... »

Jamais il ne m'avait autant parlé. Jamais avec autant de familiarité. D'ordinaire dans la rue, il passait sans me voir. Il faisait tout ce qu'il pouvait pour se donner de l'âge. Nous qui composions l'équipe de football ne représentions pour lui que des morveux à baballe; il nous ignorait.

Cette soudaine sollicitude à mon égard ne m'en alarmait que davantage. Elle m'évoquait l'approche d'un reptile.

Je reculai. Il m'attaqua. Il happa ma main... « Mon cœur tape. Touche comme il tape »... Il la porta contre sa poitrine et la garda pour prévenir une nouvelle tentative de fuite.

Aurais-je pu m'échapper s'il ne m'avait main- tenu? Je ne crois pas. J'étais incapable du moindre geste. J'étais la proie d'un serpent, une couleuvre, un anaconda qui enroulait ses anneaux autour de mes membres... « Tu entends comme il tape? Il tape fort, hein? »... Et ses yeux luisants cherchaient l'endroit où il m'étoufferait en toute tranquillité. Et sa voix prononçait trop vite, trop suavement, des mots qu'il ne pensait pas... « Tu aimes te cacher ici?

Pourquoi? Pourquoi tu te caches? Pour fumer, je suis sûr. Tu viens fumer ici pour que tes parents ne remarquent rien. Tu ne me le dirais pas, hein »... Et les anneaux continuaient de s'enrouler avec la paresseuse fébrilité de celui pour qui le temps joue. Et ils m'entraînaient près de la balustrade qui bordait la terrasse.

Je vis des morceaux de jardins, d'immeubles, des pans de rues que l'hiver souillait. Et je compris que c'était pour la dernière fois. Une main appuyait déjà entre mes omoplates. J'allais chuter de quinze mètres. J'allais m'écraser sur un trottoir sale. Le sablier où coulait ma lumière la laisserait se diluer dans les flaques du crépuscule. On ne trouverait que mon enveloppe disloquée. Et nul ne se douterait de la vérité. On croirait à un accident, un faux pas. On envisagerait un coup de folie, un acte désespéré... Était-il si malheureux? se questionnerait-on. C'est vrai, la pluie semblait moins lui réussir, il s'enfermait plus qu'avant, affirmeraient mes parents effondrés. Angeline, veuve de moi, essuierait une larme de regret avant d'épouser en toute égalité maintenant son veuf Giancanaglia. Son existence qu'elle voulait poursuivre sans ma participation continuerait sans ma présence. Et tout était bien ainsi, tout se fondait dans une tendre douleur, une beauté, une tristesse, auxquelles je ne pouvais résister...

Samir me tira en arrière.

« Attention! Tu veux tomber ou quoi? »

Il souriait mais les yeux toujours en embuscade. Il m'avait poussé et retenu. Pour s'amuser de ma terreur.

164

Je trouvai le courage de prononcer quelques mots.

« Faut que je rentre. Mes parents m'attendent. »

Il me lâcha. Je me crus sauf. Je fis un pas, deux, en arrière. Puis Samir bondit de nouveau sur moi et me plaqua contre la balustrade.

« Qu'est-ce que tu vas leur dire? Que tu as vu quelqu'un? »

J'avais les bras libres. Les jambes aussi. J'aurais pu me débattre. Je ne remuai plus.

Il m'avait saisi à l'entrejambe — une prise, un sacrement, que par désœuvrement, par goût du chahut, nous, titulaires de l'équipe, administrions parfois en chœur aux plus jeunes remplaçants; nous appelions cette pratique « faire sifflet » et nous réclamions pour excuse de fêter la troisième mi-temps d'un match.

Mais aujourd'hui les circonstances étaient moins ludiques. Il n'y avait pas de footballeurs sur cette terrasse. Et j'étais en danger de mort.

« Réponds! Tu as vu quelqu'un?

— Personne.

— Qui? Qui tu n'as pas vu?

— Personne. J'ai pas vu personne. »

Je ne savais plus ce que je disais. La panique me réduisait à rien. Un pantin sans ressort, sans amour-propre. Je me serais renié, j'aurais mangé de la boue pour conserver encore un peu de vie. J'acquiesçai à toutes ses menaces, ses exhortations à garder le silence. Cela ne suffit pas. Il tenait à m'offrir un avant-goût des brutalités qu'il me réservait en cas de rébellion. Il tordit sa main.

165

Je me souviens mal de la douleur qui m'embrocha. Elle se confond avec d'autres reçues plus tard au même endroit. Une épée de glace qui fouille le ventre, et une nausée molle qui s'ouvre en vous tel un œuf dont on vient de briser la coquille. Je couinai cependant, je suppliai comme un esclave.

Il me repoussa avec mépris. Un chasseur rejetant un gibier indigne de sa réputation. Je courus m'enfermer chez moi. Je me rappelle encore comme je pleurai sans larmes. La frousse, l'humiliation l'emportaient sur le soulagement d'avoir survécu.

*

Je croyais cette page close, je la tournai. L'encre qui la noircissait déteignit sur les suivantes.

Je n'en étais pas quitte avec le voleur de draps. Bientôt, il m'apparut que ses exploits occupèrent le centre des conversations. Il est vrai que mes oreilles, sensibilisées par notre rencontre, tintaient davantage aux échos qui le concernaient. Mais qu'on en juge.

Après plusieurs mois d'accalmie, du linge s'évanouit à nouveau des étendoirs. Les ménagères avaient beau se relayer pour surveiller leur lessive. Venait un instant où l'attention baissait. Et hop! un soutien-gorge s'envolait, ou une chemise de nuit. Car le voleur avait modifié ses goûts. Les draps ne l'intéressaient plus. Maintenant, il s'attaquait à la lingerie fine. Il subtilisait les pièces de son choix et se fondait dans l'espace. A déjouer ainsi gardiens, patrouilles et sentinelles, il semblait manifester des pouvoirs qui surpassaient ceux d'êtres humains.

Un jeudi après-midi, la bonne de Mme Coustalle redescendit de la terrasse au bord de la syncope. Elle étendait la lessive lorsqu'une ombre avait tenté de l'étrangler par-derrière. Un djinn assurément dont elle avait senti les doigts mouillés, l'haleine glaciale d'outre-tombe. Vérification faite, il s'agissait d'une chemise qu'elle venait d'accrocher. Agitée par le vent, une manche de cette chemise lui avait effleuré la nuque. La malheureuse n'en voulut pas démordre. Balancer entre le contact d'un tissu ruisselant et l'étreinte d'un esprit malin ? Autant l'injurier ! Pour elle, sa conviction était irrévocable : la terrasse était hantée.

L'idée se répandit. Plus aucune femme de ménage n'accepta de grimper l'étage menant au toit. Elles ne consentirent à laver le linge que par petits paquets qu'elles suspendaient au-dessus des baignoires ou sur un fil dans les couloirs des appartements. Leur superstition finit par gagner leurs patronnes. On ne parla plus de la terrasse qu'avec signes de croix, tripotage de main de Fatma ou autre martingale conjuratoire. On lança du gros sel entre les buanderies. On couvrit les murs de dessins cabalistiques. L'infection empira. Chaque courant d'air devint caresse de fantômes. Chaque craquement de plafond, ricanement de génies malfaisants. Le bruit enfla que seul un bon exorciste, un dénoueur de sorts, un marabout, un féticheur de réputation internationale, pouvait briser cette malédiction.

167

Si je n'avais pas connu les traits du coupable, j'aurais suivi avec amusement la progression de cette contagion par le surnaturel. Ma position ne me permettait que d'osciller entre la gêne et l'appréhension. Gêne de n'avoir pas le cran de dénoncer Samir, fût-ce de manière anonyme. Appréhension de le voir démasqué, comme s'il n'attendait que cela pour me faire supporter tout le poids de sa défaite et mettre à exécution les menaces dont il m'avait barbelé l'esprit. En vérité, j'étais plutôt soulagé de voir les opinions s'égarer.

La situation promettait de s'éterniser. Elle subit pourtant un coup de frein. Tandis que ses voisines entreprenaient non sans plaisir une errance dans les brouillards de l'occulte, ma mère eut un sursaut de raison.

Dans le vestibule de notre appartement, une fenêtre donnait sur la cour intérieure de l'immeuble. Spectacle qui n'aurait présenté aucun intérêt pour la suite si, en se démanchant le cou vers le haut, on n'avait pu apercevoir un coin de la terrasse. Juste un morceau de balustrade ébréchée, un piquet d'angle noir de rouille, un anneau tout aussi rongé d'où partaient deux cordes à linge. Mais quelques centimètres carrés qu'il était permis de surveiller de chez nous sans être vu.

Ma mère forma le projet d'y amener le voleur de draps.

Pour cela, il lui fallait un appât de qualité. Elle extirpa de l'armoire ce que sa pudeur l'oblige toujours à nommer un saut-de-lit. En fait, trois pans de soie pourpre rehaussés de dentelles serpentines et de camélias en satin. Un peignoir pour cocotte de luxe dont on peut s'étonner qu'il figurât dans sa garde-robe. Il datait, paraît-il, de son mariage, cadeau d'amis facétieux, et elle jure encore, le rouge au front, ne l'avoir jamais sorti avant ce jour de son carton d'emballage. Mais j'ai d'elle une image fugitive que je ne peux oublier. Un reflet froufroutant que le biseau du miroir de sa chambre dédoublait. Elle vient d'enfiler ce déshabillé. La soie arachnéenne coule sur ses hanches et les moire. Elle arrange contre ses seins une mousse de dentelles. Elle penche la tête, à peine, sa joue presse le camélia piqué sur son épaule. Elle ferme les yeux. Elle soupire. Et moi, moi dans le bâillement de la porte où m'a attiré une différence de silence et de lumière, je recule soudain abasourdi par cette vision, par cette transformation de ma mère en femme, je recule sans bruit, emporté par l'intuition foudroyante et sans doute erronée que cette parure rutilante a présidé à ma conception.

Quoi qu'il en soit, terminons. Sans prévenir personne, ma mère s'en alla exposer cette pièce unique entre quelques vulgaires torchons. Puis elle redescendit se poster à l'affût contre la fenêtre du vestibule. Elle y perdit sa journée, son visage haut levé et tordu dans une position incommode, et cillant à peine par crainte de rater la seconde où le voleur agirait. Elle déjeuna de fruits secs. Elle grignota ses ongles. Elle résista ainsi au découragement et au torticolis jusqu'à la fin de l'après-midi. A ce moment, raconta-t-elle plus tard, le fameux saut-de-lit n'était plus qu'un chiffon bleuâtre qui flottait très loin entre ses cils. Une sorte de tulle, une écharpe de brume, un chatoiement informe que le ciel s'obscurcissant absorbait peu à peu.

Lorsque la main du voleur, une main bien terrestre d'homme avec une chevalière en or, effaça soudain cette tache de son champ de vision, elle n'y crut pas tout de suite. Elle larmoyait de fatigue et de concentration. Et sa rétine, imprégnée durant toutes ces heures par la même image, voyait encore le déshabillé mauve.

Ensuite ce fut l'excitation. La course aux voisines. L'indécision. Car que faire maintenant? Prévenir la police? Attendre le retour de travail des maris? Monter immédiatement en groupe confondre le coupable? Facile à dire. Rien qu'à y penser les jambes en flageolaient. Pourtant c'est cette dernière proposition que ma mère défendait. Elle était restée trop longtemps immobile. A présent, elle brûlait d'agir. Le soir pointait. Bientôt on n'y verrait plus clair. L'obscurité servirait le voleur. Il fallait s'activer, investir la terrasse. Et vite!... Mais elle était seule à manifester cette hardiesse. Et un brouhaha de réticences la contrait.

C'est à ce moment que j'arrivai du lycée. Je me souviens, je me traînais, la tête ailleurs, prise par quelque indiscernable souci. Rien de bien grave, ni de bien sûr. Je ne parvenais toujours pas, je crois, à trouver de goût à l'hiver.

Ma mère m'enrôla sur-le-champ. A défaut d'hommes, je ferais l'affaire. Son trop-plein d'énergie balaya mes dénégations. Je le compris peu après, elle n'avait pas besoin d'une aide, mais d'une présence, d'un témoin. Seule, elle aurait peut-être flanché. J'en veux pour indice le froid qui la saisit en posant le pied sur la terrasse. Elle me tenait à l'épaule, sa main se serra. Son cœur aussi. Je sentis faiblir sa détermination. Et j'usai de toute mon intelligence pour la décourager tout à fait. Je savais bien quel dangereux personnage nous allions affronter. Je vivais déjà la seconde qui me livrerait au regard de Samir. Un regard furieux, accusateur. Il penserait aussitôt que je l'avais dénoncé. Et sa vengeance risquait d'être aussi dévastatrice qu'il me l'avait promis. Mais comment expliquer cela à ma mère ?...

Elle ne m'écoutait qu'à peine. Une force la mua soudain qui la dépassait. Une pulsion sans frein qui ressemblait à cette inconscience devant le danger qui fait les héros. Elle avança, le cou tendu, les sens aux aguets, bravant la pénombre et l'analysant, insensible aux misérables arguments que me soufflait ma couardise.

Il est déjà loin, bredouillai-je. Il a dû sauter sur un autre immeuble. Elle répondit non. La terrasse la plus proche surplombait la nôtre d'un étage. En descendre était aisé. Y remonter, moins. Il fallait grimper une paroi lisse. Et tiens, je n'avais qu'à regarder, il n'y avait aucune échelle, aucun moyen d'escalader. Non, non, le voleur était là, elle le sentait, elle le savait. Et sa certitude enflammait sa voix.

Je tentai de la calmer :

« Tu n'as pas besoin de parler si fort. »

Elle haussa davantage le ton :

« Si ! Je veux qu'il m'entende ! »

Et de lui adresser directement une nouvelle salve. Elle tenait à lui expliquer ceci. Il n'avait aucune chance de s'en sortir. L'avenue entière était en alerte. Le bouche à oreille courait. Dix, cent, mille femmes surveillaient toutes les issues possibles. Se faufiler de terrasse en terrasse ne servirait donc à rien... Se terrer entre les buanderies non plus. S'il espérait la lasser, il se trompait. De la patience, elle en avait des trésors. Elle avait passé des heures à guetter. Elle était prête à en dépenser d'autres, toute la nuit, une nouvelle journée s'il le fallait. Les voisines l'aideraient. Elles se relayeraient jusqu'à ce qu'il cède et se montre. D'ailleurs, on se doutait bien à qui on avait affaire. A quelqu'un du quartier. Voilà pourquoi on n'avait pas encore prévenu la police. On souhaitait régler cette affaire entre soi, en famille pour ainsi dire. Alors, inutile d'attendre davantage. Sortez maintenant, qu'on en finisse avec cette comédie !

Elle se tut. Le vent éparpilla ses dernières paroles entre les buanderies. Le silence s'établit, lourd, étrange, peuplé par l'habituelle respiration des toits en hiver. Quelques lointains craquements de planches, gémissements de gonds, raclements de fils à linge contre les mâts qui les tendaient. Rien qui témoignât d'une autre présence humaine que la nôtre.

Puis une ombre bougea dans l'ombre. Une silhouette se précisa. Et Samir déclara :

« Pourquoi vous faites ce bruit ? »

Plus que son apparition, son accoutrement

m'emplit de stupeur. Il portait un costume trois-pièces gris bleuté, une chemise à jabot, une épingle en nacre piquée dans sa cravate. Un imperméable pendait avec une négligence recherchée au pli de son bras. Pour quelle cérémonie s'était-il ainsi habillé?... Je réalise à présent que cette circonstance capitale, dont il devait plus ou moins prévoir l'échéance, en était une. Et j'aimerais soudain croire que cette élégance inattendue ait été calculée pour ajouter quelque grandeur à son infortune. Mais j'embellis le tableau. Samir n'avait rien de ces aristocrates qui montaient à l'échafaud dans leurs plus beaux atours. Du reste, dès qu'il s'approcha, je constatai que ses vêtements pendillaient sur lui comme s'il avait dormi avec.

La même mollesse défaisait son sourire. Il répéta :

« Pourquoi, madame, vous faites tout ce bruit? »

Sa voix prenait cette langueur, cette ondulation mielleuse qui annonçait le pire. Je voulus prévenir ma mère. Elle me devança.

Elle lui demanda sèchement de rendre ce qu'il avait pris.

Il nia. Un voleur, lui? Quelle confusion! Erreur totale sur la personne! Qu'on le fouille si on voulait! Tout ce que l'on trouverait, des cigarettes et un briquet. Voilà son seul péché! Nous étions en mois de ramadan, période où les bons musulmans sont astreints au jeûne entre le lever et le coucher du soleil, fallait-il le rappeler? Le tabac était interdit au même titre que la nourriture. Un calvaire pour un fumeur tel que lui. Alors, par respect pour son père

173

Si-Moktar, il avait cherché refuge dans le premier immeuble venu pour en griller une en toute tranquillité...

D'ailleurs, claquement du briquet, illustration immédiate de ses paroles, il allumait une cigarette. Par le filtre. Il la retourna. « Je me trompe tout le temps », susurra-t-il en étirant un sourire anémié. Il téta une bouffée, la rejeta en feignant de s'évanouir d'extase. Puis, dans un dernier alanguissement rempli d'une honte aussi mal jouée :

« Je vous en prie, madame, ne dites rien à mon père. »

Espérait-il vraiment la convaincre par ce piteux numéro ? Elle le considéra avec sévérité.

« Vous n'avez pas honte de mêler la religion à ça ? »

Il se redressa comme piqué. Il se vit tel qu'elle le voyait. Non pas ce désarmant jeune homme de haute lignée, écartelé entre son refus des traditions et son amour pour son père, qu'il venait de caricaturer. Mais un minable voleur de linge pris en flagrant délit et qui se tortillait sans espoir pour donner le change. Sa façade craquela. Le ressort qu'il camouflait en lui se tendit à se rompre et lâcha soudain. Il leva le bras pour frapper.

J'attendais ce geste. Je le souhaitais. Pas une fois, son regard ne s'était arrêté à moi qui avais tant craint de le soutenir. Pour lui, je n'étais qu'une larve, une quantité négligeable. Je n'existais pas. Il m'avait tordu les couilles. Il m'avait épouvanté et transformé en chiffe molle. Et mon sang bouillonnait. Il n'espérait maintenant que l'occasion de ressembler à celui indomptable de ma mère. Je voulais en découdre. Je voulais voir ce salaud attaquer. Je me serais lancé. Il m'aurait mis en pièces. Peu importait. Ce sacrifice aurait au moins racheté mes jours de lâcheté.

Mais ma mère était de taille à se passer de mes services. Elle n'eut pas un battement de cils devant la main dressée, pas la moindre amorce de recul. Il aurait pu l'abattre. Il la dominait d'une tête. Et elle n'avait de force que dans ses yeux. Cela suffit pourtant. Le mouvement de Samir se modifia. Il jeta avec rage sa cigarette, l'écrabouilla de la pointe de sa chaussure avec une insistance exagérée qui signifiait combien il aurait aimé tenir sous sa semelle ma mère ou quiconque s'opposait, comme elle le faisait, à sa volonté.

Nous lui barrions l'accès à la sortie. Il nous bouscula et fila d'un long pas glissé. J'entendis le mouvement de reflux des voisines massées dans l'escalier qui s'écartaient pour le laisser passer.

Ma mère ne redescendit pas sur ses talons. Elle flâna un moment entre les buanderies. Le vent était tombé. Des morceaux d'obscurité humide traînaient çà et là. Bientôt, ils se rejoindraient et la nuit se fermerait. J'observais ma mère. Elle aurait pu savourer son triomphe. Elle ne disait rien. Et je sentais en elle une tristesse que je ne parvenais pas à m'expliquer.

Dans un coin, elle découvrit un sac de Prisunic roulé en boule. Il contenait son saut-de-lit qu'elle déploya en silence. Celui-ci s'accorda-t-il à son humeur ? Car bizarrement l'étoffe soyeuse me sem-

175

bla fanée, sans vie, sans mystère, comme si elle avait épuisé tout son suc dans l'aventure.

*

Ce n'était pas le premier exploit de ma mère.

Un jour, elle traversa une émeute que la presse affirma sanglante pour aller chercher un de mes frères à l'école. Les témoins assurent que manifestants et policiers en pleine mêlée suspendirent un instant leurs assauts, sidérés par l'intrépidité de ce bout de femme qui circulait sans s'émouvoir entre les matraques.

Un autre de mes frères lui doit doublement la vie.

Nouveau-né, il se mit à dépérir. Sa maladie non répertoriée désorienta les pédiatres. Mon père se cognait aux murs et redécouvrait la prière. Ma grand-mère murmurait en douce des incantations. Elle brûla de l'encens, des cosses de caroube et l'écorce d'un certain arbrisseau. Elle remua les braises avec un bâton, afin d'identifier le sortilège à rompre. Elle dénoua une tresse en alfa, symbole de ligotage maléfique. Elle fit aussi quelque manipulation à partir d'une couche souillée. Puis elle se retira vaincue. Le bébé était voué à la miséricorde divine. Sa conscience fuyait. Son corps fondait. Une main invisible l'aplatissait, le broyait, le tuait. Ses veines éclatant sous les piqûres interdisaient de le nourrir par cette voie. Il rejetait toute forme d'alimentation. Ma mère, qui ne dormait plus, entreprit alors de le veiller vingt-quatre heures sur vingt-quatre. Elle mâchait des noix et lui donnait cette becquée miette

176

à miette. J'allais la rejoindre en pleine nuit. Le petit gisait entre ses bras, privé de force, privé de souffle, d'une mollesse de chiffon. « Tu crois qu'il guérira ? » demandais-je. « Il faut ! » répondait-elle. Et elle lui donnait un autre grain de noix mâché. Il le laissait glisser hors de sa bouche. Elle lui en redonnait. Sans se lasser. Pourquoi des noix ? Pourquoi les mélanger à sa salive ? Elle ne peut toujours pas le dire. Mais contre toute attente, l'état du bébé connut une amélioration. Les médecins émirent aussitôt une explication scientifique. Les religieux, une interprétation sacrée. Mais chacun observait ma mère avec attention, comme si désormais son avis seul importait. Elle donna raison à tous, rattrapa dix nuits blanches en trois heures de sommeil, et se remit à mâchouiller ses noix jusqu'au rétablissement de mon frère.

D'où tenait-elle cette formidable opiniâtreté ?

Sûrement pas de son père. Celui-ci, qui dans mon souvenir reste une barre de sourcils blancs, n'avait pas l'âme batailleuse. Il dirigeait une fabrique de passementerie. Un beau matin, les manigances d'un concurrent le lassèrent. Il ferma boutique et décida de couler ses jours à ne rien faire. Pourquoi s'accrocher ? répétait-il lorsqu'on le poussait à reprendre le travail. Et d'un mouvement d'éventail, il chassait mouches et arguments. Se laisser glisser possède aussi ses douceurs.

Le fils aîné dut reprendre l'affaire. Pour la remonter, il exigea l'énergie de chaque membre de la famille. Ma mère y gâcha son adolescence. Sa mémoire en est empoisonnée. Pour quelques ins-

177

tants de bonheur dus à une aïeule trop vite disparue, que de scènes de travail, que de harassements, que de gifles reçues pour l'obliger à continuer, que de rancunes.

Elle n'évoquait pas volontiers cette période. Quand elle le faisait c'était à dessein. Pour m'aider à comprendre combien, malgré mes revendications, mon existence était enviable. A se rappeler, la lumière qu'elle dégageait en permanence s'assombrissait. Un besoin de revanche bouillonnait soudain. Elle le transformait en carburant pour déplacer des montagnes.

Aucune lutte ne l'effrayait. On ne devinait même pas qu'elle serrait les dents. Ses yeux ronds, son nez en pointe exprimaient dans la plupart des cas l'amusement. Mais derrière ses rires, quelle pression! Derrière ses plaisanteries, quelle volonté de ne pas perdre de temps! Chaque geste devait avoir une utilité. Chaque promenade, un but. Chaque fable, une morale. Elle ne me contait d'histoires qu'à titre d'exemples à suivre. Les joies les plus simples étaient troublées par ses intentions pédagogiques. Elle n'en avait cure. Son unique devoir de mère? Inculquer à ses enfants instruction et moralité. Dès l'âge de quatre ans, sous son magistère, je sus lire, écrire, compter, et reconnaître surtout les bornes du droit chemin. Elle pressentait déjà mon goût immodéré pour les sentiers de traverse.

Moi qui n'ai jamais pu empêcher mon esprit de papillonner d'un projet à l'autre, j'ai souvent rêvé de posséder son pouvoir d'acharnement.

Une fois lancée, on ne l'arrêtait plus. Elle allait

sans faiblir jusqu'au bout de ce qu'elle décidait. Elle n'y voyait ni prouesse, ni performance. Et si le résultat épatait, elle n'en tirait nulle gloriole. Dans un monde qui érigeait l'exagération en vertu, sa discrétion pouvait apparaître comme une douteuse originalité. Elle se fixait un objectif; l'atteignait-elle, elle oubliait aussitôt sa réussite pour chercher un autre combat. Sinon, puisqu'il restait de la route à faire, quel besoin de gaspiller son énergie en parlotes et vantardises?

Ses voisines n'avaient pas eu l'occasion d'éprouver cette particularité de son caractère. Aussi vinrent-elles l'encenser pour son attitude face au voleur de linge. Elle les interrompit.

On se réjouissait trop vite. Samir n'avait pas reconnu ses torts. L'avoir surpris à la terrasse ne suffisait pas à l'accuser. Tout portait donc à croire qu'il s'obstinerait à voler. Par dépit. Par provocation. Mieux : pour démontrer son innocence. Car si les vols continuaient, ce serait bien la preuve que l'on s'était trompé de coupable...

Son auditoire, qui depuis un quart d'heure caquetait d'émotion, en resta coi.

Puis Mme Ajusse prit la parole. Elle confirma la pertinence du raisonnement et préconisa aussitôt une procédure expéditive. Plainte, accusation, procès. Elle avait un vieux compte à régler avec Samir. Il avait jeté des ordures dans son jardin. Il avait empoisonné son chien Pantoufle. Quand elle avait tenté de le raisonner, il avait répondu par un geste obscène. Un bras d'honneur! A elle, Mme Ajusse, épouse et collaboratrice d'un ancien magistrat. Rien

179

que pour cela, il méritait la prison, la corde. Alors après ces vols de linge! Elle se faisait fort de peser sur ses relations à la Haute Cour pour lui infliger la plus lourde condamnation. Un simple coup de fil. Et Samir était cuit, incarcéré, chargé de chaînes!... Un crève-cœur, une tragédie pour son père, ce merveilleux Si-Moktar. Et ce, en pleine période du ramadan. Mais qu'y faire? Il fallait apprendre à trancher dans le vif!

Plus elle parlait, plus elle prenait feu. Elle crépitait des paillettes de la fanfaronnade, condiment qui, il faut l'avouer, sauvait de la banalité bien des discours. Elle voulait sa part d'épopée. Elle voulait graver par la balance et le glaive son nom dans les annales de l'immeuble.

Ma mère ne partageait pas son avis. Aux affrontements judiciaires, elle préférait la conciliation. Elle envisageait une autre démarche.

Je suivais le débat non sans ravissement. Toutes ces péripéties m'avaient affamé. Je me délectais d'une tranche de boutargue, goûter que j'affectionnais entre tous. Mes doigts sentaient les œufs de poisson. Une odeur exquise d'août, de brise marine, de plage immobile sous la lune, me pénétrait doucement.

M'envahissait aussi une évidence. Des innombrables souhaits que je privilégiais depuis la nuit des temps, il s'en verrait bientôt un d'exaucé.

J'allais enfin approcher Si-Moktar, le champion d'échecs.

Échecs

Comparée aux résidences hiératiques des ambassadeurs qui honoraient le quartier, la villa qu'occupait Si-Moktar manquait sans doute de coquetterie.

Nulle plaque dorée, nul drapeau ne la signalait. Prise entre deux immeubles qui la dominaient, elle offrait peu à l'avenue : un mur au crépi rongé, une grille emmêlée d'un feuillage hirsute qu'aucun jardinier n'entretenait, et un portail dont l'étroitesse aurait injurié une limousine.

La façade avait pourtant un faux air de palazzo vénitien. Une profusion de mosaïques, d'encorbellements et de ferronneries témoignait de la nostalgie du précédent propriétaire. Celui-ci, un certain Sanguisella, avait fait fortune dans le commerce de grains. Loin de son Italie natale, il avait orienté le travail d'architecture pour adoucir le mal du pays qui le tenaillait. Et il est possible que, pendant un temps, il ait eu la sensation en regardant l'avenue d'y voir circuler des gondoles.

L'illusion n'avait pas duré. Le signor Sanguisella

avait préféré terminer ses jours où il les avait commencés. Et l'histoire ne se serait sans doute pas transmise, si à gauche du portail un rectangle incrusté de céramique n'avait dessiné le nom de l'Italien. L'usure des ans, le ruissellement abrasif des orages, le souffle infernal des siroccos en avaient nivelé les couleurs. L'inscription, jadis ostentatoire, n'apparaissait plus maintenant qu'en filigrane. Il fallait avoir le nez dessus pour la déchiffrer. Et l'on comprenait pourquoi, lors de son installation, Si-Moktar n'avait pas donné ordre de l'effacer.

Sous ce panneau décoratif, un gros bouton de cuivre attirait l'œil. Il devait être tentant à nos index de gamins. Un de nos plus anciens jeux consistait à presser les sonnettes et à nous enfuir. Nous ne respections même pas les ambassades. Cachés derrière les palmiers, nous riions de la rage des vigiles. Pourtant aucun d'entre nous ne se serait permis de déclencher sans raison le timbre de cette villa. Fût-ce en l'absence du maître des lieux. Dani Colassanto demeure le seul qui s'y essaya. Il le fit presque contre sa volonté. Pour lui, un tabou n'était qu'un appel à la transgression. Mais au lieu de s'enfuir, il resta stupide et, plus rouge que jamais sous sa crête écarlate de rouquin, il se confondit en excuses.

Il faut mesurer là l'étendue du prestige que Si-Moktar avait sur nous. Un prestige étrange, hors mesures, et qui ne tenait pas qu'à la notoriété. D'ailleurs, très peu d'informations circulaient concernant la carrière de Si-Moktar. Et je ne saurais révéler dans quelle compétition il acquit son titre.

Je crois me souvenir de son nom illuminant un entrefilet de journal. De sa silhouette aussi, traversant un écran de cinéma dans ces documentaires d'actualités qui faisaient la première partie du spectacle. Mais ma mémoire a gardé l'ombre de tous mes mensonges. Et j'ai ici du mal à démêler ce que j'ai vécu de ce que j'ai rêvé.

De plus, il me faut rappeler que ma jeunesse s'est passée à l'orée d'un voisinage porté d'instinct à manier les cisailles de la raillerie.

On ne se privait jamais toutefois d'abonder en louanges. Mais souvent elles préparaient au coup de poignard destiné à exciter les rires.

Peu de réputations y résistaient. Il entrait tant de plaisir dans ce déchiquetage qu'un remords suivait parfois. Une victime pitoyable se voyait réhabilitée. Mais pour combien de minutes ? Apte était l'œil à retrouver la faille. Aptes les langues à tourner les mots en griffes. Sitôt redoré, le blason était, à la satisfaction générale, de nouveau réduit en miettes.

Dans cet environnement volontiers caustique, la respectabilité trop intacte de Si-Moktar, le champion d'échecs, peut étonner. Et le regard de l'adulte que je suis devenu tente de détecter quelque mauvaise conscience dont on se fût absous en tissant cette renommée sans défauts.

Comme tout un chacun, Si-Moktar cultivait des petites manies qui auraient fait les délices des médisants. Par exemple, lorsqu'il se rendait chez le coiffeur, il repartait avec un sachet contenant ses cheveux coupés. Qu'en faisait-il ?... Un dicton affirmait qu'enterrer ses rognures d'ongles et de cheveux donnait une belle voix. Mais Si-Moktar était un champion d'échecs, pas un chanteur de charme.

Ce qui frappait le plus, c'était sa capacité à rester des heures dans la même position. Cette immobilité de lézard se comprenait peut-être lorsqu'il jouait aux échecs seul dans sa véranda. Mais pour arroser son jardin ?... Il dirigeait le jet vers le haut et regardait retomber l'éventail d'eau, pétrifié, perdu dans quelque vision de pluie ou de cascade.

Ses gestes ou ses mots en acquéraient parfois une solennité, un relief considérables. Et peut-être simplement les pesait-il autant que le déplacement d'une pièce sur son échiquier.

On aurait pu le taxer de lenteur, de prétention, d'excentricité. Il n'en était rien. On disait seulement : « Si-Moktar est un homme différent. » On disait : « Si-Moktar est un homme sans urgences. »

Et je cherche en vain. Aucune poussière douteuse n'entachait le respect qu'il suscitait. Sa personnalité n'était simplement pas de celles qui donnent prise aux critiques.

De taille moyenne, le visage osseux, ennobli par le renom et par le sens des responsabilités, Si-Moktar déployait pour moi les qualités de ceux que le désert façonne. Fierté, silence et impassibilité.

Mon imagination l'aurait volontiers assis sur un étalon noir, un faucon sur le poing. Est-ce pour cela que je ne me souviens pas de la première fois où mes yeux l'ont découvert ?

J'ai une image. Je fonce en *carrozza*, une caisse en bois montée sur roulements à billes qui tient de la patinette et du tapecul. Je dévale la pente d'un trottoir. Trop vite. J'entends les cris derrière moi. Je ne sais pas freiner. Je vais basculer, m'abîmer sur les pavés. Quand, miracle, un pied s'interpose. Une chaussure noire d'homme bloque cet élan fou. Et avant de lever le front embué par la vitesse, par la peur, je devine qu'il s'agit de Si-Moktar. Mais était-ce bien la première fois ? Et était-ce vraiment sa chaussure ?... Non, il a surgi, me semble-t-il, comme une apparition, comme un mirage. Un nuage de sable tourbillonne, se condense doucement, et voilà Si-Moktar.

Des femmes âgées gouvernaient sa maison. Bâties sur le même modèle, vêtues à l'orientale de cotonnades chamarrées qui les boudinaient et dont elles ramenaient un pan pour se couvrir la tête. On feignait d'ignorer leur nombre. Il n'y en avait qu'une qui courait comme quatre, plaisantait-on. Au vrai, elles étaient trois. Je les surprenais ensemble le mercredi, assises à même le sol dans le balcon carré accroché à l'arrière de la villa. Elles préparaient le couscous pour la semaine. Elles tournaient la graine de semoule dans un grand plateau en cuivre. La rotation alternative de leurs bras me semblait si parfaite dans sa régularité qu'elle me rappelait celle des pales d'une hélice. Parfois l'une d'elles m'apercevait, prévenait les autres. Et sans varier le rythme impeccable de leur brassage, elles me lançaient qui un sourire, qui une grimace, qui une réprimande en arabe que je comprenais au ton.

Celle qui nous accueillit était la plus vieille du trio. Des rides de pomme reinette oubliée au soleil, avec la même petite haleine de fruit aigrelet qu'elle devait en fait au jeûne du ramadan. Les trois mots qu'elle échangea avec ma mère la persuadèrent du bien-fondé de notre visite. Elle nous ouvrit le chemin jusqu'à Si-Moktar.

J'imaginais celui-ci en train de se concentrer sur un échiquier. Il rédigeait du courrier, assis à son bureau. Il leva vers nous un regard embrumé où ne perçait aucun étonnement.

Ma mère s'excusa de le déranger en période de fêtes. Il la rassura. Le ramadan ne changeait rien en ce qui concernait les activités habituelles. Davantage qu'une pénitence, le jeûne qu'on s'infligeait était un moyen de communion des nantis envers leurs frères moins fortunés dont il fallait éprouver les pénibles sensations quotidiennes, notamment celle de la faim.

Puis il écouta ce qu'elle avait à dire. Le linge qui disparaissait des terrasses, Samir qu'on avait surpris en flagrant délit, les voisines qui songeaient à s'en remettre à la police...

Il remua la tête avec tristesse.

« Ne portez pas plainte. Je vous en prie... »

Tout ce qu'il venait d'entendre n'était pas une révélation. Samir avait rencontré une fille.

A sa façon de prononcer le mot fille, la silhouette du mal en personne sembla se matérialiser devant nous, lascive et dissolue. Par la suite, nous apprîmes qu'il s'agissait d'une danseuse en instance de divorce, au maquillage aussi flamboyant que ses cheveux. Mais accuser un tiers, même pour se défendre, n'entrait pas dans l'éthique de Si-Moktar. Il tint à corriger son effet. Peut-on dénigrer une femme parce qu'elle a l'habitude de se voir couvrir de cadeaux ?... Elle n'exigeait rien. Samir lui donnait tout. Son orgueil, son sommeil, sa volonté, sa réputation, l'argent qu'il avait, celui qu'il n'avait pas.

Si-Moktar ne pouvait cacher la honte qu'il éprouvait. Lui aussi avait pincé son fils la main dans le sac. Il avait donné l'ordre de fermer à clef tous les tiroirs. Alors, ce qui lui était refusé ici, dans la maison de son père, Samir le dérobait ailleurs.

« C'est de ma faute. J'aurais dû prévoir... »

Voilà pourquoi Si-Moktar se devait de prendre sur lui la dette de son fils. On n'avait qu'à lui présenter l'inventaire du linge volé. Il rembourserait le tout au prix du neuf.

Ma mère refusa.

« Non, Si-Moktar. Ce qui est parti est parti. Je veux juste qu'il ne recommence plus. »

Il promit. Pour lui, cela allait sans dire. Finis, les vols. Il y veillerait. Nous avions sa parole. Mais il tenait à cet inventaire.

« Je vous en prie. Prenez cela comme un service que je vous demande. Je n'ai pas su donner à mon fils l'éducation que je souhaitais. Il ne serait pas juste que vous et vos voisines en fassiez les frais à ma place. »

Il lui confia une feuille et un crayon à papier. Elle me jeta un coup d'œil embarrassé, fit le geste de commencer à écrire, s'arrêta pour réfléchir.

Moi, un peu à l'écart, je partageais sa gêne. La souffrance et l'humiliation que ressentait Si-Moktar n'excusaient pas les actes de son fils. Mais elles pesaient soudain davantage.

J'ajouterai que, inspirés par la passion amoureuse, les égarements de Samir me semblaient perdre en crapulerie. D'ailleurs, à une moindre échelle, ne m'étais-je pas comporté comme lui ? Ne m'étais-je pas moi aussi un peu encanaillé quelques mois plus tôt pour Mabrouka ?

Si-Moktar se pencha de nouveau sur son courrier. Cela devait occuper une bonne partie de sa journée. Le facteur ne manquait jamais de s'extasier sur l'abondance de ses correspondants. Des enveloppes du monde entier se donnaient rendez-vous dans cette villa, timbrées supputait-on par des sommités du monde des échecs.

Il reposa sa plume avec un soupir. Il n'avait plus le cœur à sa lettre. Il fit deux pas, flottants comme s'il hésitait à se fixer sur une direction, puis s'approcha de moi.

Je me sentais quelque peu déçu. Peut-être parce que rien, dans le sanctuaire de Si-Moktar, n'évoquait la galaxie mythique que je m'attendais à pénétrer. Je ne cessais d'examiner son bureau. Fenêtre au fronton décoré d'arabesques, colonnades, carreaux de marbre et de faïence dont les broderies bleu et or couraient le long des murs, tapis à profusion, mobilier bas et rangé contre les parois pour dégager l'espace, tout correspondait à l'idée peut-être un peu sommaire que je me faisais d'une mosquée. Et je restais sur ma faim.

Il y avait bien un échiquier posé sur une table basse, près d'une aiguière et de verres ceinturés d'argent ciselé qui devaient servir à boire du thé. Mais un simple échiquier en bois comme n'importe qui pouvait s'en procurer.

Si-Moktar me demanda si je savais ce que c'était. J'acquiesçai. Il tint néanmoins à me le préciser d'une seule syllabe, *chekh'*, jetée comme dans un raclement de palais. Il ajouta qu'il fallait six pièces : le pion, le cavalier, le fou, la tour, la reine et le roi.

Il me dit encore :

« Le pion avance d'une case. »

Je savais identifier les pièces. Je connaissais leur façon de se déplacer. Elles symbolisaient, disait-on, les différentes étapes de la vie d'un être humain.

Au départ simple *pion* que la quête d'expériences poussait vers l'avant, l'Homme devenait vite *cavalier* impétueux qui surprend par ses bonds et se joue des obstacles. Cette liberté le saoulait, il se transformait en *fou* qui titube en diagonale. Ensuite venait l'heure de la force, de la solidité, et le voilà *tour*, ami fidèle et appui sûr. Plus tard, il se changeait en *reine*, mobile, puissant, redoutable, à l'apogée de ses facultés intellectuelles et physiques. Puis si son destin le permettait, s'il avait la chance d'avancer en âge et en sagesse, il finissait *roi*. Plus besoin de se battre, plus besoin de courir, un pas de chaque côté suffisait à asseoir sa majesté, aucune des autres pièces ne le perdait de vue, et toutes, soumises à son rayonnement, ne songeaient qu'à le protéger.

Je m'étais repu de bien d'autres allégories sur le sujet. Mais j'étais prêt à les oublier contre une première leçon, beaucoup moins, une simple parole originale tombée de la bouche du maître.

Je ne la méritais sans doute pas. Si-Moktar me délaissa, se posta près d'une fenêtre. Il avait l'air lointain et très malheureux.

Je vois encore son profil qu'il inclinait vers la vitre. Un grand nez en bec, une pomme d'Adam proéminente, un regard en pointe mais émoussé et des joues un peu grêlées, grises ce jour-là de quelques poils de barbe oubliés. Il ressemblait à un immense oiseau solitaire et fragile. Un échassier qui aurait arpenté son espace à pas lents et le dos voûté. Une espèce en voie de disparition que nul ne songeait à protéger.

Ma mère dut être sensible à cette vibration désemparée qui émanait de son silence. Elle finit par bredouiller qu'elle ne pouvait pas rédiger la liste qu'il attendait. Elle se souvenait mal de la nature du linge dérobé à ses voisines.

Juste avant, la quiétude de la pièce avait été perturbée par le crépitement insolite du téléphone. Si-Moktar avait répondu en arabe à son interlocuteur, sur un ton chargé tout à coup d'un agacement qui pouvait surprendre venant de la part d'un personnage aussi pondéré que lui.

Il raccrocha et prononça après un moment comme s'il s'excusait d'avoir haussé la voix :

« Il y a des gens dont le métier est de détruire les rêves que nous faisons. »

Il parlait, je pense, des hommes politiques. A une époque, il était reçu au palais présidentiel. Des intrigues de cour l'en avaient écarté. Mais des motards de la garde nationale lui portaient encore comme par le passé des plis confidentiels.

Cependant, il nous avait montré l'image d'un être atteint par le moindre détail qui le tirait hors de son univers intérieur. Et en le quittant après avoir aggravé ses chagrins de père, j'eus l'impression que nous aussi entrions pour une part dans cette catégorie de destructeurs qu'il dénonçait.

*

Pendant un temps, on se préoccupa de la liste à lui remettre.

Je me souviens de discussions entre voisines pour la dresser. Parmi le linge volé figurait une « nuisette sans bretelles de chez Patou ». Elle appartenait à Mme Ajusse qui, plus qu'aucune autre pièce rare de sa garde-robe, en regrettait la perte.

Et voici ce qui marquait mon esprit futile. Mme Ajusse avait une poitrine moins rembourrée qu'une planche à pain. Je ne parvenais pas à comprendre comment sans bretelles sa nuisette pouvait tenir sur elle. Je l'imaginais faisant des frais de coquetterie devant son miroir. Dès qu'elle écartait ses bras, le vêtement chutait à ses chevilles, dénudant ses tétons fripés. J'en riais tout seul. Non sans une pointe d'envie dédiée au cher Samir qui avait pu vérifier la perfection de ce chiffon de haute couture sur le corps de la pulpeuse créature pour qui il l'avait volé...

Ce ton léger ne laisse rien percevoir des inquiétudes que j'ai entretenues concernant Samir.

Dans le courant du mois, il grimpa dans le bus qui me menait en classe. Il avait couru pour arriver à temps. Il s'était presque jeté devant la voiture pour empêcher le chauffeur de repartir. C'était la première fois que je le voyais emprunter cette ligne.

191

Tout en se faufilant parmi les passagers, il se tamponnait le nez avec un mouchoir. Mais par-dessus ce masque, ses prunelles rougeoyaient, moins enflammées par le rhume que par la haine qu'il cultivait, me sembla-t-il, à mon égard. J'en frémis durant tout le trajet. A l'arrivée, je me jetai hors du car. Je voulais courir d'une traite me réfugier derrière les grilles du lycée. Je trébuchai sur le marche-pied. Mes livres se répandirent dans la boue. J'entrevis le ricanement de Samir derrière la vitre du bus qui s'éloignait. Le doute ne me fut plus permis. C'était à lui que je devais la poussée sournoise qui m'avait mis par terre. Les représailles commençaient.

J'en perdis toute insouciance. Mes nuits se peuplèrent de cauchemars. Mes matins, de lentes frayeurs. Je craignais de retrouver son rictus sur mes traces. J'avais beau m'arranger pour ne jamais demeurer seul, je me retournais sans cesse, persuadé qu'il m'épiait, attendant le meilleur moment pour se venger.

Heureusement, il disparut de la circulation. On le prétendit en prison. Mais selon toute vraisemblance, son père avait réussi à l'écarter du voisinage. Il ne réapparut pas de plusieurs saisons. Changé. Balafré sous la pommette. Et plutôt épaissi, ce qui ôtait tout crédit à un possible séjour à l'ombre. L'affaire du voleur de linge était alors close, recouverte par des événements plus immédiats. Et nul ne songea à la rouvrir.

Dans l'intervalle, l'idée d'un remboursement de Si-Moktar s'était affadie puis avait tourné court.

Voulait-on éviter d'ennuyer davantage le champion d'échecs ? Ou peut-être cette décision cachait-elle moins de noblesse. Après tout, garder une dette morale avantageait mieux que quelques billets vite dépensés. Quoi qu'il en soit, on oublia l'inventaire à établir.

J'en fus terriblement désappointé. Je ne sais pourquoi, je m'étais figuré qu'on me chargerait de porter cette liste à Si-Moktar.

Combien de plans avais-je tirés pour que ma nouvelle visite ne fût pas la dernière ? Je ciselais des phrases d'accroche dont l'efficacité me semblait indubitable. Un mot bien placé, et Si-Moktar découvrirait mon existence, mon admiration, et mes talents de futur virtuose de l'échiquier.

J'en étais tellement persuadé que je n'avais pas hésité à prendre quelque avance sur mes rêves.

Je racontais à qui voulait l'entendre que Si-Moktar était devenu mon maître. Il m'avait choisi pour recevoir ses secrets. Je le rejoignais de temps à autre alors que l'on me croyait occupé ailleurs. Entre deux leçons, il laissait échapper quelques confidences sur son passé.

Comment, Saharien, né aux confins du désert, il traçait des échiquiers dans la poussière entre deux tentes et trois chameaux. Un avion s'était écrasé dans les dunes. Parmi les survivants, un illustrissime dignitaire des échecs. Il avait séjourné une semaine dans le camp nomade. Le temps de s'émerveiller des capacités de l'enfant des sables et de les dévoiler au monde ébloui.

Comment, depuis, Si-Moktar influençait en

douce la politique du pays. Il analysait les affrontements des différents partis comme des configurations qu'il aurait étudiées sur son échiquier. Il prévoyait ainsi leurs plus fines tactiques, leurs plus subtiles manigances. Voilà pourquoi il était devenu l'homme à abattre. Mais le président de la République, époustouflé par sa clairvoyance, continuait de solliciter ses conseils...

Je ne cessais d'inventer de nouveaux détails. J'ai même conté qu'un jour, profitant d'un moment de distraction de sa part, j'ai tiré trois bouffées de son narguilé.

Mais là aussi je me dois de rétablir la vérité. Le seul narguilé que j'aie tété, c'est quelques années plus tard chez mon ami Ben-Slimane dont l'existence oscillait entre deux objectifs d'une élévation indiscutable : devenir un chanteur de rock sous le nom de Benny Slimany et me convertir à l'islam.

On l'aura compris, je sais peu des échecs. J'ignore tout des fulgurances magiques qui illuminent l'esprit des grands maîtres. Le mystère du fonctionnement de leurs neurones que j'ai longtemps souhaité découvrir m'est étranger. Que n'ai-je tenté dans l'espoir de me forger un cerveau aux dimensions des leurs. Mais les paradoxes de mon intelligence n'atteignent toujours pas la surprenante somptuosité d'une partie de haut niveau. Au plus pointu que je la mène, ma pensée m'apparaît davantage comme un échiquier dont on aurait balayé les pièces. Elle ne clignote que du noir au blanc, avec une vivacité qui fait parfois illusion.

Quant aux quelques notions du jeu que je possède, je les dois à d'autres que Si-Moktar. Pour être plus précis, elles me viennent de la bande d'énergumènes boutonneux qui composaient la classe d'échecs de mon lycée.

Ce n'était pas un cours à proprement parler. Aucun professeur n'y sévissait. Mais une salle de permanence où certains élèves, que les efforts physiques rebutaient, se regroupaient autour de damiers et d'échiquiers.

Je me mesurais à eux pour le doux plaisir d'imiter les attitudes fascinantes de Si-Moktar. J'allongeais mes jambes sur une chaise, comme lui dans son fauteuil canné sur sa véranda. Je pinçais les pièces de l'extrême bout de mes doigts. Pour signaler un échec au roi, je crachais brièvement *chekh'* en me grattant le palais comme je l'avais entendu faire.

J'exaspérais mes adversaires par mes silences et la lenteur de mes réactions. Il m'arrivait de remporter ainsi une victoire. Pas un mot de triomphe ne dépassait alors mes lèvres. Je me collais à la fenêtre. Je regardais au loin dans la cour, en essayant de surprendre les mêmes mirages que Si-Moktar apercevait dans les frondaisons de son jardin.

Quelquefois, je condescendais à leur parler des grandes compétitions internationales où mon maître avait brillé. Notamment la dernière en date, à Belgrade. Si-Moktar avait affronté un champion russe nommé Nicouline, élève de l'immense Paradjanoff, qui l'avait battu de justesse, enrayant sa course au titre mondial. Si-Moktar n'avait jamais digéré cette défaite. Il ne pensait qu'à mettre au point une défense inédite. Un piège infaillible que l'on baptiserait le moment venu « défense Si-Mok-tar ». Une sorte de Triangle des Bermudes où s'évanouiraient les attaques de ses adversaires. Tant que cette défense n'avait pas atteint la perfection qu'il souhaitait, il ne participerait à aucun tournoi. Ce qui expliquait pourquoi on ne le croisait plus guère dans les rencontres officielles...

Mes amis m'écoutaient sans m'interrompre. Ils confrontaient mes dires aux informations qu'ils lisaient dans les publications spécialisées. Aucun des noms que j'avais mentionnés n'y figurait. Mais mon esprit fertile me soufflait d'autres réponses impa-rables. Leur incrédulité se dissipait peu à peu. Ils m'écoutaient de nouveau bouche bée.

Souvent un scrupule m'effleurait. Je m'en voulais de ces mensonges. Quel besoin me poussait ? J'avais mille autres moyens de gagner leur intérêt. Mais je n'y pouvais rien. A quoi bon les détromper ? me disais-je. Quel illusionniste explique ses tours à la fin de son numéro ? Et que leur aurais-je montré d'autre ? La vérité ? Un vieil Arabe digne et fatigué qui tuait le temps devant un échiquier et que l'apti-tude des gens du quartier à construire des légendes avait mué en champion d'échecs...

Alors, je me taisais. Ou je surenchérissais d'inven-tions. Je multipliais les fioritures. J'attendais de distinguer les étincelles que mes divagations allu-maient dans les yeux de mon auditoire. Et je me disais, parodiant le Poète : « Qu'importe l'offense à la réalité, si le songe est sublime. »

*

196

Il me revient soudain qu'enfant, à l'âge des premières initiatives, je dessinais sur les vitres.

Je mouillais mon doigt à ma bouche. Et du bout de cet index humide, je traçais sur le verre des arabesques qui me plongeaient dans un ravissement.

Mes parents s'extasièrent. Manifestais-je ainsi un don précoce d'artiste peintre?... J'étais leur premier fils et on ne peut leur reprocher de m'avoir désiré génial. Pour encourager ma vocation, ils orientèrent leurs cadeaux. Ils m'entourèrent de cahiers, crayons de couleurs, pinceaux. Mais remarquez mon entêtement. A peine me lâchait-on des yeux, je courais reprendre mon poste préféré devant la croisée du salon que je me plais à imaginer aujourd'hui pailletée par le couchant. Mes parents tombèrent de haut. D'effleurée par la grâce, mon originalité devint manie salissante. A neutraliser au plus vite.

Il existait alors une méthode pour contrarier les gosses qui sucent leur pouce. On me l'appliqua. On m'enferma les poings dans des socquettes solidement ficelées à mes poignets. Cette torture me dérangea à peine. J'humectais de bave le tissu et le frottais contre les carreaux. Mes parents, accablés, convinrent alors de me taper sur les doigts. Ils ne comprirent jamais que je ne gribouillais pas sur le verre, mais sur le paysage derrière.

Depuis, à force d'éducation, je n'ai plus sali les fenêtres. Pourtant, un soupçon m'assaille. Mes élucubrations sur Si-Moktar, le champion d'échecs, ne relevaient-elles pas de cette vieille manie de barbouiller la réalité?

Au fond, je n'ai guère perdu ce pli de naissance. Il

m'arrive encore de contempler la vie comme au travers d'une vitre que je décore...

*

Je décorais donc. Défaut? Qualité? Cette particularité ne présentait, je crois, rien d'exceptionnel. Nous grandissions, par chance, en des temps dégagés. Un peu de peinture sur vie ajoutait à la légèreté. Et il était permis à tout un chacun de s'y essayer.

Angeline, elle-même, ne s'en privait pas. Il fallait l'entendre délirer sur son futur mariage.

Qu'y verrait-on? Une file d'automobiles, parentes et alliées, aux capots décorés des traditionnels nœuds de tulle?... Pas du tout. Des fiacres! Des calèches! Des tilburys! Une procession sans fin de voitures à cheval... C'était une tradition chez les Giancanaglia. Le patriarche de la famille, un ancien cocher, avait enlevé sa promise en fiacre. Depuis, ses descendants perpétuaient son exemple... Écartés, les moteurs. Qui louait un carrosse pouvait se joindre à la noce. Qui avait le cran de seller un bourricot était le bienvenu... Le cortège avancerait au pas. Les crinières enrubannées danseraient dans la brise. Les sabots claqueraient sur l'asphalte comme des applaudissements. Les capotes à soufflets déborderaient de merveilles. Parures, corsages, bijoux, éventails, ombrelles. Et au centre de ces trésors, dans un écrin de fleurs tressées, perle unique, miroitante de tous ses blancs, la robe de la mariée...

198

Cette robe, Angeline l'avait déjà en sa possession. Coupée à ses mesures d'après un patron de haute couture. Un modèle si étudié que sa confection avait nécessité rien de moins que cinq essayages. Au dernier, la couturière, Mme Delmonaco, avait failli avaler ses épingles. Angeline exigeait qu'elle rétrécît exprès le tour de taille.

« Ou bien j'arrive à l'enfiler, ou bien je ne me marie pas », avait-elle ri.

Elle ne plaisantait qu'à demi. Une seule obsession la tenait : perdre du poids.

Certains jours, des relents d'incendie envahissaient la cage d'escalier. Angeline faisait brûler des croûtons de pain. Elle les pilait ensuite dans un mortier en cuivre qui tintait comme une cloche d'école. Puis elle avalait cette poussière de charbon à raison de cinq cuillerées toutes les trois heures.

Elle avait prélevé la recette dans un journal. Le docteur Jaoui déambulait entre deux trottoirs. Elle avait couru lui montrer l'entrefilet. Le fameux praticien, plus célèbre pour ses malheurs que pour ses ordonnances, avait baissé sur le papier sa mine de poisson mort. Et après une intense réflexion, d'une voix tout aussi vitreuse que son regard, il avait lâché un verdict sans appel. Suivre ce régime équivalait à ingurgiter en quelques mois une demi-tonne de charbon pilé.

Forte de cette précision d'essence on ne pouvait plus médicale, Angeline se régalait avec obstination de pain calciné.

Et, deux précautions valant mieux qu'une, elle ne vaquait plus au ménage que le corps pris dans une combinaison en plastique. Une sorte de fuseau qu'elle enfilait à même la peau sous sa blouse. Des fronces élastiques la serraient aux cou, poignets et chevilles. Ainsi parée, elle s'activait du matin au soir. A quelque heure qu'on la surprît, elle semblait émerger d'un bain de vapeur. Cheveux collés, visage luisant, traits tirés mais hilares. Transpirer l'épuisait mais lui donnait l'illusion de fondre.

Elle allait vérifier ses progrès à la pharmacie Savoia. Sur la balance, une plaque certifiait une pesée d'une précision inégalée.

J'aurais pu m'approcher. Je lui aurais montré comment lire son poids sans payer. Il suffisait de ne pas lâcher la pièce, la pousser le plus loin possible dans la fente et la retenir entre deux ongles jusqu'au déclic qui libérait l'aiguille. Mais à ces moments-là, Angeline m'apparaissait comme une île. L'eau qui l'entourait semblait calme et peu profonde. Je ne pouvais pourtant pas traverser. Je restais donc loin. Je me contentais d'observer par la vitrine.

Elle posait son sac avant de monter sur le plateau. Le résultat ne la satisfaisait jamais. Pour l'améliorer, elle ôtait alors son manteau. Puis son écharpe. Puis ses chaussures. L'aiguille reculait par saccades. Un espoir fleurissait. Mais dès que la flèche s'immobilisait, Angeline pinçait de nouveau la bouche et cherchait quoi enlever encore pour atteindre le poids qu'elle souhaitait.

Elle s'en revenait d'un pas entamé. Le temps de remonter l'avenue, sa détermination renaissait, fouettée par quelque « Alors Angeline, bientôt le carrosse ? ». Elle engloutissait de nouveau sa poudre noire. Elle enfilait sa tenue de combat. Elle frottait énergiquement le carrelage en fredonnant pour conserver son courage. Et ses mouvements plastifiés accompagnaient sa chanson d'échos soyeux, semblables aux crissements d'un taille-crayon.

Le dimanche, elle allait à la messe. Elle s'y rendait en famille. D'un côté, Mme Garrito, compassée, très haute employée de la Banque Centrale. De l'autre, M. Garrito, tirant sa patte folle.

Hubert marchait trois pas devant. Il lui fallait toute la largeur du trottoir. Il balançait ses épaules arrondies avec jubilation. Comme si à chaque mouvement il s'émerveillait de la formidable mécanique musculaire qui tendait à craquer les coutures de son costume.

S'il me voyait, il me lançait un joyeux « Alors, morpion! Ça roule? », et continuait son chemin sans se soucier de la réponse.

Parfois d'autres voisins catholiques les accompagnaient. Tout ce joli monde filait d'un train nonchalant conjuguer ses prières à la cathédrale. Surveillé dès l'entrée par une ligne de regards indifférents en apparence mais bien ouverts : les Giancanaglia au grand complet.

Angeline, le rose aux joues, l'index sur les enluminures de son missel, supportait avec vaillance l'examen. Mais elle n'en menait pas large. Et quand venait son tour de chanter un répons, elle, si fière de son grain de gorge, ne le délivrait pas vraiment. Elle baissait sa voix d'ange dont la pureté ébranlait d'admiration au moins six pâtés d'immeubles. Elle baissait aussi les yeux. Et elle rêvait en sourdine au jour où elle franchirait les travées pour prendre sa place dans sa nouvelle famille.

A la sortie, les partis se découvraient comme par le plus heureux des hasards. On tombait dans les bras les uns des autres. On échangeait quelques amabilités en prenant soin d'éviter le sujet qui tenait à cœur. Les affaires d'ordre privé ne s'abordaient pas en public.

Mais la communauté alentour était affamée d'indiscrétions. Elle s'emparait du moindre détail à interpréter. Elle appréciait la distance entre les familles, la durée, la chaleur et le nombre des poignées de main, et en tirait des conclusions qui variaient de dimanche en dimanche.

Ainsi, la date du mariage fluctua. On l'avait supposée aux approches du printemps. On attendit l'été. Puis l'automne s'éloigna. Et les gens comprirent.

Personne ne prit la peine de le dire. Il ne faut pas s'étonner. L'essentiel était rarement prononcé. Les choses fondamentales, les différences d'ethnie par exemple, de religion ou de sexualité, ne s'enseignaient guère par le verbe. La parole servait davantage à camoufler qu'à révéler. Plus un point importait, plus il était éludé. On l'apprenait comme on apprenait la vie. Par macération. Par imprégnation.

Cela procédait de l'argenture des miroirs, du déplacement des dunes, de la confection d'une barbe à papa. D'infimes particules de savoir se déposaient en nous à notre insu. Un moment venait, le verre renvoyait la lumière, la colline de sable ne masquait plus l'horizon, le bâton qu'on tournait dans la machine devenait fuseau de sucre cotonneux, la vérité se manifestait. Là encore, nul besoin de mots. Il suffisait de constater l'évidence. Angeline était toujours célibataire.

De loin en loin, quelques langues de vipère continuèrent de jouer.

« Alors Angeline, c'est pour quand le carrosse ? » ou :

« Ce bruit de grelots, c'est pas ta calèche, des fois ? »

Angeline renvoyait la balle comme par le passé. Du « tac au tic » disait-elle pour illustrer sa promptitude d'esprit. Elle répliquait avec un élan du menton qui se voulait défi et quelquefois entrain. Mais, elle avait beau faire, c'était le même mouvement, c'était la même grimace, que pour avaler une pilule amère.

Qu'en déduire ? N'était-elle pas parvenue à entrer dans sa robe blanche ? Les Giancanaglia l'avaient-ils jugée indigne de figurer dans leurs rangs ?

On entendit dire que la décision n'avait pas appartenu aux vivants. La défunte épouse de Monsieur Baptiste était apparue en rêve à quelque membre de sa tribu et avait interdit qu'une autre femme la remplaçât. Rares furent ceux qui y crurent. Cela tenait trop d'une version concoctée pour permettre à chacun de sauver les apparences.

Bien d'autres bruits coururent. Un en particulier que je me crois obligé de confirmer. Angeline ne pouvait pas avoir d'enfant. Il était fondé, je le tiens d'elle. Néanmoins je doute qu'il ait tant importé. Monsieur Baptiste, déjà débordé par sa trop nombreuse marmaille, ne devait pas être tenu par l'urgence de l'augmenter.

Non, je garde le sentiment que la résolution de rompre vint d'Angeline. Mais peut-être parce que mes souvenirs se superposent. Qu'il me vient d'autres images. Que s'impose à moi un aveu. Une confidence recueillie presque par hasard beaucoup plus tard dans le petit logement, rue des Selliers, qu'Angeline devait occuper par la suite.

Ce n'était pas la première tentative de mariage dont elle faisait l'objet.

Le prétendant d'alors s'appelait Émile. Aide-charcutier. Gras, encore plus gros qu'elle. Une bon-bonne, disait-elle en pouffant.

Pour la première entrevue, elle avait étrenné des boucles d'oreilles que les Garrito se repassaient de mère en fille depuis trois générations. Des fleurettes dorées au cœur de perle rose. Pour pouvoir les mettre, Angeline avait dû se faire percer les lobes avec une aiguille rougie au feu. Ensuite, par précaution, afin d'éviter que le trou ne se referme, il fallait garder pendant trois jours un bout de fil en or.

Émile l'emmena voir un film d'amour triste. Il paya la place à toute la famille Garrito. Pendant la projection, Angeline ne put retenir ses larmes. Elle sentit des doigts moites lui étreindre convulsivement la main.

Au retour à la maison, Mme Garrito la prit à part et l'embrassa sur les deux joues.

« Angeline, ça y est! Il t'a demandée! »

Angeline n'en avait pas dormi de la nuit. Au matin, elle avait dit non. Mme Garrito en avait recraché son petit déjeuner. Elle avait tout tenté pour la convaincre-de changer d'avis. Elle avait même prononcé une phrase étonnante.

« Mais tu t'es fait trouer les oreilles ! »

Avec le même accent qu'elle aurait employé pour parler de virginité déflorée.

Angeline avait tenu bon. Elle entrait dans sa seizième année. Et la vision de l'avenir qu'on lui proposait lui avait donné une force d'inertie irrésistible.

Ainsi en fut-il, à mon avis, de la deuxième tentative de mariage. Un instinct empêchait Angeline de monter à bord de l'embarcation dans laquelle les Garrito cherchaient à la pousser. A travers la brume du renom des Giancanaglia, elle avait fini par identifier le navire. Une galère. Et elle avait reculé.

Mais je ne comprends pas ce qui m'incite à accréditer cette thèse. Je n'ai aucune certitude. Et je ne peux oublier l'excitation d'Angeline tout le temps de ses interminables fiançailles. Ses efforts pour maigrir. Sa façon de rêver à haute voix. Les allures de future matrone qu'elle affectait et qui, au plus près que je m'approchais d'elle, me renvoyaient à mon vrai rang : celui d'un gamin trop tôt éveillé. Je ne peux oublier la solitude, la tristesse dans lesquelles par la suite elle s'enferma. Elle ressemblait à ces bougies qui fondent sans larmes et dont la flamme ne m'a jamais paru gaie. Elle se tenait. Elle ne lâchait ni cire ni eau. Elle s'évertuait à irradier sa lumière. Mais au prix de quelles secrètes usures.

Elle se montra moins à l'église le dimanche.

Les Garrito la conduisaient on eût dit à contre-

205

cœur. Mme Garrito semblait refuser de lui tenir le bras et levait haut le nez, l'air d'escorter une stagiaire débutante et confuse à son guichet de banque. M. Garrito, lui, enfonçait jusqu'aux oreilles son béret à fil central et n'adressait mot à quiconque.

Seul, Hubert restait égal à lui-même. Il agitait ses épaules de catcheur sur toute la largeur des trottoirs. Il continuait à m'apostropher : « Alors, morpion ! Ça roule ? » Sans savoir que ce qui roulait, c'était sa nouvelle réputation.

Elle provenait d'un client de l'atelier de mécanique où Hubert travaillait.

Ce client, dont la rumeur avait déjà perdu l'identité, avait surpris le colosse en compagnie d'un garçonnet aux paupières de biche. Il s'agissait d'un gosse arabe comme il en traînait tant par les rues. Pourquoi Hubert, qui tenait seul l'atelier pendant la pause du déjeuner, lui avait-il permis l'accès au vestiaire du personnel qui se trouvait tout au fond de la remise ? Pourquoi, interrompu par le client, avait-il eu l'air si emprunté, si fautif ?... « Il veut apprendre la mécanique », avait-il éludé en chassant le gamin d'un coup de patte sur la nuque. C'était peut-être vrai. Peut-être tout cela n'était-il qu'innocence et concours de circonstances. Bien souvent la saleté est dans l'œil de celui qui la remarque. Et un léger désordre vestimentaire n'implique pas forcément un débraillement d'une autre sorte. Mais voilà, le petit avait de si longs cils...

Et surtout c'était si agréable de se repasser l'histoire. Chacun y rajoutait un bon mot. J'entends encore celui de Jacky Cassuto, notre entraîneur et capitaine, l'âme de notre équipe de football.

« Fais gaffe, c'est pas un haltérophile, c'est une haltérofolle. »

Et Hubert commençait à se demander pourquoi nous le considérions avec une aussi hilare indulgence. Nous-mêmes étions surpris de ne pas nous moquer plus fort. Les géants qui révélaient leurs pieds d'argile nous attendrissaient. Sans doute parce que nous nous sentions soudain pétris de la même glaise.

Nos parties de ballon s'en ressentaient. Elles se défaisaient vite et sans prétexte. Nous rattachions nos lacets. Nous nous rangions comme sur un fil contre un bord de trottoir ou d'immeuble. Bavards en apparence. Mais au fond, silencieux, très attentifs et préoccupés par un sujet qui se dérobait sans cesse à nos recherches. Nous nous ébrouions mollement comme pour chasser une idée noire. Les hirondelles au-dessus de nous s'étonnaient que nous les mimions. Les flics en tournée descendaient de bicyclette et repoussaient leur casque sur la nuque tant notre apathie leur semblait feinte.

Fatigue ? Baisse de vitalité ? Non. Cela tenait plutôt de l'attente et du sommeil. Cela tenait du pressentiment. Cela tenait de l'élément liquide. Une bruine. Moins. Un écoulement. Un ruissellement invisible et lancinant. Derrière lequel chacun, interdit, croyait parfois percevoir un écho, un son informulé, rien de connu, l'appel de son nom hélé de très loin, de très haut, à travers d'insondables espaces.

Nous nous interrogions. Que nous arrivait-il ?

Nous n'étions pourtant pas dans une année de treize lunes où il est notoire que les palais tombent en ruine. La chance nous lançait bien quelques œillades. Mais ses sautes d'humeur laissaient des séquelles durables.

Nous n'en discernâmes que plus tard la raison. Le destin, ogre affamé, nous passait en revue pour désigner celui dont il comptait se repaître.

Un seul d'entre nous s'en rendit compte. Fabi, le doux Fabi, notre mascotte, notre souffre-douleur préféré. Il choisit de se sacrifier en s'envolant par une fenêtre.

Les Pierres Qui Volent

Pendant des années, Fabi passa pour le fils de Lucia notre concierge.

Nous ne le voyions qu'en fin de semaine. Le reste du temps, il était interne dans un collège privé. Chez les Sœurs de l'Incarnation.

Nous n'avions qu'une vague idée sur la règle qui déterminait cette aimable congrégation. Pourtant, Dani Colassanto, notre expert en catholicisme, avait été formel.

« Des religieuses qui ne se rasent jamais et qui prient à genoux sur des pois chiches. »

Son avis nous semblait partisan. Sous leurs cornettes, les nonnes ne montraient aucun duvet disgracieux. Quant à leur démarche, plutôt énergique, elle ne témoignait pas de rotules grippées par d'étranges mortifications. On se doutait bien que Dani réglait là quelques comptes. Un parcours scolaire hasardeux l'avait obligé à un séjour dans l'établissement des religieuses. Mais les murs les plus hauts ne pouvaient contenir son épuisante vitalité. Et la directrice des études, sœur Tarsicius, une terrible, n'avait fait que sillonner les rues dans sa voiture — une deux-chevaux remarquable par son absence de portières — pour tenter de le rattraper.

Un jour qu'elle fonçait justement à sa recherche, elle tomba sur un attroupement. Un accrochage entre deux taxis avait laissé un inoffensif cycliste sur le carreau. Sœur Tarsicius fendit la foule, s'agenouilla près de la victime et se mit à égrener son chapelet. Le moribond entrouvrit un œil et s'affola. Il était musulman. A choisir, il préférait un imam. Sœur Tarsicius le fit taire d'une tape, elle n'avait pas fini sa prière. Le malheureux, moins effrayé par l'accident que par cette conversion inopinée, en ressuscita tout à fait. Il poussa un cri affreux et sauta sur sa bécane. Je le vois encore s'enfuir à grands coups de pédales en essayant de garder l'équilibre sur ses roues voilées. Sœur Tarsicius rendit grâce au ciel pour ce miracle. Après quoi, elle entraîna par sa tignasse rouge Dani qui appréciait en ma compagnie le spectacle...

Pour nos parents, le collège des Sœurs de l'Incarnation était synonyme de travail, garantie de sérieux. Pour nous, il n'avait rien à envier à une colonie pénitentiaire. Et il était difficile de comprendre pourquoi le tendre Fabi y avait été inscrit.

Petit, malingre, pâlot, le visage mangé par des yeux d'enfant martyr, il n'avait rien d'une forte tête. Il évoquait plutôt ces oisillons tombés du nid auxquels il manque des plumes essentielles pour survivre.

De plus, été comme hiver, il se présentait en uniforme de bon élève. Blazer qu'il boutonnait

jusqu'au col, « cravate papillon » montée sur élastique et culottes de flanelle tombant à mi-mollets.
Nous l'imaginions sans peine assis au premier rang,
appliqué, discret, et buvant les paroles du professeur. Qualités qui nous irritaient, nous les turbu-
lents, les échauffeurs de pupitre.

Si Fabi n'avait pas habité l'avenue nous ne
l'aurions jamais admis dans notre groupe. D'ailleurs
y entrait-il vraiment ? Il restait non pas à l'écart mais
à la périphérie, toujours en retard d'un clin d'œil,
d'un rire, d'une conversation.

Au football, nous lui empruntions sa veste. Rou-
lée en boule, elle représentait un des montants des
buts que je gardais sans conviction. Fabi sautillait
devant moi. Il comptait pour du beurre. La charge
des joueurs adverses le pulvérisait. Il se retrouvait à
moitié déculotté, tout désorienté, sa casquette d'écolier anglais de travers, son nœud papillon sur la
nuque. Il reprenait son souffle contre un palmier.
Puis se jetait de nouveau dans le jeu qui le déshabillait.

Après la partie, nous nous purgions sur lui de
notre défaite. Nous l'attaquions pour tous les buts
reçus. Il ne savait pas répondre aux reproches. Il
baissait la tête. Il enfilait son blazer froissé. Son
silence, sa résignation augmentaient immanquable-
ment notre agressivité. Nous feignions de lui
dépoussiérer les épaules. Mais sous ce prétexte,
nous nous le renvoyions à grandes claques dans le
dos.

Lucia la concierge surgissait. Elle nous traitait de
tous les noms. Elle prenait Fabi sous son bras. Elle le

consolait, *o Fabi mio, o bello mio,* en l'accablant de caresses. Elle l'emmenait dans sa loge pour le débarbouiller et le recoiffer avec un peigne mouillé. Elle traçait dans ses cheveux une raie d'une perfection que peu de parents atteignaient. Elle lui lissait les sourcils. Elle lui relevait les socquettes. Elle l'asseyait à table. Elle lui nouait autour du cou une serviette pour préserver ses beaux habits d'éventuelles éclaboussures. Et tandis qu'il déjeunait, elle cirait ses chaussures meurtries par le ballon.

Elle lui préparait souvent un plat d'escargots que les Siciliens appelaient des « babalouches ». Il s'agissait de minuscules limaçons qu'on pouvait cueillir en grappes dans des recoins de murs à l'ombre. C'était le plat de pauvres par excellence. Mais Lucia l'agrémentait d'une sauce dont l'odeur d'ail m'alléchait. Je me souviens, j'arrivais comme le renard de la fable. La loge exiguë était rarement fermée. Je passais le museau par l'entrebâillement. J'aurais donné beaucoup pour tremper mes doigts dans la marmite.

Fabi ne partageait pas mon attirance. Je le comprenais. Ces mollusques étaient tout juste comestibles. Sous la dent, ils s'écrasaient comme de vieux chewing-gums en libérant un goût fade de résine. Seulement, ils figuraient parmi les aliments que la religion juive proscrivait. Et, dois-je l'avouer, cet interdit entrait pour beaucoup dans mon appétit.

Fabi m'aurait bien abandonné sa part. Mais Lucia le surveillait avec la mine allumée de la cuisinière qui attend des félicitations. Il n'osait pas la décevoir.

Très raide sur sa chaise, il tentait de vider les coquilles à l'aide d'une épingle. Il ne savait pas s'y prendre. Les escargots glissaient sous sa fourchette. Son éducation de prince lui interdisait d'y porter la main. Lucia soupirait, venait l'aider. Elle fracassait les coquilles entre ses incisives et recrachait leur contenu, virgules noircies qu'elle alignait sur le bord de l'assiette, en me prenant parfois à témoin de la qualité de sa cuisine.

Un samedi, Fabi repoussa brusquement son assiette pleine. Un geste surprenant, excessif. Il aurait pu se contenter de l'écarter. Il la jeta ou frappa dedans, je ne sais, je n'eus pas le temps de bien voir. Lucia se raidit. Les projections de sauce avaient taché sa pauvre robe noire. Fabi se dressa à demi. Pour l'affronter? Pour s'excuser? Il semblait regretter son éclat. Puis il se mit à trembler. Peur, fièvre, impuissance, je n'avais encore jamais vu quelqu'un grelotter à ce rythme. Son siège en trépignait sur le carrelage.

Soudain, Lucia bondit sur lui. Et j'eus un coup au cœur. Un sachet bourré de morceaux de tissu se trouvait à sa portée, accroché à la poignée d'un vasistas. Elle l'avait vidé d'une secousse et l'avait enfilé sur la tête de Fabi.

Elle est folle, pensai-je, il va suffoquer. Je n'intervins pourtant pas. Étreint par la même faiblesse qui dans mes cauchemars m'empêchait d'échapper à un danger. J'étais incapable de bouger, de crier. Je ne pouvais que regarder.

L'un étreignant l'autre, ils chutaient, ils n'en finissaient plus de chuter. Ils rebondissaient contre le

213

divan, contre la table, contre le tiroir d'un meuble de cuisine. Sous le choc, l'armoire branlante s'ouvrit. Un miroir intérieur se décala en oblique. La marmite se renversa sur la gazinière, lâchant un flot de liquide rougeâtre. Emportés par cette cascade, des escargots ricochèrent partout comme des perles. Fabi glissa dessus et s'étala. Il n'avait aucune chance de s'en tirer. La poche de plastique lui collait au visage. Dessous, je voyais les cavités de ses yeux aveuglés, de sa bouche qui cherchait à happer désespérément une bouffée d'air. Il fit une dernière tentative pour se dégager. Mais Lucia lui tordit les poignets et le plaqua au sol de tout son poids.

L'extrême efficacité de ses mouvements m'effara. Je ne l'aurais pas crue aussi forte. Je voyais saillir ses tendons durcis par le transport quotidien des poubelles. Et je la suppliais d'arrêter, ce n'est rien Lucia, juste quelques taches de sauce à nettoyer, pas besoin de s'entre-tuer. Mais aucun mot ne passait mes lèvres. Je m'asphyxiais aussi.

Puis ce fut la fin. Un spasme agita les jambes de Fabi. Son corps devint flasque. J'eus un sanglot silencieux. Il est mort, elle l'a étouffé, et tout ça pour trois « babalouches ».

Je me trompais, heureusement. Mais de justesse. Lucia se releva, arracha le sachet. La tête de Fabi apparut, marbrée, souillée de sueur et de salive, les yeux révulsés, blancs. Lucia le secoua. Il toussa. Il cracha. Elle l'étreignit, *o Fabi, o figlio mio, o bello mio.* Elle le caressa. Elle frotta ses joues aux siennes, se mouillant à ses larmes. Elle débordait à nouveau de tendresse et d'amour.

Quant à moi, que le soulagement affaiblissait, je tombai assis à la place exacte que j'occupais, adossé au chambranle de la porte. Je m'assis, effrayé encore, épuisé surtout par l'incapacité de donner un sens à ce que je venais de vivre.

Aujourd'hui encore, j'hésite à me prononcer. Et s'il faut avancer une explication, je me cacherai derrière celle que m'offrit, il y a peu, un ami neurologue que les paradoxes de la médecine séduisaient.

Il arrive parfois qu'un geste en apparence meurtrier se révèle salvateur. Ainsi dans certaines formes de tétanies, pour apaiser un malade en crise, on lui fourre la tête dans une cagoule étanche. L'intoxication par l'oxyde de carbone qu'il exhale atténue ses convulsions.

On pourrait s'en convaincre. La logique voudrait que le comportement de Lucia ait procédé d'une thérapie concertée par des spécialistes. Et il est probable que certains savants ont déjà étiqueté de mots précis le mal dont souffrait Fabi.

Mais je doute que celui-ci eût admis leur avis. Pour lui, son cas ne relevait pas des compétences médicales.

Dans le courant de ce même samedi, alors que je revenais sur la punition que lui avait administrée Lucia, il me dit :

« C'est pas sa faute... C'est moi. Je me suis trompé... »

Et, dans un souffle, retenant son aveu :

« Tu ne diras rien aux autres, hein... Ils se moqueraient de moi. »

215

Je comprenais son souci. Je promis. Il me confia alors :

« Je me suis trompé d'ombre.

— D'ombre ?

— Eh oui, tu sais bien. Dans le ventre de leur mère, les bébés n'ont pas d'ombre. Pour naître, il leur faut prendre en vitesse la première qu'on leur propose. Autrement, ils ne peuvent pas vivre... »

Je retins une plaisanterie. L'affaire était sérieuse.

En venant au monde, Fabi s'était emparé d'une ombre qui n'aurait pas dû lui revenir. Aussi, de temps à autre, le véritable propriétaire se manifestait. Il tentait de récupérer son bien de force afin de pouvoir prendre apparence humaine. Il pénétrait Fabi comme un coup de vent glacial et le secouait par l'intérieur pour décrocher son ombre des endroits où elle s'attachait.

J'en restai songeur. J'ignorais d'où il tenait cette histoire. Elle était loin de tout expliquer, notamment que Lucia l'ait encapuchonné d'un sac. Mais elle me captivait. Elle avait le charme d'une lampe à huile allumée dans le noir. Elle révélait peu et permettait surtout d'apprécier la profondeur des ténèbres qui nous entouraient.

Je n'y croyais pas vraiment. Pourtant je ne pus m'empêcher de baisser la voix. J'éprouvais le besoin de me renseigner sur son invisible rival. Qu'était-ce au juste ? Une âme, un spectre, un ange, un démon ?...

Fabi secoua la tête. Non, pas un démon. Pas quelqu'un de mauvais. De malheureux, plutôt. De très malheureux. L'esprit d'un bébé qui voulait

216

naître quelque part et qui n'y arrivait pas parce qu'un autre lui avait volé son ombre...

Fabi en était désolé. Sa conscience, forgée par les bonnes sœurs de son collège, lui défendait de conserver longtemps un objet qui ne lui appartenait pas.

Il eut un frémissement, un soupir.

« Un jour, je serai peut-être obligé de la lui rendre. »

Je ne réalisai pas ce qu'il sous-entendait. Je ne l'écoutais plus. Les émotions de l'après-midi refluaient. Et je ne retenais à nouveau de Fabi que ce qui en lui me gardait à distance. Son odeur faite de lait cru, aliment qui me répugnait. Et plus particulièrement sa soif d'amitié, immense, qui, forte de ses confidences offertes, béait devant moi comme un piège. Je possédais déjà un jeune frère de son âge dont l'attachement m'embarrassait. Je ne voulais pas m'encombrer davantage.

Fabi ne pouvait le deviner. J'avais passé presque tout ce samedi en sa compagnie. Je l'avais écouté, moi le grand. Je n'avais pas ri de lui. J'avais accepté l'offrande de son secret. Ces égards, il les devait plus à ma curiosité qu'à une soudaine bienveillance de ma part. La différence lui échappait. Il me para d'une auréole que j'étais loin de mériter.

Il m'accabla de son dévouement. Où que j'aille, il me suivit. Je le découvrais en deçà de moi, en train d'espérer un quelconque signe d'intérêt, avec sur ses traits un air servile, une gentillesse d'enfant de chœur, une absence de malice qui cassaient tous mes élans. S'il me manquait une bille ou une image

217

pour compléter un carré, il me la tendait avec une fierté imbécile. Bientôt je le pris à m'imiter. Il remuait les mains à ma manière. Il répétait mes paroles. Il riait quand je riais. Lui à qui la joie la plus pure n'arrachait qu'un sourire douloureux, il s'efforçait d'émettre des gloussements sonores où je reconnaissais les mêmes raclements qu'il m'arrivait de produire.

Cet écho permanent était plus que gênant. Il m'assommait. Je ne désirais ni serviteur ni écuyer ni disciple. Je ne tardai plus à m'enfermer dans une attitude d'hostilité. S'approchait-il, je le renvoyais. Il reculait, hésitant à me prendre au sérieux. Un chiot que son maître lapide et qui lui ramène les pierres par habitude au cas où ça ne serait qu'un nouveau jeu. Il me souriait gentiment. Il s'éloignait. Puis il revenait. Je l'expulsais de nouveau. Sans efficacité.

Car j'avais pour lui les yeux de Lucia. Malgré moi, je guettais le moment où il se remettrait à trembler. Fabi prenait cette attente pour une forme d'affection. Et peut-être au fond en était-ce une. Je ne voulais pas le savoir. Sa candeur me déprimait. Sa gratitude m'empoissait. Je n'aspirais qu'à m'en libérer.

Je devais y réussir. Mais par un acte qui demeure fiché dans ma mémoire comme une épine.

*

Parfois, aux heures d'effervescence succédaient des instants de creux qui surprenaient les enfants que nous étions.

Une bizarre léthargie pesait entre les palmiers de l'avenue. Les mille feux du jour s'affadissaient. Nos plaisirs habituels perdaient de leur tranchant. L'envie même de courir semblait nous immobiliser.

S'accumulait alors en nous je ne sais quelle force malfaisante. Un ricanement montait sous cape. Nous échangions des regards minces de bandits. Et une question venait à nos lèvres.

« Si on faisait le coup des Cinq Pierres Qui Volent ? »

Aussitôt un frisson de joyeuse cruauté nous fouettait. Et nous nous mettions en quête d'une victime.

En général, nous n'avions aucune difficulté pour en trouver une. Elle se présentait d'elle-même, livrée par le hasard. C'était un gamin dont les parents venaient rendre visite aux nôtres. Ou bien un copain de lycée en vadrouille. Ou encore un joueur d'une équipe adverse qui après nous avoir défaits revenait, l'imprudent, rôder sur les lieux de son crime. C'était plus souvent quelque flâneur isolé en provenance d'un quartier voisin. La beauté de l'avenue, passage obligé de toutes les promenades, en attirait plus d'un. La complicité électrique qui se dégageait de notre groupe l'aimantait irrésistible-ment.

Pour le piéger, notre technique était parfaite, rodée par une expérience plus vieille que nos âges. Bon nombre d'écumeurs de trottoirs ou d'escrocs professionnels nous l'auraient enviée. Le garçon le plus retors en oubliait sa malice. Le plus soup-çonneux, son esprit critique. Il se transformait sous nos yeux en naïf — nous disions « nigate », déformation probable de nigaud. Il ne nous laissait plus. Il nous suppliait à genoux de procéder à son exécution.

Ce qui le réduisait ainsi ? Quelques chuchotements au sujet de pierres volantes. Il croyait les surprendre. Ils n'étaient lâchés qu'à dessein de l'hameçonner. Ensuite, plus il voulait s'informer, plus il butait sur notre silence. Nous lui tournions le dos, muets, mais pas tout à fait. En nous écartant, nous lui livrions une miette qui l'alléchait de plus belle. Très vite, ce n'était plus un gourmand salivant devant la vitrine d'une pâtisserie. C'était un affamé, un boulimique, un malade, un fou. Il s'accrochait à nos vêtements. Il aspirait nos moindres paroles. Il implorait. Nous consentions alors à céder, comme si son insistance entamait notre résistance.

Nous feignions toujours de le repousser mais avec moins de force. C'était trop compliqué, disions-nous, difficile à improviser. Il fallait de la magie, une certaine sorte de mouchoir, une qualité de pierres particulière. Et notre dupe se ligotait davantage. Il proposait fébrilement son propre mouchoir, ramassait des cailloux qu'on feignait d'examiner. Non, pas celui-ci. Cet autre-là, peut-être... Et il courait en chercher de plus arrondis ou de moins ternes ou de moins lourds. Il les lavait lui-même en crachant dessus. Il les essuyait aux manches de son pull.

Un point demeurait tout de même en suspens. La magie ! Qui en avait aujourd'hui ? Chacun se tâtait, réfléchissait. Puis un doigt se levait. « Moi ! » affirmait Jacky Cassuto ou quelqu'un d'autre. « J'en ai de l'excellente. De la qualité supérieure. » Il était aussitôt baptisé Grand Magicien. Il désignait deux assesseurs. Le rituel pouvait enfin commencer.

On dépliait le mouchoir. Les adjoints du maître de cérémonie pinçaient deux des coins. L'invité tenait les deux autres. Il avait la consigne impérative de garder le carré tendu comme une peau de tambour. Dessus, le Grand Magicien disposait les cinq pierres. Quatre aux angles, la plus grosse au centre. Puis il fermait les yeux, se concentrait, psalmodiait des versets de son invention.

Chacun avait sa prière. Lorsque Marco-l'Étincelle officiait, il mélangeait quelques onomatopées récoltées chez Bouche-Folle. Jacky Cassuto empruntait à l'arabe ou au latin de cuisine. Moi, il m'est arrivé de réciter à toute allure un poème d'Edgar Poe sur un air de litanie hébraïque. Les paroles importaient peu. Elles n'étaient là, je crois, que pour camoufler les rires étouffés qui étranglaient certains spectateurs à l'idée de ce qui suivrait.

Notre victime bronchait à peine. Ivre d'étrangeté — le Grand Magicien mastiquait une feuille de citronnier, bien verte, ce qui l'aidait à compliquer la langue qu'il marmonnait. Ivre de concentration aussi — s'il perdait de vue les cinq pierres, le prodige lui serait refusé.

Nous, nous ne lâchions pas des yeux le Grand Magicien. Il semblait immobile, entre ses deux assistants. Mais invisibles sous le mouchoir, ses mains s'activaient. Il ouvrait sa braguette et arrosait généreusement l'invité.

Après une durée de temps variable qui tenait partie à son recueillement, partie à l'épaisseur de ses pantalons, celui-ci s'en rendait compte. Il poussait un hurlement. Son sursaut agitait le mouchoir. Les cinq pierres volaient. Et notre victime n'avait plus qu'à se réfugier dans la fuite, saluée par nos applaudissements.

C'était, j'en conviens, un jeu féroce.

Nous n'en abusions pas. Et je n'improvise pas ainsi une excuse. Des tours pendables, j'en ai connu de pires, où la manipulation le disputait au danger. Ici, rien de sanglant, rien de définitif. La tache sur le pantalon séchait vite. La blessure d'orgueil durait autant. Et après tout, la promesse initiale était tenue. Les pierres volaient bel et bien, non?...

De plus, ce qu'il coûtait un jour en dignité, il le rattrapait le lendemain en amitié. Car, lorsque celui qui en avait fait les frais se représentait à nous, nous l'accueillions à bras ouverts. En hôte de marque. Il n'était pas allé crier sur les toits sa mésaventure. Nous non plus. Cette discrétion nous liait. Au point qu'il advenait même que notre victime d'hier rabattît sur nous de nouveaux candidats. Et le jeu reprenait avec un piquant supplémentaire. Et volait d'une bouche à l'autre la question codée qui faisait nos délices : « Vous oubliez la magie? Qui a de la magie? »...

Non, je n'ai pas à rougir du coup des Cinq Pierres Qui Volent. Il ressemblait aux garnements que nous étions alors. Barbare, oui, et somme toute un peu pisseux. Il nous cimentait. Il nous guérissait de bien des offenses. Il appartenait en exclusivité à notre avenue, à notre bande. Nous le protégions des imitateurs. Nous le préservions des érosions de l'habitude. Nous le réinventions à chaque fois. Nous prenions garde à ce que rien ne vînt nous en gâcher les attraits.

Un dimanche pourtant nous fûmes moins prudents.

Était-ce un dimanche? Je n'en suis pas sûr. Les vacances de Pâques s'achevaient. Une inlassable morosité nous menaçait que nous décidâmes de traiter par notre remède préféré. Nous nous ébranlions à peine, scrutant les environs à la recherche d'une proie possible.

Qui vis-je alors s'avancer vers moi, les cheveux bêtement aplatis par la pommade de Lucia, le nœud papillon dressé des deux côtés du cou? Fabi!... Il s'approchait comme la veille, comme l'avant-veille, comme chacun des jours précédents. Il s'approchait, mine de rien, par étapes timides, un peu hésitant tant qu'il n'avait pas subi les premières rebuffades. Dans un instant, je l'aurais à ma remorque. Poids mort, évidence indécrottable. Il ne me quitterait plus d'un pas, le visage enfariné, extasié d'avance à l'idée de me servir, l'air d'entonner un cantique à ma gloire.

Il me sembla qu'un nuage invisible achevait d'obscurcir la lumière. J'en eus assez. Nous n'avions pas encore décidé qui prendre pour cible. Je proposai Fabi.

Mes acolytes avaient toutes les raisons de refuser. Nous ne nous étions jamais attaqués à un garçon que le manque d'âge ou de malice défavorisait. Mais l'urgence du jeu les tenait déjà. Ils acceptèrent.

223

C'était une erreur, je le sentis vite. Déjà notre joie ne sonnait pas très juste. Quelque chose nous entravait. La facilité de la victoire ? L'absence de mise en train ? Nous n'avions pas eu besoin de tisser le traditionnel filet de mots, d'œillades, d'esquives, où notre victime s'empêtrerait. Aucune méfiance n'habitait Fabi. Il n'était qu'ingénuité, bonheur de tenir le centre du cercle où je l'avais introduit. Il s'offrit à toutes nos manigances. Il devança nos désirs. Il prêta son mouchoir. Il surveilla les cinq pierres, comme on le lui proposait. Il avait du mal à garder les yeux fixés dessus. Il ne pouvait s'empêcher de les lever pour m'adresser des regards de reconnaissance.

J'aurais pu tout arrêter. Je tenais le rôle envié du Grand Magicien. Mais l'intensité de sa béatitude ne cessait de m'exaspérer. Je ne voyais en lui que l'importun, le pot de glu, la ventouse qui me gâchait mes mouvements. J'eus hâte d'en arriver à l'instant suprême de l'estocade. Je bâclai la prière. Je me déboutonnai. Je vidai ma « magie ».

Fabi portait ses sempiternelles culottes de flanelle grise, ridicule compromis entre short et pantalon. Je les aspergeai sans retenue. J'éclaboussai ses jambes nues. Je trempai ses socquettes.

J'attendais, nous attendions tous, un bouleversement, un sursaut, un cri de rage. Rien ne se produisit. Fabi ne manifesta pas de réaction. Juste un frisson, une esquisse de frisson. Je crus soudain qu'il allait trembler comme ce fameux samedi où Lucia avait failli l'étouffer. Mais c'était passé. Il ne remuait plus. Il s'évertuait de garder sur son visage un sourire qui s'effritait. Cet effort l'obligeait à une immobilité étrange, absolue, effarante. Et personne ne songeait plus à rire. Personne n'émettait le moindre gloussement. Une anxiété nous gagnait, un malaise, l'impression d'avoir commis un sacrilège.

Fabi lâcha enfin le mouchoir. Les cinq pierres ne s'envolèrent pas comme prévu. Elles tombèrent sans vie. Et je me sentis chuter aussi. J'avais souillé un innocent. J'avais abattu un ange d'un coup de fronde. Et son regard qui s'éteignait me glaçait le cœur de tristesse. Je n'y lisais ni reproche ni déception. Simplement un niveau de souffrance encore jamais atteint.

Je lui entourai les épaules. Je voulus l'entraîner vers le porche de l'immeuble, viens, allez viens, la gorge serrée par l'envie de m'excuser que je ne savais pas assouvir devant témoins. Il se dégagea. Il s'éloigna tout seul dans ce silence irréel. Tandis que s'élevait sur l'avenue un vent de désolation.

*

Je pourrais écrire qu'à dater de ce jour nous changeâmes d'attitude envers Fabi. Je mentirais.

Nos tragédies les plus acérées restaient mineures. Et passager, le remords qu'elles engendraient. Nous ne réparions pas nos erreurs. Nous les piétinions avec une sauvage gaieté. Nous les recouvrions sous un monceau d'autres bêtises. Critiquable légèreté, qui eut au moins un avantage, je me dois de le reconnaître aujourd'hui : elle fertilisait nos mémoires.

Nous nous acharnâmes donc davantage sur Fabi. C'était plus facile que de se consumer en repentirs. Après tout, ce trouble-fête nous avait gâché le divertissement que nous placions au plus haut. Pis, il nous avait montré à quel point nous étions minuscules. Lui qui nous arrivait à l'épaule avait manifesté une grandeur dont nous étions incapables. Nous ne pouvions lui pardonner aussi aisément.

Nous l'enfermâmes de loin en loin dans quelques farces traditionnelles. Coup de sonnette aux ambassades et on s'égaillait soudain, le laissant supporter l'engueulade des vigiles. Ou bien on lui fauchait sa casquette. On se la renvoyait tel un ballon dégonflé. Fabi s'épuisait à la rattraper. Il s'arrêtait, congestionné, à bout de forces, contre un palmier, contre le capot d'une voiture en stationnement.

Et soudain en moi quelque chose se rompait. J'intervenais. Je prenais sa défense. Je détournais de lui les foudres des gardiens. Ou j'interceptais sa casquette, j'allais la lui rendre. Mes amis s'étonnaient. L'idée ne leur venait même pas que nous puissions agir autrement. Une seule place était disponible dans notre groupe : celle de bouc émissaire. Si Fabi la voulait, libre à lui...

Fabi s'en contentait. Il nous était attaché comme un papillon à la lampe qui lui mord les ailes. Le débraillé de nos actes, de notre langage, l'épatait. Il y respirait un arôme de liberté qu'il espérait contagieux à la longue. Et, c'est vrai, au cours des ans, sa timidité se trempa un peu à nos effronteries.

Mais, pendant longtemps, je n'y pus rien. S'acharner contre lui me fut fastidieux. Abuser de sa faiblesse, de son impossibilité à résister, me semblait indigne. Parfois, j'en situais la raison. Elle avait beau s'éloigner dans le temps, elle ne s'effaçait pas de mon esprit. Elle s'épurait au contraire. Elle s'aiguisait. Je m'en défendais. Bon, qu'était-ce au fond ? Une fin de dimanche ratée, une distraction qui tourne court. Nous en avions connu d'autres. Pourquoi cette journée froissée ne parvenait-elle plus à se déplier ?... Et chacune des giclées de « magie » que j'avais lancées sur Fabi me poursuivait, m'écrasait telle une souillure sur mon propre visage. Je me retrouvais en déroute. Je devenais le lieu d'un défaut, d'un manque. J'avais le sentiment d'avoir vendu sans le savoir une parcelle de mon âme. Et mon âme réclamait sans trêve le morceau que j'avais bradé.

Dirais-je combien j'ai alors cherché à me racheter ? Par quelles prévenances ? quels impossibles trocs ?... Je ne parlerai que de ma collection de noyaux d'abricots.

Avec quatre de ces noyaux, un gros disposé sur trois petits, nous formions une « castelle ». Le jeu consistait à détruire les « castelles » de l'adversaire par un autre noyau projeté depuis six pas. Ce dernier noyau, nous le choisissions le plus lourd possible afin que son jet fût aussi raide que celui d'un caillou. Mais cela ne suffisait pas. Il fallait le traiter. Nous passions des heures à le frotter contre un trottoir. Une face s'usait, noircissait, un trou s'ouvrait. Une épingle nous aidait à effriter l'amande. Nous bourrions alors la cavité de goudron fondu. Les plus bricoleurs ajoutaient de petits plombs de pêche. Le joyau ainsi obtenu s'appelait une « manique ». Ces « maniques », revêtues d'un pouvoir quasi religieux, suscitaient des jalousies, des rancœurs, des tractations, des luttes fratricides. J'ai connu des guerres de rues qui eurent pour seul objet la récupération d'un de ces noyaux d'abricots trafiqués volé à un chef de clan...

Eh bien, mes « maniques » si précieuses, je les donnai à Fabi. Je lui enseignai aussi mes secrets de fabrication ; comment mâcher le goudron pour l'amollir, comment le tasser mou encore à l'aide d'un piston forgé dans un vieux tube d'aspirine.

Fabi acceptait mes présents comme autant d'aubaines. Mais sans manifester d'étonnement, sans jamais me remercier. Se demandait-il quelle nouvelle traîtrise cachait ma gentillesse ? Se gardait-il de s'exposer deux fois à la même intolérable brûlure ?... Il contemplait longtemps mes cadeaux avant de les empocher. Une buée semblait se condenser tout autour de nous. Un vieux rêve, cet espoir de fraternité qu'il n'aurait jamais supposé atteindre, passait à portée. Mais ce qui quelques mois plus tôt l'aurait étourdi de bonheur ne lui inspirait plus qu'un balbutiement. Et le nuage se dissolvait sans prendre réellement forme.

Peut-être parce que, jusqu'au bout, je ne sus comment me comporter. Qu'elles fussent guidées par l'agressivité ou par le remords, mes impulsions les plus spontanées manquaient de mesure et de naturel.

Quelquefois pourtant Fabi se penchait soudain. Je le sentais sur le point de me confier quelque chose. Mais il se reprenait. Il se raidissait, visage de nouveau fermé, un peu rêveur, tiré au fond de lui par sa solitude.

Le souvenir d'une faute ancienne remontait en moi se distiller goutte à goutte. Je repensais à ce dimanche raté où les « Cinq Pierres Qui Volent » n'avaient pas volé. Et je me taisais aussi, étreint par une détresse que j'imaginais comparable à la sienne. L'univers me devenait d'une extraordinaire fragilité. Et la vie, si peu, une lueur, un souffle. Son poids immense ne semblait provenir que d'une attente. Nous n'étions, me disais-je, que des pierres posées sur un mouchoir. Bientôt, quelqu'un secouera le mouchoir et nous nous envolerons...

Ainsi en fut-il. Un matin que rien pourtant ne semblait différencier des autres, quelqu'un agita le mouchoir. La secousse était infime. Fabi fut le seul à la ressentir. Il s'élança du haut de l'immeuble où il se trouvait. Mais une impitoyable logique exige que ce qui s'élève redescende se poser. Sa trajectoire s'acheva dans une courette en terre battue.

*

Lucia s'alita puis se rétablit.

L'objet le plus précieux de sa loge était un portrait sous verre. Fabi, le jour de sa communion solennelle. Brassard immaculé autour de la manche de son blazer. Doigts joints posés sur un missel et un chapelet. Mais toujours son inséparable nœud papillon à élastique. Et son regard nu d'enfant de chœur que le sort épiait.

Lucia adorait cette photo. Chaque fois que ses yeux se posaient dessus, elle s'immobilisait. Et un soupir de joie, *o Fabi, o bello*, fusait de sa poitrine.

Quand le deuil de la terrassa, elle changea simplement d'intonation. Les murmures qu'elle étouffait prirent l'accent de lamentations. Elle ajouta une bande de crêpe noir à l'angle du cadre. Et pour beaucoup ce furent les seules modifications notables que provoqua dans notre petit univers la disparition de Fabi.

Le soir, elle sortait les poubelles. Elle ne les soulevait plus. Elle les tirait derrière elle. Une traînée de caoutchouc serpentait sur le dallage en marbre du rez-de-chaussée. Des voisins lui firent des remarques. Elle s'arrêtait pour les écouter. Ils lui parlaient avec des précautions qui ne l'atteignaient guère. Elle les regardait sans les voir, sans rien voir, ses orbites assombries par ce reflet hagard qui aveugle les rescapés de cataclysmes. Elle remuait la tête comme pour s'endormir. Son chignon qu'elle ne se préoccupait plus de serrer, se défaisait d'un seul côté. Une tresse blanchâtre lui glissait sur l'épaule. Ses interlocuteurs s'interrompaient, la gorge serrée. Lucia reprenait son travail, en se touchant la poitrine, *o Fabi mio*.

En descendant les trois marches qui menaient à la porte d'entrée, les poubelles rebondissaient. Le couvercle glissait. Des ordures s'en échappaient dont elle ne se souciait plus. Qui la croisait alors l'aidait à passer l'obstacle. On tenait le couvercle avant qu'il ne tombe. On ramassait un papier gras qui avait sauté. Elle ne s'en apercevait même pas.

230

Un jour, elle tourna violemment la tête et me vit. Je venais tout juste de saisir l'anse d'une poubelle pour la soulager un peu. Elle darda sur moi ses prunelles bleues que l'irritation entourait d'un filet rouge.

« Va-t'en, idiot! »

Je traduis mal. Elle parlait italien. Le mot juste fut *disgraziato*. Suivant le ton, apitoyé ou injurieux, il signifiait « malheureux » ou « vilain ».

Elle dit exactement :

« *Vatene, disgraziato*!... Tu ne vois pas que Fabi m'aide! »

Je reculai, surpris, mais à peine.

Bien des temps auparavant, j'avais vu mourir le père de mon père. Une personne le veillait, étrangère à la maison, Médecin? Homme de religion? Les deux peut-être. J'avais plus de doigts que d'années et ma mémoire s'embrouille. Je crois me souvenir d'un sexagénaire barbu et pieux qui priait dans la pénombre à son chevet. Cet homme vint prévenir ma tante. Il lui chuchota : « Il est parti. » De mon lit où je guettais, je n'en crus pas mes oreilles. Parti? Sans me dire au revoir? Je bondis de sous mes couvertures.

J'aimais beaucoup mon grand-père. Grâce à lui, j'avais la seule boussole au monde dont l'aiguille aimantée indiquait l'ouest. La direction du nord l'ayant amené à buter contre un mur, il avait carrément tordu l'aiguille pour nous permettre d'avancer.

Je ne pouvais admettre qu'il fût parti sans m'avertir. Je courus voir. Il était bien là, toujours allongé sur sa couche. Je distinguais ses pieds nus, entre deux hanches d'adultes qui rétrécissaient mon champ de vision. Le barbu lui piqua l'orteil avec une aiguille et répéta avec tristesse : « Il est parti. » J'intervins pour signaler l'erreur. On se rendit compte de ma présence. On m'écarta. Mais j'avais appris ce que j'avais à apprendre. Même parti, on ne s'en va pas tout à fait...

Fabi ne nous quitta donc pas tout à fait.

A nous entendre, on aurait pu croire qu'il avait seulement changé de quartier. Nous nous comportions comme si nous attendions d'un samedi à l'autre sa visite. Son séjour au collège des bonnes sœurs s'éternisait, un point c'est tout. D'autant plus que, dès le début, des précisions nous manquèrent. Personne ne put dire exactement d'où Fabi avait sauté. De quel immeuble ? De quel étage ? On entendit parler de terrasse. De fenêtre d'un palier. De balustrade enjambée. Aucun de nous ne vit passer son convoi funèbre. Et le mot cimetière ne fut jamais prononcé.

Au fond, nous n'avions pas besoin de ces détails. Nous n'étions pas de ceux qui s'agenouillent sur les tombes de leurs amis disparus. Nous portions leurs tombes en nous.

Mais pendant un jour ou deux, des questions nous agitèrent. Avait-il vraiment sauté ? Avait-il seulement penché la tête et perdu l'équilibre ? Avait-il été électrocuté par une de ses crises de tremblements ?...

L'un d'entre nous émit pour mémoire :

« Il était malade. »

Cela nous renvoya à un ancien chahut. Une mêlée joyeuse qu'on laissait durer exprès pour écraser Fabi. Je l'avais délivré en criant : « Laissez-le ! Il est malade ! » Il n'avait pas du tout apprécié. Il s'était précipité sur moi et s'était mis à me marteler la poitrine de ses poings ouverts, plus tendres que ceux d'une fillette. « Je ne suis pas malade ! Je ne suis pas malade ! » Avant de courir se réfugier dans le giron de Lucia.

Je dis alors :

« Non, il n'était pas malade. Il avait juste pris une ombre qui ne lui appartenait pas. »

Et tous approuvèrent sans avoir la certitude de comprendre. Cela les dépassait. Mais pas davantage que la situation.

Le plus troublé fut, sans conteste, Dani Colassanto. Il ne cessa de répéter :

« En tout cas, paraît qu'on l'a ramassé intact. »

Intact ? Pourquoi était-ce si important pour lui ?... Il nous l'expliqua.

Au cas où quelqu'un meurt violemment, il est utile de vérifier si son corps est entier. Car une source bien informée assure que le Malin s'empare de toutes les parties atteintes par le péché, dévoilant ainsi aux vivants des souillures que le mort gardait secrètes.

Cette idée avait de quoi inquiéter Dani. Il était amoureux de sa plus jeune tante : la belle Graziella, mariée de frais et mère d'un nourrisson. Mais Dani ne songeait qu'à être à la hauteur de l'instant suprême où elle l'appellerait au lit. Pour cela, il s'entraînait avec acharnement sur tout ce qui tombait sous son sexe de rouquin. Fruits, légumes, coussins de fauteuils divers, la majorité des denrées pénétrables, la plupart des objets moelleux existants avaient déjà subi ses assauts perforateurs. Il craignait soudain de gagner un jour l'au-delà, amputé du morceau le plus sensible de son anatomie...

Puis l'été approcha. Des nuages traînèrent bien encore à l'horizon. Mais ils s'effritèrent, tout traversés de lumière. L'air que nous respirions s'emplit de vertus apaisantes. Nous cessâmes de parler de Fabi.

La date de sa disparition ne fut pas marquée d'une pierre blanche. Aucune de nos phrases ne commença par « quand Fabi était là » ou « du temps que Fabi vivait ». Pourtant son passage parmi nous ne fut pas sans effet. Il nous laissa une empreinte qui se fortifia au fil des années. Une tendance à aller droit au laissé-pour-compte, au canard boiteux, à l'isolé. Qu'une foule crie contre un individu, d'emblée nous la condamnerons. Et si nous clamons bien haut qu'une victime aura toujours plus de dignité que ses bourreaux, c'est à Fabi encore que nous le devons.

Lucia, quant à elle, se ratatina. Ses lèvres remuaient en permanence. Elle faisait des gestes de la main qui, pour un œil non averti, s'adressaient au vide. Elle paraissait constamment décoiffée par un coup de vent. Mais le vendredi dans l'après-midi, elle cachait sa tresse blanchie sous un chapeau à voilette qu'elle transperçait d'une longue épingle. Elle trottinait jusqu'au collège des Sœurs de l'Incarnation. Elle attendait la sortie des pensionnaires. Le trottoir se remplissait puis se vidait. Les portes du collège se refermaient. Elle patientait encore un peu, isolée et comme chancelante. Puis tout à coup un sourire animait ses rides. Une apparition qu'elle seule voyait la transfigurait. Elle questionnait Fabi sur sa semaine d'internat. Et elle revenait jusqu'à nous à pas cassés, une épaule plus basse que l'autre, tirée par un invisible cartable d'écolier.

Elle se plaignait de plus en plus souvent de ses rhumatismes. Mais elle précisait aussitôt que Fabi lui avait fait une promesse. Il comptait entreprendre des études de médecine pour étudier le moyen de la guérir.

Un vendredi, elle ne se rendit pas au collège. Elle nous avertit que Fabi était parti à l'université dans un pays étranger. Elle larmoya un peu. C'était si dur de se quitter. Mais elle se consola car il avait promis de lui écrire souvent.

Le facteur apportait le courrier deux fois par jour. Désormais, Lucia l'attendit devant la porte. Elle le surveillait tandis qu'il glissait les enveloppes dans les boîtes aux lettres. Aucune ne lui était adressée. Elle ne lui tirait pas moins à chaque fois le bras comme pour vérifier. Elle ne savait pas lire. Mais sur chacune elle reconnaissait l'écriture de Fabi. Et un vertige de bonheur la faisait tituber. *O Fabi mio, o figlio mio.*

Fabi n'était pas son fils.

Je me rappelle que peu de temps avant sa mort, il m'avait entraîné dans le quartier des Grandes Galeries. Je ne parviens pas à me souvenir pourquoi je l'accompagnais, ni où était le reste de notre troupe. Je nous vois seulement descendre d'un vieux tramway à l'arrêt des Grandes Galeries. Je nous croyais en balade. Fabi avait un but. Presque sans m'avertir, il entra dans un salon de coiffure pour dames.

Une rangée de clientes attendaient sous les séchoirs. Une escouade de coiffeuses bourdonnait autour des fauteuils. Une grande femme blonde les dirigeait. Casque court, œil charbonneux et surtout pantalon de cuir rouge, ce qui pour l'époque constituait une curiosité.

Fabi hésita avant de l'approcher.

« Bonjour, maman. »

Elle sursauta comme sous le coup d'une mauvaise surprise.

« Fabi ! Qu'est-ce que tu fais ici ? C'est Lucia qui t'a envoyé ? »

Il dit non. Il voulait juste la voir. Elle le poussa vers la sortie, avec une hâte mêlée de gêne. Elle avait en main des ciseaux et un peigne et semblait chercher un endroit où les poser pour expulser Fabi.

Il résista un peu.

« C'est mon anniversaire, aujourd'hui.

— Ah ?... Bon anniversaire, chéri... »

Elle lui donna un baiser. Elle visait le front. Mais elle venait de remarquer ma présence. Et elle ne se pencha pas assez pour le toucher.

« Allez, file maintenant. Lucia va s'inquiéter. »

En partant, j'entendis une cliente l'apostropher. « Alors madame Aline, c'est votre petit ? Je ne savais pas que vous aviez un fils... » La porte vitrée se refermant nous préserva de sa réponse.

Sur le chemin du retour, Fabi se libéra par bribes. Il ne connaissait pas son père. Sa mère l'avait eu

236

hors mariage. Elle l'avait confié en nourrice chez Lucia. Puis elle avait trouvé un mari. Elle avait un autre enfant. Une petite fille... Il essayait de sourire en me rapportant cela. Mais c'était la même expression désolée que ce samedi lointain où il m'avait raconté son histoire d'ombre volée. Et après tout, c'était peut-être le même récit qu'il achevait. A sa naissance, il ne s'était pas seulement trompé d'ombre. Il s'était trompé de mère. Il s'était trompé de famille...

Je n'ai revu Mme Aline qu'à une seule occasion. Lors d'un de ces dîners dansants qui marquent l'apogée des mariages. J'accompagnais mes parents. Un rire plus strident que les autres couvrit un instant la musique. Je me retournai.

A deux tables de distance, Mme Aline hoquetait, entourée d'un homme et d'une fillette. Très blonds, tous les trois. Parmi eux, ce noiraud de Fabi aurait détonné. Le mari exhibait une fine moustache de traître de cinéma. La fille, des bandeaux, des boucles anglaises et une robe volumineuse d'infante d'Espagne. Elle aspirait sa crème glacée avec une paille et beaucoup de minauderies. Ses parents avaient l'air de trouver du dernier chic ses gargouillements d'enfant gâtée. Elle eut un faux mouvement. Sa coupe tomba. Mme Aline répéta son rire haut perché. Elle poussa du pied sous la table les morceaux de verre brisé. Elle caressa d'un doigt la joue de sa fille.

Et j'eus la sensation d'une vérité. J'aurais pu jurer que c'est dans leur immeuble que Fabi s'était tué. Je le vis, comme si j'y étais, buter en vain à la porte d'un

237

appartement, d'un univers qui lui était interdit. Un besoin de respirer, il ouvrait la fenêtre du palier. Il avait onze ans. Il ne savait pas que les prisons ne restent jamais éternellement fermées à toute espérance. Il avait sauté...

Mme Aline semblait l'avoir oublié. Son mari l'invita pour un tour de valse. Elle virevolta d'abord loin de lui avec de vastes élans, puis joue contre joue, en fermant à demi ses paupières lourdes de fard. Elle donnait l'impression de beaucoup s'amuser. Et je ne pouvais, je ne peux toujours pas me résoudre à admettre que la perte de Fabi ait constitué pour elle un soulagement.

Je préfère croire qu'il revenait hanter ses nuits, comme il est venu parfois interrompre les miennes.

Je préfère croire qu'aujourd'hui encore, au sein de ses journées les plus actives, un fil se tend soudain. Un courant d'air la frôle. Elle immobilise ses ciseaux. Elle cherche alentour une présence, un regard, un signe de Fabi, ce fils qu'elle a nié. Entre ses lèvres, des mots de mère se précipitent. Mais il est trop tard pour les prononcer. Les miroirs ne lui renvoient plus que le reflet de clientes en bigoudis. Et un pincement la réveille. Un tourment la dévore. L'obsédant regret de ce qui aurait pu être.

Alors elle se cache le visage. Elle se voile d'un grand rire éraillé. Celui-là même que je lui ai entendu pousser à plusieurs reprises ce soir de liesse. Il ressemblait au cri qui nous échappe dans les manèges quand le cœur plonge et que nous submerge la peur du vide.

Mariages

Je n'ai jamais aimé les fêtes.

J'en ai connu pourtant d'une douceur déchirante. Mais, je n'y peux rien, même les plus réussies souffrent à mes yeux du mal qui atteint les foules : l'uniformité. On se doit d'y crépiter de bonheur à l'unisson. Cet effort m'épuise. Il m'est toujours apparu laborieux. Et réducteur. La joie affectée permet peu de nuances. Les personnalités les moins convenues y perdent les facettes qui font leur brillant. Et, à quelques étincelles près, les soirées que j'ai vécues se sont ternies dans ma mémoire.

Il est cependant une exception. Une fête dont l'insolite luminosité tarde à s'éteindre.

Elle se déroula dans les jardins de l'hôtel Régina.

Un ami de mon père mariait sa fille unique, un laideron au prénom biblique — Esther, je crois — qu'une débauche de tulle blanc entravait.

Immobile, elle s'en dépêtrait encore. Mais l'usage l'obligeait à se déplacer de table en table et d'accepter les invitations à danser. Alors ses mouvements paraissaient dictés par l'urgence de retenir l'encombrant échafaudage qui moussait autour d'elle. On eût dit une chenille, malheureuse d'avoir raté son cocon et essayant dans la fièvre de le consolider à chacun de ses pas.

Mon père ne me pardonnera pas cette image. Il était très fier de son ami.

En nous conduisant, il nous avait tracé le portrait d'une sorte de nabab. Un génie de l'industrie. Né dans le ruisseau et donc parti de rien, un slogan immortel — « chez Gaston, le pied dans le coton » — avait transformé ce copain d'enfance en empereur de la chaussure.

Le personnage n'en avait pas pour autant perdu l'exquise rusticité de ses débuts. Pour ses invités, il ne voulait être qu'un bouffon débordant de jovialité. Il se jetait sur eux et, entre deux bouffées de cigare, leur empoissait les joues de baisers criards. Au nom de leur vieille amitié, il tint en personne à escorter mon père à la table qu'il lui avait choisie, à l'orée de la piste de danse.

Sur l'estrade réservée à l'orchestre, un quartette en uniforme grenat exécutait un paso doble. Le piano menait le jeu, relancé par une trompette bouchée. Le batteur effleurait ses tambours avec des balais. Quant à celui qui tenait la contrebasse, il somnolait à contretemps.

C'était un long Noir albinos, filiforme et d'une décontraction de désossé. Sa redingote à queue-de-pie, trop courte de manches, ne semblait pas lui appartenir. Plus je le contemplais, plus il m'évoquait un imposteur, un escroc sympathique à l'extrême, propulsé sur scène pour la première fois de sa vie, nul en matière de musique et qui en faisait trop pour masquer ses lacunes. Il dodelinait en cadence, soi-disant habité par le rythme, les yeux clos, les traits éclairés par un sourire d'extase. Un mégot, accroché au coin de sa lippe, s'effritait au-dessus de son instrument. Et j'étais prêt à jurer qu'il ne tapotait les cordes que pour les débarrasser des cendres qui leur tombaient dessus.

De temps à autre, pour donner le change, il faisait tournoyer sa contrebasse telle une toupie. Puis il se recouchait dessus, satisfait, en pleine béatitude. Il se remettait à compter ses cordes d'un index paresseux. Et il titubait, de plus en plus oblique, comme gagné par un envoûtement irrépressible.

Mais il se dressait soudain, l'oreille en alerte. Des accents incongrus de musique arabe lui parvenaient. Rêvait-il ? Non ! Des tambourins, des flûtes invisibles, ponctuaient le paso doble. Le grand Noir dardait la tête vers les sombres frondaisons d'où filtraient ces bruits parasites. Il échangeait un regard courroucé avec ses collègues. Et tous s'animaient davantage. Leur concert, qui l'instant d'avant enveloppait les danseurs d'inflexions intimes, se faisait clinquant et semblait alors propulser les couples par saccades. Personne n'en était très content. L'orchestre se calmait. La musique redevenait confidence. Aussitôt, comme une moquerie fusant de derrière les arbres, l'air résonnait au loin des ondulations de flûtes et des crépitements de derboukas.

Les nouveaux arrivants finissaient par s'en étonner. Leurs voisins répondaient alors :

241

« Vous n'êtes pas allé voir la mariée arabe ? »

Je ne sais pourquoi cette nuit-là les organisateurs avaient accepté de partager la place.

Le parc de l'hôtel Régina avait la forme d'un « L ». A l'angle de cette figure, là où, par un effet visuel, citronniers et eucalyptus s'embrassaient, on avait tendu à la verticale un treillis de roseaux.

Ainsi, deux cérémonies se côtoyaient. Deux mariages. Deux communautés. Deux civilisations. De même, à une autre échelle, dans la cité, la ville européenne s'adossait à la citadelle musulmane. La ligne de claies qui ici les séparait était aussi perméable que celle qu'elle symbolisait. De part et d'autre de cette illusoire frontière, comme il en aurait été dans les rues, des gamins des deux bords, engoncés dans leurs vêtements de fête, se lorgnaient ou s'adressaient des signes. Tandis que leurs parents, par respect pour leurs traditions respectives, feignaient de s'ignorer.

Les musiciens s'exprimaient pour eux.

D'un côté, le quatuor en jaquette rouge déroulait valses et tangos avec distance et cette sorte de componction prête à s'outrager, typique des beaux quartiers.

De l'autre, un orchestre oriental — pipeaux, violon, luth, tambourins et le « kânoun », cette cithare en forme de trapèze couché — racontait les souks, la médina, ses sinuosités, sa volubilité, son exubérance.

Le combat était inégal. Une musique caressait. L'autre frappait au ventre. Sous les ceintures, les hanches remuaient, les nombrils bougeaient malgré

242

soi. Les gens se levaient, criaient, battaient des mains.

Au centre de tout ce mouvement, un point restait immobile. La mariée. On l'avait assise sur un trône qu'un socle surélevait à la hauteur de l'orchestre. On ne voyait que sa robe. Elle flamboyait, rutilante, multiples couches de voiles superposés, brodés d'or, de sequins, de bijoux. La rumeur assurait qu'elle pesait davantage que celle qui l'étrennait. Supporter ce poids et la chaleur d'étuve qui devait régner dessous préparait l'épousée aux dures épreuves que sa vie conjugale lui réservait. De loin, ce n'était qu'une masse compacte, une carapace épaisse et lisse. Un œuf de taille humaine que l'on eût dit plongé dans un bain d'or rouge pour l'exposer comme une idole à la vénération des foules. Seule tache noire : son visage, qu'un masque cachait. Son futur mari ne connaissait pas ses traits. Il ne les verrait pour la première fois que dans l'intimité de la chambre nuptiale. Et tout semblait organisé pour que l'intéressée vécût ce moment comme une délivrance.

En attendant, les orchestres s'affrontaient. Rien ne les conciliait, ni leurs sonorités, ni leurs mentalités, ni leurs styles. L'un prônait la distinction, l'autre le débraillé. L'un détestait la contestation, l'autre optait pour la dérision. L'un se voulait imperturbable et supérieur, l'autre multipliait les facéties. Leurs voix triomphaient tour à tour. Dès que la première s'essoufflait, la seconde criait haut sa suprématie. Aussitôt, le perdant galvanisé se ranimait, relançait le duel.

Soumise à leurs séductions contradictoires, la foule oscillait. Tirés d'un rythme à l'autre, les esprits s'enflaient comme sous l'effet de poisons douceâtres.

L'élan d'une valse les électrisait. Mais déjà le grésillement des flûtes menaçait. Le martèlement des derboukas dominait de nouveau. Le batteur, mis au défi, multipliait les roulements de grosse caisse. Le trompettiste s'époumonait. Le pianiste lançait une cascade de trilles. Le long Noir s'enroulait autour de sa contrebasse et tentait d'en arracher les cordes. Aussitôt, de l'autre côté du parc, le violoniste activait son archet. Le joueur de « kânoun » jetait sa tête en arrière, comme étourdi de jouissance. Ses doigts couronnés d'onglets d'acier circulaient à toute allure sur son trapèze.

Les danseurs fouettés se mordaient les lèvres et se tordaient pareils à des serpents lascifs. Le sang s'épaississait, fusait aux tempes. Les gens assis se levaient malgré eux. La frénésie gagnait. L'espace ne suffisait plus. La barrière de roseaux céda. Les fêtes se confondirent. Les musiques aussi. Alors qu'on les croyait ennemis irréductibles, les orchestres fraternisèrent. Ce fut d'abord une cacophonie. Puis le mélange s'établit. On le savait pourtant impossible. Un accord étrange s'éleva. Une immense harmonie ébranla soudain l'air. Elle s'étira, se prolongea au-dessus des têtes, d'une lenteur, d'une monotonie douloureuse, exaspérante, presque insupportable. Mais quand elle s'interrompit, tous la réclamèrent. Elle rebondit donc. Elle s'accéléra. Elle devint incantation, clameur hirsute.

Un appel sans aucun exemple connu et pourtant immémorial. Une pulsation intime et pourtant partagée par tous, qui vous arrachait à vous-même et vous projetait, désorienté et ravi, braillant et applaudissant, dans le cercle des danseurs, lequel grandissait à mesure et s'emparait des tablées les plus disciplinées.

Personne n'y résistait. Les volontés étaient submergées par un déferlement impérieux. Les corps battaient contre les corps. Les femmes échevelées secouaient leurs ventres et leurs bracelets. Les hommes se tapaient sur les cuisses et riaient à gorge déployée. Des farandoles les entraînaient dont ils contribuaient à accroître la course démentielle.

Ils n'étaient plus dans un jardin mais dans un cratère bouillonnant. Oubliée la pudeur. Oubliée la civilisation. Oubliées les différences. Ils se démenaient sous la lune, tous égaux, tous innocents, tous paillards. Possédés scandant des hymnes aux divinités de la nuit. Barbares gesticulant d'allégresse autour d'un brasier. La sueur, les postillons giclaient des visages congestionnés, fardés par le reflet des flammes qu'ils portaient en eux. Et dans la lumière cuivrée qui descendait des lampions suspendus aux arbres, montait une vapeur moite, une haleine bleutée et grésillante, comme la fumée d'un sacrifice païen.

C'en était trop. Le ciel se fâcha net. Cette éruption méritait un déluge. La nuit éclata. Un orage d'une violence surnaturelle s'abattit sur l'hôtel. Ce fut aussitôt la débandade, la course aux abris. Heureusement, les organisateurs connaissaient leur affaire. Des serveurs impassibles manœuvrèrent les baies vitrées. Dans un fracas de mobilier et de vaisselle renversés, la cohue piaillante investit les salons. Les rires revinrent. Ce n'était rien, une blague divine, le bouquet final, le clou de la fête. On se regroupait. On s'épongeait. On se bousculait. On se félicitait. On se sentait lourd encore du trouble provoqué par la danse. Et une joyeuse familiarité régnait.

Les musiciens n'avaient pensé qu'à leurs outils de travail. Sur ce point au moins, l'orchestre oriental avait eu le dessus. Il est vrai que ses instruments, plus transportables, lui conféraient un avantage. Du quatuor adverse, le trompettiste seul avait sauvé sa trompette. Le batteur n'avait même pas pris ses baguettes. Quant au long Noir, sa jaquette rouge exceptée, rien ne témoignait qu'il avait appartenu au groupe. Il s'essuyait le front à l'aide d'une pochette. Et les tavelures de sa peau d'albinos semblaient être dues aux impacts formidables des gouttes de pluie qu'il venait de recevoir. Il vit que je l'observais. Il me fit une grimace, en roulant un œil complice, l'air de dire : « On s'en est bien tirés, hein ? », puis repartit d'un éclat de rire énorme qu'il égara vers quelqu'un d'autre.

Tout à coup, les voix se turent. Un frémissement parcourut la foule. Un chuchotis. Une confidence qui se propageait de bouche à oreille. Elle naissait des baies vitrées. Je me frayai un passage pour mieux voir.

Le jardin n'était plus que ruines. Les tables et les chaises couchées, éparses, les lampadaires que la ruée avait déplacés, avaient l'air d'épaves brisées par la tempête. La pluie frappait si dur qu'elle hachait par bourrasques le feuillage des arbres. Des guirlandes d'ampoules multicolores s'étaient décrochées. Des câbles électriques, jaillissaient des gerbes d'étincelles. Les lampions qui avaient chuté continuaient de dispenser leur lumière. Dans cet éclairage rasant, le sol ondulait, liquide. Sa surface moussait et écumait sous les coups de l'averse.

Au centre de cette zone dévastée, un repère était demeuré inchangé. La mariée arabe.

Elle n'avait pas bougé. Le poids de sa robe le lui interdisait. Sa famille avait fui. Son mari n'avait pensé qu'à lui. Et elle restait seule, figée, impuissante, clouée sur place par la magnificence exagérée de sa parure. Les cieux et la nuit s'effondraient sur elle. Les torrents qui se déversaient semblaient la prendre pour cible. Ils l'accablaient avec un acharnement démesuré. Ils la battaient et tourbillonnaient contre elle, si serrés qu'ils effaçaient parfois sa silhouette.

Des hommes se précipitèrent pour lui porter secours. Une muraille liquide les renvoya en arrière. On s'organisa. Des ombrelles circulèrent de main en main. Elles servaient plus au soleil qu'à la pluie. Mais on n'avait pas le choix. Munis d'un de ces parasols de jardin, deux intrépides coururent dans les flaques. Au beau milieu du trajet, une trombe d'eau les désarma. Ils parurent hésiter. De l'hôtel, des cris les encouragèrent. Ils se remirent à patauger jusqu'à la mariée. Ils tournèrent autour d'elle. Se demandaient-ils comment transporter

247

cette idole sans la souiller de leurs doigts?... Ils se décidèrent enfin. Ils empoignèrent le trône où elle reposait et se remirent à courir en sens inverse, courbés et trimbalant leur charge sans plus de ménagement, comme des brancardiers qui, sous la mitraille, ramènent à couvert un blessé. On les félicita. On s'occupa de la malheureuse. Les femmes de sa famille lui firent un rempart et l'entraînèrent précipitamment à l'abri des regards indiscrets.

Je n'entrevis que ses mains, maquillées au henné. C'étaient des mains de petite fille.

*

Certains mots ne sont pas des mots. Ce sont des fioles de parfums que l'on renverse par inadvertance.

Je n'aurais pas dû écrire si vite le mot henné.

Une odeur de terre chaude et mouillée s'en échappe. Aussitôt asséchée par un vent torride. L'air fumait, cet après-midi-là. Si avide d'humidité qu'il happait au nez comme la craie happe à la langue. Un sirocco impitoyable calcinait à blanc l'avenue. L'éclat de la lumière assommait. Les ondes sonores ne se propageaient plus. Et il fallait pénétrer dans l'immeuble, s'enfoncer loin dans le hall, au plus étroit du rez-de-chaussée, presque jusqu'à l'appartement de la famille Lakhdar pour percevoir les échos d'une liesse.

La porte ouverte laissait pourtant déborder une réunion de femmes.

Je n'avais pas besoin d'entrer pour savoir ce qui

les occupait. Au son des flûtes et tambourins dont le bruit acidulé éloignait les mauvais génies, on préparait une jeune fille à marier. On lui traçait sur les doigts, à l'aide d'un stylet en bois taillé très fin, des lignes de henné dont l'épaisseur ne devait pas dépasser celle d'un cheveu. Peu à peu, les mains se recouvraient d'enluminures brunâtres qui en séchant s'éclaircissaient. On aurait dit que la jeune fille enfilait avec une lenteur calculée des gants de dentelle rousse.

Longtemps, j'ai cru que les motifs de cette broderie copiaient ceux de bijoux. En fait, il s'agissait non pas de dessin mais d'écriture. C'était, paraît-il, un mot. Un seul, cent fois repris, et dont la calligraphie courait jusqu'aux poignets. Le mot « patience », qualité obligatoire, première dans l'ordre des vertus que le Coran attribuait à l'épouse idéale...

L'atmosphère était à la joie. Mais sur le seuil encombré, une gosse, Leila, la dernière-née de la famille, pleurait à chaudes larmes.

Profitant d'un instant d'inattention des adultes, elle avait plongé ses mains dans la cuvette où l'on venait de préparer le henné. Sa grand-mère l'accablait de reproches. Car, pour des musulmans, des paumes uniformément teintées étaient la marque d'une basse condition sociale.

« Va-t'-en ! lui disait-elle. Hors d'ici ! Je ne veux plus te voir !... Quand tu iras à l'école, tout le monde croira que tu es la fille de la bonne ! »

Et Leila sanglotait, serrait ses poings flétris et les cachait dans sa robe.

Des femmes, qui se bousculaient pour assister aux réjouissances, cherchèrent à la réconforter.

« C'est la fête de ta sœur, il ne faut pas pleurer. Et de toute façon, la tache partira avant un mois... »

Mais la petite demeurait inconsolable.

Je la comprenais. Je vivais moi aussi les affres d'une exclusion.

Au lycée, mes turbulences m'avaient valu un renvoi de trois jours. J'en avais différé jusqu'ici l'annonce à mes parents. Depuis des heures, je traînais de l'ombre au soleil et du soleil à l'ombre, afin de prolonger le chemin qui me séparait de cette échéance. Mais le temps m'était compté. Le papier bleu que je ramenais à signer me vaudrait avant le soir un déchaînement familial aussi éprouvant que celui que subissait la petite Leila.

Au moment où je m'approchais, Angeline-la-Grosse émergea du groupe en secouant ses mains en l'air.

Elle portait une robe d'été sombre qui lui laissait les bras découverts. Et c'est ce qui me frappa d'abord. Cette chair nacrée, d'une blancheur excessive, comme étalée, comme dénudée soudain. Puis je vis qu'elle avait les paumes tamponnées au henné.

Se farder les mains au henné ne constituait pas un privilège réservé aux seules musulmanes.

Les autres traditions se l'étaient approprié sans vergogne. Et il n'était pas rare de voir une mariée en blanc se présenter à l'église ou à la synagogue la ligne de vie décorée de dessins rouge corail.

Mais ce n'était qu'une pâle imitation. Un décalque frivole. Une formalité qui, pour les Juifs et les Italiens, ne prenait qu'un court intermède dans la journée des fiançailles. Juste le temps de mouiller

250

de la poudre de henné dans un bol. D'y tremper une grosse pièce de monnaie. Et d'en imprimer joyeusement les mains de la future mariée, de ses sœurs, de ses voisines, et de toutes ses invitées, en feignant de croire que ce rond rougeâtre assurait chance et prospérité...

Angeline continua d'éventer ses tatouages humides puis les baissa devant les yeux de la petite qui larmoyait.

« Regarde, Leila, moi aussi c'est pareil. Est-ce que je pleure, moi? Je ris, moi! Et je chante!... »

Elle remua ses hanches, comme pour une danse du ventre, en chantonnant « la-la-la, je suis riche, je suis riche ».

Grotesque! Je la trouvai grotesque. Comment cette fille grassouillette, sans attrait particulier, dont les formes trop pleines s'échappaient d'une blouse noire, avait-elle fait pour illuminer tant de mes nuits d'inavouables délires?...

Je m'effaçai pour la laisser prendre l'escalier. Elle me gratifia d'un coup de hanche. « Pousse-toi, toi! Tu ne vois pas que j'ai à faire? » Mais sans méchanceté. Presque pour me faire profiter de sa bonne humeur. Sans cesser de fredonner « la-la-la, je suis riche, je suis riche », elle monta devant moi avec ce lourd balancement des fesses auquel j'avais prêté naguère tant de sensualité.

Sa robe n'était pas noire mais d'un violet foncé. Couleur de prune. Et au vrai, vue par-derrière et en pinçant un peu les paupières, elle ressemblait bien à une prune, une grosse prune bien mûre, toute en courbes molles et dont la peau tend à éclater sous la pression de la pulpe. D'ailleurs, dans son dos, près de l'emmanchure, une couture avait craqué et bâillait à chacun de ses mouvements.

En abordant l'étage, elle fit une pause. Et je sentis que sa vivacité s'altérait.

J'eus la vision de ce qu'elle avait dû être une demi-heure plus tôt : une ménagère que l'heure de la sieste oppresse... Elle a disposé la vaisselle à égoutter sur un torchon. Elle commence à balayer, mais la chaleur la prend. Elle s'étend sur le lit, elle ferme les yeux, elle essuie d'un revers de main son front où la transpiration emmêle et colle les pointes de ses cheveux. Et quelque chose d'inassouvi enfle en elle. Le bruit de la fête au rez-de-chaussée lui parvient, on dirait l'écho d'une radio lointaine. Elle balance avec l'idée d'y faire un saut, puis se décide. Rien de tel pour s'oublier, pour dépenser une bribe de ce temps qui n'en finit pas et piquer un peu d'entrain au passage... Mais maintenant la récréation est terminée. Et il lui faut revenir à la solitude de l'appartement vide, à cette sensation de manque qui s'épaissit en elle comme une sauce. Le ménage à achever. La canicule. Les soucis... Quelques mois auparavant, elle avait eu avec Mme Garrito des mots dont chaque voisine commentait une version différente. Néanmoins toutes concordaient sur un point : Angeline devait se trouver un autre logement avant la fin de l'été...

Elle sortit une clef de la poche de sa blouse. Elle commença par la manier avec de grandes précautions, du bout des doigts, pour ne pas abîmer les dessins rouges dans ses mains. Ceux-ci n'étaient pas encore secs. Elle souffla dessus. Puis elle poussa un gros soupir, « oh et puis je m'en fiche », comme si jouer cette comédie du henné la rebutait soudain. Et elle essuya ses paumes moites contre sa blouse.

Près de l'emmanchure, la fente cachée se rouvrit. Un endroit de chair blanche apparut.

Je dis :

« Tu as un trou. »

Elle me lança un regard en biais.

« Où ça?

— Là.

— Où ça, là? »

J'y portai l'index. Mon doigt traversa une étoffe mousseuse, rencontra la peau nue.

Au plus secret de moi, quelque chose trembla. Une braise oubliée sous des couches de cendres se mit à rougeoyer. Elle aurait pu immédiatement s'éteindre. Mais Angeline reprit :

« Où ça, là? »

Quelle question! Ne sentait-elle pas le contact de mon doigt?... J'appuyai un peu plus. J'eus l'impression que mon index tendu s'enfonçait, une phalange après l'autre, dans la chair tendre qu'un rien de transpiration rendait onctueuse...

« Où ça? » répéta Angeline, d'une voix mourante.

Je me sentis brusquement aussi décousu que sa robe. Ce n'était plus une question. C'était une permission. C'était une invite. Aujourd'hui? m'étonnai-je. Juste aujourd'hui? Après tout ce temps...

Angeline murmura enfin :

« Ah, là?... c'est la couture... »

Elle avait bougé. Mon doigt ne la touchait plus. Mais j'étais déjà en miettes, incapable de diriger mes pensées ni mes actes, pauvre tas de limaille de fer qui remuait sous l'action d'un aimant. Je me sentais rempli de précipitation, d'imprudence et d'une vague inquiétude. Doucement, me disais-je. Doucement...

Le logement nous aspira. Moiteur de serre. Odeur d'orange, de peau d'orange dont la chaleur extirpe et vaporise tous les sucs. Les lits étaient défaits. Les matelas renversés pour mieux être aérés. La lumière traversant les persiennes y jetait des rayures blondes. Doucement, me disais-je. Doucement...

Je voulais tout voir. Je voulais tout ressentir. Je me pensais si bien préparé. J'avais tant de fois en rêve affronté cette situation. Chaque fibre de mon corps croyait connaître son rôle. La fièvre d'Angeline qui m'entraînait, viens, viens, sa blouse qui se froissait, l'assaut désordonné de sa nudité, je les avais mille fois vécus. Mais son haleine embrasa ma joue. « Qu'est-ce que tu fais ? Qu'est-ce que tu fais ? Tu n'as pas honte ? » Je ne faisais rien, je le jure. Je m'étais souhaité vaillant et belliqueux. J'étais faible et immobile et lourd et constamment aveuglé par des assauts de chairs avides. « Va-t'en, gémissait-elle. Pourquoi tu ne t'en vas pas ? » Mais ses mains me donnaient des ordres contraires. Et je ne respirais pas. Je ne bougeais pas, trop occupé à m'orienter. Je voulais garder la tête froide. Je voulais surveiller avec une précision clinique la seconde

254

exacte de mon sacrement. Je voulais recevoir le plaisir comme une balafre, comme un coup de griffe bestial, comme une éventration. Je voulais en mourir sur place. Je voulais l'endurer à l'infini afin que chacune de mes cellules en fût éclaboussée de sang et de lumière. Mais j'étais tremblant, et très distrait par des froissements de vêtements, par un grincement de sommier à ressorts, par le tic-tac d'un gros réveil. Tous ces joyaux de pacotille m'assaillaient tels des diamants incrustés dans les parois d'une caverne. Pourquoi étais-je si pressé de tant ramasser? Angeline me retenait, « attends, attends ». Et je me raidissais, saisi d'effroi, défait d'avance alors que le combat s'engageait à peine, bouleversé surtout par ce feu dans mon oreille, « attends... attends », tandis que tressautait mon corps qui ne savait pas attendre.

Angeline desserra son étreinte.

« Eh ben, dis donc, je t'en fais de l'effet ! »

Ce rire !... De l'eau ruisselait entre nos ventres. Un goût de vieille humiliation m'accabla. Le souvenir de notre première séance ici même dans l'appartement des Garrito. Angeline malade d'une urgence que je tardais à identifier. Mes soubresauts de novice. Et sa jubilation déjà : « Oh, oh, si vite. Un vrai satellite !... »

Je bredouillai, non sans rancune :

« Oui, je sais. Un satellite. »

Elle s'étonna. Pourquoi disais-je ça ?... Je lui rafraîchis la mémoire. Elle gloussa, tout attendrie. « Tu t'en souviens encore ! » Puis elle ajouta aussitôt :

« Non! pas un satellite. Une comète!... C'est mieux.

— Ah, bon?

— Eh oui. Une comète traverse le ciel aussi vite qu'un satellite, mais... on remarque au moins sa petite queue », plaisanta-t-elle, en taquinant d'une chatouille le bout de mon sexe flapi.

Je remâchai ce progrès en silence.

L'été dernier, pour la première fois, j'avais visité le quartier des bordels. Il s'agissait d'escorter, en compagnie de l'équipe de football au grand complet, Dani Colassanto qui, après maints essais sur fruits et légumes, s'était enfin décidé à passer à des exercices plus périlleux.

Nous l'avions accompagné, bavards à l'excès, puis de plus en plus taciturnes à l'approche des ruelles réservées. En nous voyant hésiter, des putains à dents en or ricanèrent. L'une d'elles, assise sur un tabouret devant une porte badigeonnée de bleu, nous accueillit en faisant avec son jupon des effets d'éventail qui dénudaient ses cuisses. Elle ne portait pas de culotte. Et nos yeux faillirent en gicler de leurs orbites. Elle était épilée!... Dani lui trouva aussitôt un air de ressemblance avec sa tante Graziella. La porte bleue l'avala puis nous le restitua, sa crête de rouquin à peine plus hirsute qu'avant. Nous nous attendions à le voir ressortir cruel et mûr, définitivement aguerri. Nous ne perçûmes que sa stupéfaction. Nous l'entourâmes de nouveau, assoiffés de commentaires. Dani mit quelque temps à nous répondre. Et quand il le fit, ce fut pour nous assurer avec un haussement d'épaules :

« Rien de spécial. C'est comme si j'avais troué une figue de Barbarie bien mûre. »

Mon expérience d'aujourd'hui différait de la sienne au moins sur ce point. Mais je n'en étais pas très sûr...

Angeline me caressa les cheveux. Mon mutisme ne lui disait rien qui vaille.

« Tu as perdu ta langue ? »

Elle luisait d'une satisfaction que je ne parvenais pas à m'expliquer. Nous étions répandus contre un matelas mal roulé. Nous baignions dans un air si surchauffé qu'il en paraissait liquide. Son front et ses cils étaient mouillés. Sa blouse trempée semblait avoir rétréci de moitié. Et ses tétons énormes que sa position avachissait m'évoquaient des ballons de plage un peu dégonflés. Pourtant ses yeux s'amusaient. Je n'y lisais que de la malice, oui, une sorte de pétillement enfantin. On eût dit qu'elle avait passé les minutes précédentes à quelque jeu de gamins sans conséquence. Qu'elle m'avait entraîné, par exemple, à sauter dans un jet d'eau derrière le dos des gardiens du square...

« Alors ? insista-t-elle. A quoi tu rêves ? »

Je songeais à lui dire que j'avais été renvoyé pour trois jours. Elle m'aurait peut-être de nouveau englouti entre ses seins afin de me consoler. Mais ce n'étaient pas mes ennuis scolaires qui me rendaient le cœur spongieux...

Je murmurai :

« A des figues de Barbarie bien mûres. »

Elle n'en fut même pas déconcertée. Elle se redressa, ravie, et pointa un doigt dans l'échancrure de ma chemisette.

« Toi, tu meurs de faim ! »

*

Quelques semaines plus tard, au milieu de juillet, elle poussa une caisse sur le palier.

Il s'agissait d'un vieux coffre en bois, aux coins renforcés de métal. Ses flancs étaient zébrés d'entailles et de traces d'étiquettes arrachées. Ils auraient pu m'évoquer une vie de voyages et d'aventures si je n'avais pas su ce qu'ils renfermaient.

Je n'y vis donc qu'une malle rudimentaire, pas très pratique et bien trop encombrante pour des bras féminins. Hubert Garrito la chargea sur ses épaules avec la nonchalance affectée qu'il mettait à soulever ses poids de fonte. Pendant une seconde, il prit à mes yeux l'allure d'un matelot s'engageant sur la passerelle d'un navire pour une traversée au long cours. Mais l'illusion se dissipa aussitôt. Ce n'était pas lui qui partait.

Un taxi rouillé attendait devant l'immeuble. Hubert balança sans ménagement son fardeau sur le porte-bagages. Les tôles grincèrent. Le toit parut s'incurver. La voiture tremblota comme si elle allait tomber en pièces détachées. Le chauffeur bondit à l'extérieur, l'injure aux lèvres, prêt à vendre chèrement sa peau. Puis, avisant la stature de son interlocuteur, il préféra émettre un rire jaunâtre et donna un coup de pied dans le pare-chocs pour prouver que le véhicule tenait encore sur ses roues. L'attroupement qui commençait de se créer, comme à chaque espoir de bagarre, se défit avec regret. Et ce fut l'unique remous que provoqua à ma connaissance le déménagement d'Angeline.

Peu de gens le surent, mais c'était à cause d'Hubert qu'elle s'éloignait. Mme Garrito avait décidé qu'il était temps pour son fils de convoler. Une collègue de sa banque possédait justement la bru idéale. Affaire conclue. Enfin, presque. Car la belle-famille tiquait. Elle avait trouvé inconvenant qu'Angeline logeât sous le même toit que son cousin. Pour couper court aux insinuations de ces esprits médiocres, Angeline choisit de s'exiler.

Elle alla donc habiter rue des Selliers, à moins de six stations de bus de notre quartier. Mais autant dire qu'elle changea de planète.

A pied, le trajet le plus rectiligne durait une vingtaine de minutes. En fin de parcours, il côtoyait la ville arabe. On croyait longer un parc, une pépinière. Du vert partout, des chants d'oiseaux, un parfum douceâtre de caroubiers. Et soudain, comme profitant d'un instant de distraction, c'était la plongée dans un foisonnement furieux. Des multitudes agglutinées à s'étouffer. Un braillement continuel. Des mendiants, des chiens, des femmes voilées, des gosses aux yeux remplis de mouches. Des embouteillages de vélos et de bourricots dont les propriétaires vociféraient. Parfois, une voiture s'y égarait. Elle s'immobilisait aussitôt comme prise dans les filets d'une jungle impénétrable. Le conducteur ahuri découvrait par un écart de la foule une terrasse de café, à peine trois tablées, installée en plein milieu de la chaussée. Indifférents à son apparition, des joueurs de dominos sirotaient du thé dans des verres à facettes. Il tentait de faire marche arrière. Trop tard. La végétation humaine s'était refermée derrière lui. Des visages hilares s'écrasaient contre ses vitres. Des passants enjambaient sans se presser son capot. Des ânes titubant sous des monceaux de couffins se frottaient contre ses portières. Il les maudissait à coups d'avertisseur avant de se rendre compte que dans le vacarme ambiant ses injures n'atteignaient personne. Songeait-il à sortir, il lui fallait batailler pour se créer une ouverture. Il émergeait enfin à l'air libre, congestionné, rouge écrevisse. Il s'épongeait le front, en cherchant alentour comment survivre à l'enlisement. Avec un peu de chance, il finissait par repérer dans le grouillement de couleurs une casquette grise, l'uniforme d'un policier. Il lui adressait des appels éperdus. Le représentant de la force publique s'amenait avec nonchalance, penchait l'oreille, écoutait ses doléances, puis, s'il était convaincu par la qualité de l'argumentation, portait un sifflet à ses lèvres et s'époumonait en vain à activer la circulation. La cohue imperturbable ne s'éparpillait que lorsque approchait l'heure de la prière du soir.

Je ne me rappelle pas pourquoi j'aimais à emprunter cet itinéraire. Il m'obligeait pourtant à un détour. Je me fondais à la bousculade. Non sans ce pincement à l'estomac qui vous prend à l'entrée d'un coupe-gorge. Je ne me sentais pas très rassuré. Des périls imprécis me menaçaient. Des regards lents me suivaient. Des mains vives m'effleuraient.

Je me croyais dans la rue, je me découvrais dans une échoppe fourmillant de clients. Je croyais buter contre un trottoir, c'était un vieillard somnolent sur une natte qui me transperçait de ses yeux courroucés et me reprochait de ne l'avoir pas enjambé. Des caravanes de marchands ambulants s'entrecroisaient. Des chameliers à mobylettes, roulant au pas, convoyaient des pastèques sur leurs porte-bagages. Des marcheurs en chéchia suçotaient des bouquets de jasmin. Des gamins en haillons tiraient des gargoulettes plus lourdes qu'eux. Des vendeurs édentés proposaient des cigarettes à la pièce ou bien des saucisses qu'ils rôtissaient sur un brasero. Un battement d'éventail par-dessus les braises et les flammes grésillaient, lançaient des étincelles rouges. L'odeur de mouton grillé réveillait mon appétit. Le fumet des brochettes me poursuivait loin tandis que je me faufilais dans les allées bourdonnantes.

Peu de touristes s'aventuraient là sans guide. Ils s'y seraient perdus corps et biens. Au bout d'un moment, j'éprouvais l'envie de m'échapper. Je m'agitais pour fuir. Quand j'y parvenais j'avais l'impression d'avoir triomphé d'un danger. Mais au fond c'était la foule qui me recrachait tel un noyau indigeste.

Après cette fièvre, la rue des Selliers semblait à l'abandon. Mais nous étions en été. La plupart des citadins désertaient la ville au profit des plages où j'étais d'ailleurs supposé passer ces heures.

Angeline logeait au numéro deux. L'entrée était plus basse que le trottoir, si bien qu'en pénétrant dans l'immeuble on avait la sensation de descendre vers une cave. La pénombre et la fraîcheur ajoutaient à cette illusion.

Contre le mur de gauche à portée de main d'enfant, des boîtes aux lettres mal alignées présentaient leurs façades cabossées. Un carton sur l'une d'elles indiquait « Mlle Angeline Rei ». Il renvoyait à une porte du rez-de-chaussée qui doit encore garder la trace de mes ongles.

Angeline m'ouvrait.

« Ah! c'est toi? Je me demandais qui grattait comme ça. Tu ne peux pas frapper plus fort? »

Et moi, la mine fausse, la gorge déjà sèche :

« J'ai frappé fort. »

Sa maison sentait le propre, le dépoussiéré de frais, l'eau de Cologne, et aussi, je n'ai jamais pu découvrir pourquoi, un relent de charcuterie, de salami ou de cervelas qu'on vient juste de découper.

Je tardais à poser mon sac de sport qui contenait serviette et maillot de bain. Je tournais dans le logement en affectant de maîtriser mon excitation. Je feignais de m'intéresser aux changements dans la décoration, de nouveaux rideaux, un autre meuble récupéré chez des amis. Et Angeline acceptait de me croire.

Nous échangions des propos sans intérêt, des nouvelles du voisinage, mais à voix basse et sans nous voir vraiment. En fait, l'essentiel de mes efforts consistait à détourner les yeux. Sous mes dehors délurés, une immense gêne m'engourdissait. Je la comprenais mal. La plupart de mon temps se passait à espérer cette minute. C'était l'aboutissement de ma journée. Le but ultime à atteindre. Dès

262

le matin une seule urgence me stimulait : rétrécir la durée qui me séparait d'elle. Et voilà que l'abordant, mon corps ne m'obéissait plus. Une sorte de mollesse m'entravait. Une somnolence me gagnait. A peine arrivé, je me surprenais à lutter contre l'envie de repartir.

Je me faisais l'effet d'un apprenti nageur qui ne rêve que de baignades et de plongeons. Tant qu'il court vers la plage, ses songes le portent. Les embruns l'embaument. La brise salée ondule sur sa peau. Et soudain l'eau est là devant lui. Et c'est la panique. La paralysie. Le murmure de la mer la plus étale le choque comme le rugissement d'un océan en furie. Sa vitalité s'amenuise et disparaît. Tout ce que ses muscles lui permettent, c'est arpenter le sable, en roulant un peu des épaules pour donner le change et affecter de prendre un élan dont il se sait incapable. Et il faut qu'une main amicale le tire, le force, l'amène à vaincre sa réticence et à se dépasser.

Mon regard vadrouillait dans la pièce, mobile à l'excès, puis se fixait, soudé à celui d'Angeline dès le premier contact. La conversation que j'entretenais avec maladresse s'interrompait brusquement. Quelques secondes, pas davantage. Mais il n'en est pas resté dans ma mémoire de plus délicates.

L'expression d'Angeline se modifiait.

C'était imperceptible, un pli aux coins de ses paupières ou peut-être de ses lèvres. Un tremblement quasi invisible affaiblissait son sourire. Quelque chose d'impatient et de tragique l'envahissait, une vérité difficile à accepter, une fatalité contre laquelle il ne servait à rien de résister.

Elle poussait alors un gémissement, viens, viens je te dis, ou quelque autre son moins audible. Et je lui obéissais. Je bondissais. Je me jetais enfin dans ses bras comme on se jette à l'eau.

Un mauvais nageur, oui. Je m'enfonçais sans aucune grâce dans les rouleaux qui me pétrissaient. Je secouais mes membres. Je me crispais. Je battais les vagues qui ne me portaient pas. J'en prenais plein les yeux, le nez, la bouche. Je toussais. Je suffoquais. Je coulais à pic.

En bref, ébauche d'homme, j'étais une ébauche d'amant. Je n'aimais guère, je gigotais. Je ne caressais guère, je pinçais. Je n'embrassais guère, je mordais. Car très vite me submergeait la sensation d'être propulsé dans un trou de mur, un entonnoir, un goulet d'étranglement. Mon corps trop volumineux ne pouvait passer. Cette compression me broyait. Mais quel plaisir ! Mes tempes craquaient. Mes os s'émiettaient. Avant de perdre tout à fait conscience, je hurlais, les mâchoires serrées sur une chair tendre qui ne m'appartenait pas. Et la vertu de ce cri, inexplicablement, me rendait à la clarté du jour.

Et Angeline plaisantait :

« Ouh, quelle énergie ! Tu veux nous faire bouillir ou quoi ? »

Ou bien elle m'effleurait le front.

« Tu es doux... Tu es si doux. »

Son indulgence alors me confondait, moi qui apercevais les marques de mes dents sur sa peau.

Alentour, l'univers se recomposait par fragments. Un bout de fissure dans un coin de plafond. Un pan d'armoire à glace qui reflétait un napperon en dentelle posé sur une table aux pieds coniques. Et au-dessus du lit, le Christ en bois verni sous la croix duquel un rameau de buis achevait de se dessécher.

Je redécouvrais aussi Angeline par morceaux. Au point que j'en viens à me demander si mon regard a jamais englobé sa nudité d'un seul tenant.

Un parfum de talc montait de ses jambes. Ses cuisses trop charnues frottaient l'une contre l'autre quand elle marchait. Cette friction provoquait des rougeurs, des irritations qu'elle calmait en les poudrant. Comment oublier le parfum de ce talc?...

S'y ajoutait un autre, plus intime, plus animal. Une odeur de pelote frisée, un peu acide, semblable à celle que dégage une poignée de paille humide. Elle collait à mes ongles et persistait longtemps. Je m'émerveillais de la retrouver entre mes doigts sur le chemin du retour. Et les passagers de l'autobus qui me ramenait dans mon quartier devaient s'interroger de me voir renifler mes poings avec délectation.

En m'apercevant, ma mère me couvait d'un œil de plus en plus soupçonneux.

Pressentait-elle quelles transformations me travaillaient en profondeur?... J'essayai d'esquiver son examen. Elle m'arrêta. Depuis quelque temps, un détail l'agaçait : je ne bronzais pas. J'étais pourtant censé me dorer au soleil.

J'assurai que mes goûts en la matière s'étaient modifiés. Je préférais l'ombre des parasols...

A d'autres! s'insurgea-t-elle. Et le sable? Comment se faisait-il que mes vêtements n'en fussent pas remplis ?... Et puis ma serviette était propre, encore dans ses plis de repassage. Aucune humidité non plus sur mon maillot. Et mes cheveux que d'habitude le sel empoissait n'appelaient pas de shampooing. Curieux, non ?

Inutile de dire que dès le lendemain avant de rentrer, je me roulai par terre. J'ensablai mes vêtements. Je trempai mon maillot dans une fontaine.

Mais ce pis-aller ne pouvait pas longtemps abuser la perspicacité de ma mère. Elle essaya habilement de m'imposer la compagnie d'un de mes frères. Comme je m'en défis avec adresse, elle se rabattit sur mes copains. Je m'en rendis compte par inadvertance lorsqu'elle me demanda mine de rien :

« Qu'est-ce qui arrive à Marco ? On ne comprend plus ce qu'il dit... »

Par chance, le premier qu'elle avait entrepris d'interroger était Marco-l'Étincelle. Or celui-ci venait de prendre une décision capitale : se débarrasser de son zézaiement.

Je ne peux préciser ce qui motiva cette attitude. Les moqueries intermittentes que nous lui adressions ? Le fait que les filles de l'avenue le surnommaient « la Vipère » à cause de ses sifflantes ?... Quoi qu'il en soit, du jour au lendemain, Marco-l'Étincelle se mit à parler avec un caillou entre les dents. Qui lui inspira ce traitement ? L'avait-il lu quelque part ? Était-ce le produit de ses recherches personnelles ? Ici non plus, je ne saurais m'avancer... Le progrès fut net. D'emblée, le cheveu sur sa langue parut mieux coiffé. Les « s » qu'il prononçait perdirent cet écho qui systématiquement les quintuplait. Un petit revers toutefois à la médaille : les parasites qu'il émettait en parlant rendaient ses mots à peine plus intelligibles que les borborygmes de Bouche-Folle qu'il ne désespérait toujours pas de décoder.

Il serait peut-être utile de signaler en passant que cette cure faillit lui coûter la vie. Un jour d'hiver, alors qu'il se rendait au lycée, quelqu'un dont le nom ne m'est pas resté lui donna dans le dos une tape amicale. Le geste, courant, était dépourvu de toute mauvaise intention. Mais Marco-l'Étincelle en avala son caillou. De travers. Ambulance, urgences, trachéotomie. Marco en conserva une cicatrice en étoile au creux de la gorge et une façon de s'exprimer approximative...

Mais nous n'en étions pas là. Et je sentais se resserrer autour de moi l'enquête que menait ma mère.

Aussi, les jours suivants, la prudence me poussa après ma halte rue des Selliers à reprendre à contrecœur le chemin de la plage.

J'y parvenais alors que le soleil déclinait. Mes amis s'étonnaient de mon retard. Ils cherchaient à m'entraîner dans leurs derniers jeux. Mais j'étais inefficace. Je m'écroulais au bord du rivage. La mer paresseuse venait clapoter sous moi. Autour, la lumière se posait pareille à des traînées de poussière cuivrée. L'horizon s'enflammait. Quelque part, très loin, une clochette tintait, une sirène de navire mugissait. Je n'avais même pas besoin de fermer les yeux pour m'évader. Au milieu des cris mouillés des baigneurs, au milieu des bruits de voix et d'écla-

boussures, montaient un soupir, un bourdonnement, le refrain d'une chanson napolitaine
qu'Angeline aimait fredonner. La chambre que
j'avais quittée respirait de nouveau autour de moi...

Angeline vaporisait de l'insecticide. Elle ouvrait
une boîte de biscuits secs. Elle tournait les pages
d'un album de photographies. Ses parents nés en
Sicile appartenaient à deux familles ennemies
depuis des générations. Pour pouvoir s'aimer, ils
s'étaient enfuis. Ils avaient traversé la Méditerranée
à la rame. A la rame, oui ! C'est possible ! Dis que je
suis une menteuse tant que tu y es !... Son père
ressemblait au père Garrito mais avec une moustache. Sa mère avait le sourire indécis de ma grand-
mère paternelle. La même maladie les avait emportés à quelques semaines d'intervalle. Et Angeline qui
était alors une fillette à couettes blondes, pas plus
ronde qu'une autre, avait mystérieusement
commencé d'enfler, de s'alourdir, d'encombrer. Un
boulet de plus en plus embarrassant que ses oncles
et tantes s'étaient renvoyé...

Je ne l'écoutais qu'à demi. Ses paroles me titil-
laient comme si elles avaient appartenu à une
langue grivoise. Sa respiration sonore, toujours en
retard d'un souffle, me semblait faite des râles d'un
désir retenu. Entre mes cils, battait la ligne de sa
gorge pleine, l'arrondi de son menton, l'avancée de
ses lèvres tièdes, et le tressaillement de ses narines
qu'une émotion subite animait.

Parfois, nous nous taisions. Un craquement provenant de l'extérieur nous figeait, comme si un
intrus allait entrer sans qu'on pût l'en empêcher.

Nous nous dévisagions. Deux complices pris en faute. Mais les premiers temps de son installation, Angeline reçut peu de visites et jamais en ma présence.

Elle se levait pourtant. Elle jetait un coup d'œil par une des deux fenêtres de son logement.

L'une donnait sur la rue, l'autre sur une cour intérieure. Les persiennes en étaient toujours closes. Les fentes de la première découpaient un angle de rue, la vitrine d'une auto-école où officiait un moniteur grincheux, le rideau de fer d'un cinéma baissé pour cause de fermeture annuelle.

De l'autre côté, dans la cour, un citronnier se courbait en tonnelle. Et l'odeur des citrons doux, que je tiens pour la plus élégante du monde, venait parfois nous saluer.

Imaginez une ambiance sans aucun mouvement. Juste une moiteur que les corps s'ils bougeaient déplaçaient à peine. Une haleine entêtante qui saturait les poitrines et obligeait de respirer par petits coups. Et soudain, sans prévenir, un effluve passager, un cadeau, un aperçu de liberté : ce parfum de citron doux qui rafraîchissait l'atmosphère. Il emplissait peu à peu mes membres d'une envie de m'étirer à me fendre la peau.

Je n'ai pas de mot pour décrire cette sensation. C'était plus qu'un bâillement d'aise. Plus que de la griserie. *Morbidezza*, disaient les Italiens, en baissant à demi les paupières, écrasés par la suavité de l'existence.

« *Morbidezza*, veinard... La vie te gâte. »

Et nul autre terme ne me semble plus approprié

pour définir la torture de cette étreinte langoureuse de l'air. Nul autre terme n'évoque mieux l'insoutenable délicatesse de ces fins d'après-midi d'août que j'ai passées chez Angeline.

« *Morbidezza...* »

La vie avait de ces gâteries !

Arbres

J'ai rencontré peu d'adultes qui présentaient d'eux une image invariable.

Ceux qui ont accompagné mon enfance s'affublaient de masques multiples. Ils en changeaient sans cesse et comme à plaisir. Humeurs, états d'âme, circonstances, qualité d'écoute de l'auditoire, rang des personnes à qui ils s'adressaient, et même parfois jusqu'aux vêtements qu'ils portaient, tout y participait, tout leur était prétexte à métamorphose.

Je m'en étonnais. Je m'en réjouissais aussi. Cette surabondance de comportements les conduisait souvent à des contradictions qui ne manquaient jamais de piquant. Ils passaient outre. Ils n'étaient pas à une acrobatie près. Ils offraient ces déguisements successifs comme ils auraient donné un spectacle. L'ampleur du numéro primait sur l'authenticité.

Un seul être tranchait sur la masse. Un seul me semblait en toute occasion rester égal à lui-même.

Il n'avait pas une dizaine d'années de plus que moi. Et quand je m'aperçus que son existence allait marquer la mienne, il terminait juste ses études secondaires. Un adolescent, donc. Mais le définir ainsi serait une erreur grossière.

Il était de ces exceptions que l'on ne peut imaginer ayant parcouru les étapes de l'évolution humaine.

Chaque homme fait permet de déceler en lui une bribe de l'enfant qu'il fut. Bébé joufflu et babillard, gamin rongé de curiosité et d'apathie, lycéen taciturne ou débordant de vitalité. Chacun porte en soi les hésitations du parcours qui l'a mené au terme de sa croissance ; et qui veut les voir n'a pas besoin de gratter loin sous la surface.

Lui, non. Il était né adulte. Et voilà que ce mot, pesé pourtant, semble soudain peiner à s'appliquer ici, tant il ne renferme pas assez de notions de responsabilité, de discipline morale et de sérieux.

Jamais un sourire, jamais une blague ne firent, devant témoins, frémir ses lèvres que le goût pour la rigueur grammaticale pinçait à longueur de temps.

Jamais en public ne lui échappa un geste qui ne fût maîtrisé. Jamais une parole qui ne fût mûrement réfléchie. Jamais il ne se laissa aller à un écart de conduite, une distraction, une émotion.

Une seule fois cependant, il fut pris en défaut. Une seule fois, je l'entendis, je crois, pousser un hurlement. Son père venait de mourir. Et la douleur qu'il éprouva lui arracha un cri d'impuissance. Une lamentation animale, la plus poignante peut-être qu'il me fut donné d'entendre. Elle traversa des vitres, elle traversa des murs, elle m'emplit d'un tel sentiment de tristesse et de sympathie que je ne pus m'empêcher de chercher des yeux mon propre père pour vérifier qu'une pareille blessure m'épargnait encore...

Mais est-ce vraiment lui qui cria?... Il semblait si exempt des faiblesses qui permettent aux êtres humains de se reconnaître et de fraterniser.

Y avait-il eu un instant où il avait secoué un hochet? Une seconde où il avait bavé sa bouillie lactée et découvert d'un œil ébahi que le repli de peau avec lequel il mouillait ses langes pouvait doubler de volume? Impossible à croire...

Et nous les intenables, nous les pousseurs de ballons ou de boîtes de sardines, nous interrompions nos slaloms entre les palmiers pour étudier le phénomène. L'évidence nous ahurissait. Elle entraînait cette conclusion contraire à toutes les règles de la nature : nous côtoyions un mutant.

A peine surgi au monde, en costume à col dur et cravate, cet être surhumain avait ouvert son étui à lunettes, il avait installé ses verres rectangulaires de part et d'autre de son appendice nasal et posé sur l'univers un regard net, aiguisé par l'intolérable conscience qu'il avait de sa supériorité.

Nous l'appelions par-devers nous « Pince-à-linge ». Piètre surnom. Mais il nous horripilait tant qu'il desséchait immédiatement nos qualités d'invention. Et ce sobriquet donne à peine une idée de son aspect physique.

Sanglé dans son costume sombre, il arpentait l'avenue d'un pas d'automate survolté. Tout en lui respirait l'esprit de décision, la raideur et la haute conscience de soi. Dans son vocabulaire, le mot flâner n'existait pas. Il activait ses jambes rigides, les yeux lancés à hauteur du premier étage ignorant la populace qui se roulait dans la fange à ses pieds. Il était l'excellence en marche. Et il n'avait pas une seconde à perdre.

L'écartement de ses enjambées paraissait calculé de manière que leur quotient par la distance à parcourir donnât un chiffre entier.

Nous formions des vœux pour qu'un accident de parcours, un pavé mal aligné, une peau de banane, un lacet défait, vînt altérer cette perfection. Mais les cieux eux-mêmes, fascinés sans doute, en oubliaient de nous exaucer. Et jamais Pince-à-linge ne commit la moindre fraction de pas.

Il arrivait en bout d'avenue à la seconde précise où s'arrêtait le tram, si bien que la même enjambée commencée sur le trottoir s'achevait sans rupture de rythme sur la plate-forme du véhicule. Une merveille.

Quel chromosome inconnu le marquait? Quel gène énigmatique se cachait dans le noyau de ses cellules?... Sa famille ressemblait pourtant aux nôtres. Ses parents, ses frères, sa sœur, auraient pu être les miens. Nos fenêtres donnaient sur les leurs d'où filtrait le bruissement rassurant de leurs activités. A vrai dire, ils étaient bien moins bruyants que d'autres voisins. Ils ne parlaient pas, ils chuchotaient. Ils déjeunaient sans claquements de mâchoires ou de vaisselle. Ils se déplaçaient sans appuyer leurs semelles sur le sol. Ils n'étaient pas chez eux, mais dans une salle d'étude, un monastèrc, un sanctuaire où l'on sacrifiait à une seule divinité : le travail. Et tout portait à croire qu'ils se blottissaient, émerveillés et quelque peu surpris, autour de l'incroyable créature qu'ils avaient le privilège d'entourer.

A en entendre nos mères, Pince-à-linge était un génie. Un puits de science. Un cerveau frappé par tous les dons de l'intellect.

Elles le contemplaient avec une admiration qui nous harassait. Il représentait à leurs yeux l'idéal du fils qu'elles auraient voulu engendrer. Elles colportaient à son sujet les bruits les plus stupéfiants.

Il parlait couramment latin et grec ancien. Pour suivre sa conversation, ses professeurs dépassés se réunissaient après les cours et compulsaient fiévreusement des dictionnaires. Nous jouions aux billes. Lui, dans le même temps, jonglait avec les trois mille caractères de la langue chinoise. Il savait déjà lire la Bible dans son texte hébreu ou araméen. Il disséquait les quatre Évangiles dans leurs écritures d'origine. Il rendait la vie aux langues mortes. Quant aux vivantes, elles avaient beau foisonner en dialectes et patois, elles promettaient de ne rien lui refuser...

Par quel mystère sa science lui était-elle injectée ?... C'était déprimant. Nous nous endormions, nous nous réveillions, Pince-à-linge lisait le Coran en arabe littéraire !

En le regardant, ma mère plissait les paupières comme devant le soleil.

Un jour qu'ils s'adressaient quelque politesse d'une fenêtre à l'autre, elle sollicita de sa haute bienveillance la réponse à une question qui la tourmentait.

Il trancha dans le vif.

« Madame, rassurez-vous. Vous ne devez à vos enfants que deux choses : le pain et l'instruction. »

Il avait quinze ans ! moins peut-être ! Et moi, quatre. Je ne compris pas ce qui m'advint.

Ma mère, subjuguée, m'enchaîna aussitôt à un croûton de pain et à un abécédaire, en poussant ce rire féroce qui accompagne les grandes certitudes.

Comment ne pas le haïr ?... Comment ne pas lui reprocher tous ces jours de labeur à ahaner sous la férule maternelle ?...

Je tombai immédiatement d'accord avec mes camarades pour railler l'ennemi. Cette façon coupante de se déplacer et de parler. Ces prunelles fiévreuses, ce teint bilieux, ces joues creusées. Ce corps d'ascète, longiligne et gauche dont la seule fonction consistait, d'évidence, à véhiculer son cerveau surdimensionné. Et cette austérité, cette sévérité d'inquisiteur qui, d'un regard à peine abaissé, condamnait la nullité que nous représentions...

Nous lui rendions son mépris au centuple.

Il nous arrivait aussi de le plaindre. Car il passait selon nous à côté des plaisirs fondamentaux de l'existence.

Il avait peut-être pour lui le cerveau et ses feux d'artifice ; nous avions le corps, ses explosions et ses extases. Nous lui abandonnions volontiers l'atmosphère inerte des salles d'étude, le déchiffrage laborieux des langages connus, les errances acharnées dans l'escalier sans fin de la Tour de Babel. Nous

276

préférions l'aile du vent et ses parfums imprévus, les merveilles du trottoir et de son argot d'initiés. A lui, s'il les voulait, le dessèchement, le confinement, l'aigreur. A nous, l'improvisation permanente, la liberté, le football, la vie.

Peu importait dans ce cas qu'il monopolisât l'admiration des mères ; pour nous battait le cœur des filles. Le monde était juste et nous avantageait.

Cette vérité enivrante, nous ne nous lassions pas de la goûter, appuyés sur notre rebord de façade favori.

Et ce jour-là, j'écoutais Dani Colassanto me raconter ses derniers exploits avec sa tante Graziella.

Son espoir avait fait un bond spectaculaire. La veille, allongée sur la plage, Graziella lui avait demandé de lui passer de l'Ambre Solaire sur le dos. Dani en avait profité pour se déclarer. A voix basse, car une serviette plus loin, le mari éventait le bébé. Graziella n'avait pas réagi. Elle ne l'avait pas entendu ou avait fait semblant de ne pas l'entendre. Mais elle s'était tournée, juste un peu, en soupirant. Son soutien-gorge s'était relâché et Dani qui lui huilait le dessous de l'épaule avait continué son geste jusqu'au bord du sein, ce renflement satiné et blanc que le maillot cachait. Graziella avait donc accepté de se laisser enduire d'huile un morceau de peau qu'elle n'avait pas l'intention d'exposer au soleil. Et si ce n'était pas une avance ouverte, qu'est-ce que c'était donc ?...

Jacky Cassuto nous alerta.

« Hé ! regardez, Pince-à... »

Le reste s'étrangla dans sa gorge.

Une voiture venait de s'arrêter. Pince-à-linge en descendait. Et avec lui, une passagère que mon esprit, imprégné par des années de lutte anti-Pince-à-linge, décida pour ma santé mentale de confondre d'emblée avec sa sœur Monique. Mais Monique avait un air revêche d'institutrice, jamais sa robe n'avait ainsi volé autour de ses jambes, jamais elle n'avait ainsi donné la main à son frère.

Et dans la même fraction de seconde, il me fallut admettre l'impossible. Pince-à-linge tenait par les doigts une jeune femme. Cela aurait encore pu être supportable si l'inconnue eût été borgne ou bancroche. Mais elle m'apparut comme l'incarnation de la beauté telle que j'aurais dû me la représenter depuis la nuit des temps.

Jacky Cassuto jouait vaguement avec une vieille balle de tennis. Ses doigts soudain affaiblis se desserrèrent. La balle roula sur le trottoir et s'arrêta entre les pieds de l'apparition. Elle aurait pu l'ignorer. Elle se pencha, la ramassa de sa main libre et vint la rendre.

Nous vîmes de plus près son allure de ballerine. Nous vîmes sa légèreté et sa souplesse de liane. Nous vîmes ses yeux bleu océan. Et la couleur pain d'épice de sa peau. Nous vîmes les pans de cheveux soyeux qui dansaient de part et d'autre de son visage dont l'infinie délicatesse paraissait avoir été dessinée par une plume céleste. Deux mèches de sa chevelure descendirent comme un voile caresser son épaule. Elle les écarta d'un geste dont l'élégance traça sur nos rétines une rayure indélébile. Puis elle entrouvrit ses lèvres d'un air rêveur. Un éclat de lumière scintilla sur l'émail de ses dents. L'espace d'une seconde, son regard nous effleura. Des papillons bleus en sortirent, voltigèrent autour de nos pauvres cœurs béants et y laissèrent quelques-uns des grains féeriques qui poudraient leurs ailes. Une bouffée de beauté pure nous étouffa. Et nous ne vîmes plus rien.

Plus tard, nous apprîmes des précisions inutiles. Elle possédait le titre de Miss Universités ou Miss Grandes Écoles ou un autre peut-être qui rendait à peine justice à son considérable pouvoir de séduction. Des centaines d'étudiants en délire avaient rampé à ses genoux. Et lequel avait-elle choisi de suivre pour notre malheur ?... Notre ennemi intime, cet encéphale ambulant à qui nous prêtions moins de sensibilité et de charme qu'une pince à linge !

Nous apprîmes leur mariage. Nous apprîmes leur voyage de noces. Nous n'eûmes pas de réaction, juste un ricanement de principe. La perte de nos illusions nous anesthésiait. Notre échelle de valeurs ne comportait que quelques barreaux, mais le vacarme de son écroulement ne cessa de nous assourdir.

Nous n'apprîmes pas leur divorce quand il se produisit. Cela nous aurait-il fait plaisir ? J'en doute. De toute façon, la consolation aurait été négligeable. Les ravages accomplis depuis le premier jour ne connaissaient aucun remède...

Je me rappelle que, peu après ce jour-là, Marco-l'Étincelle vint nous rejoindre, la mine catastrophée.

« Vous savez qui Pince-à-linge a pincé ? »

Nous ne lui répondîmes pas, mâchoires décrochées, éberlués, livides. Désintégrées par un flash de fin du monde, nos personnalités n'étaient plus que traînées noirâtres sur la façade blanche contre laquelle nos corps s'étaient appuyés.

*

De ce trio saccagé, je suis le seul aujourd'hui à pouvoir donner des nouvelles de Pince-à-linge.

Les arborescences de son cerveau n'ont cessé de se ramifier. Et d'incontestables savants internationaux parlent de lui avec dans la voix le même frémissement d'admiration qu'émettaient nos mères. Sur le demi-milliard de langues que l'humanité dénombre, il n'en reste paraît-il qu'une qui continue de lui résister. Mais, c'est fatal, nous nous endormirons, nous nous réveillerons, et elle s'agitera, captive, dans le filet des prodigieux neurones.

Quant à la fée qui fut si peu son épouse, j'ai mis deux décennies pour la retrouver. Elle compte parmi les figures du milieu littéraire. Elle n'a rien perdu de cette finesse de liane qui m'avait jadis enchanté. Et dans son visage que le temps a velouté tremblent les mêmes flaques bleues d'où s'envolent des papillons dont la douceur meurtrière fait tituber pour l'éternité ceux qu'elle regarde.

Parfois, au rappel du couple qu'ils ont formé, cette clarté s'assombrit. Une confidence lui échappe.

« Vous ne pouvez pas vous imaginer ce que j'ai pu m'ennuyer. »

Ah! si nous l'avions su ce jour où nous l'aperçûmes pour la première fois...

Peut-être aurions-nous pu nous en remettre. Car autant le reconnaître, nous n'en guérîmes jamais tout à fait.

De nous trois, Jacky Cassuto fut le plus atteint. Il s'était trouvé le plus rapproché du rayonnement. L'irradiation le grilla jusqu'aux os.

Dès le lendemain, lui qui, balle au pied, nous prouvait qu'il entrerait vivant dans la légende des stades, s'arrêta en plein élan alors qu'il courait au but adverse, et apostropha les joueurs interdits :

« Ça doit exister ! »

Nous supposâmes d'abord qu'il s'agissait d'une nouvelle tactique destinée à décontenancer l'adversaire. Mais nous nous aperçûmes qu'il avait coiffé ses cheveux en arrière. Et dans ses prunelles brillaient les fumerolles d'une éruption mentale.

« Il y a un sens ! C'est forcé !... »

Nous fîmes quelques plaisanteries hésitantes. Il les ignora, le nez dardé vers les nuages.

« Vous ne croyez pas qu'il existe un plan d'ensemble ?... »

Il nous quitta. Il lui fallait réfléchir séance tenante.

Bientôt, il s'affubla de lunettes. De lourds hublots à monture d'écaille derrière lesquels erraient ses globes boursouflés par les affres de la métaphysique. Il ne les ôtait que pour porter ses regards au loin, par-dessus nous, comme d'un rocher où il aurait dominé des flots tourmentés.

Sa façon de marcher s'en trouva aussi modifiée.

281

Lui dont on avait célébré le pas traînaillant, il se mit à avancer à vive allure, les jambes plutôt raides, avec des arrêts brutaux, des volte-face, des écarts de voilier qui navigue vent debout. On eût dit qu'il comptait ses enjambées de manière à prendre le tram sans n'en diminuer aucune. Mais il ratait tout le temps ses calculs.

Un jour, il s'immobilisa à un carrefour. Les plaques aux coins des façades semblaient requérir toute son attention. Nous finîmes par nous en inquiéter. Alors, il nous dit en aparté comme s'il ne voyait qu'un de nous à la fois :

« Tu as remarqué ? Pas un seul prophète ! »

Nous toussotâmes hypocritement que oui, tiens, comme c'est curieux ça, pas un seul prophète, en nous demandant bien de quoi il pouvait parler.

Il accepta de nous éclairer.

« Aucune rue ne porte les noms de Jésus, de Moïse, de Mahomet ou de Bouddha. Pourtant, les religions ne sont-elles pas comme des rues qu'on emprunte ?... »

Il était le meilleur d'entre nous. Nous l'appelions « Jacky ». Nous l'appelions « Cass ». Nous l'appelions « la Jongle ». Et quelquefois « Pelé », tant son habileté nous évoquait les ensorcellements du génial numéro 10 brésilien. Il touchait un ballon du bout du pied, le ballon remontait le long de sa jambe, roulait autour de son corps, s'arrêtait une seconde sur son front, puis sur sa nuque et redescendait se poser avec délicatesse sur son orteil. Jusqu'ici, ses modèles avaient été des demi-dieux en chaussures à crampons. Il les troqua pour Pince-à-linge.

Ainsi, cet été-là, une page glorieuse de l'histoire du football se vit arrachée avant que d'être écrite. L'histoire de la pensée n'y gagna guère au change.

L'agilité de l'esprit de notre pauvre Jacky ne valait pas celle de ses jambes. Un bon nombre des propos qu'il soumit à notre appréciation nous semblèrent relever des urgences psychiatriques. Et, de plus en plus souvent, en l'écoutant, Dani Colassanto se tamponnait la tempe d'un index désolé.

Jacky ne s'en formalisait pas. Les rouages de sa cervelle émettaient des cliquetis qui le grisaient.

Il voyait copuler deux mouches et calculait aussitôt d'un air docte :

« Si tous les descendants d'un seul couple de mouches vivaient jusqu'à la fin du mois, ils formeraient une couche de quinze mètres d'épaisseur sur tout le pays ! »

Et Dani ou moi écrabouillions du plat de la main les mouches lubriques.

« On a évité une catastrophe. Quinze mètres, tu t'imagines ! »

Mais nous riions jaune. Rien n'était plus comme avant. Dès que nous nous retrouvions ensemble, passaient et repassaient devant nous les silhouettes de Pince-à-linge et de sa fabuleuse compagne. Le sentiment de notre médiocrité nous terrassait. Et plus d'une fois, nous frôlâmes l'abîme. Plus d'une fois, tel notre regretté capitaine d'équipe, l'envie nous prit de rejeter nos cheveux en arrière et de nous consacrer à la pensée pure.

Heureusement pour lui, Dani Colassanto avait sa chance de rouquin et ses espoirs concernant sa tante Graziella.

Moi, j'avais mes secrets, mes entrées rue des Selliers. J'avais Angeline-la-Grosse.

*

Un point noir, cependant : je vivais dans la hantise d'être découvert.

Je me souviens de mes précautions pour la rejoindre. Je me souviens de celles quand je repartais. Je bondissais hors de son immeuble sur le trottoir. Je voulais éviter à un regard anonyme, fût-ce le plus innocent, d'établir un lien entre cette maison et ma personne.

Je traversais la chaussée d'une enjambée. Je feignais de m'absorber un instant dans la contemplation de la vitrine de l'auto-école. Mais l'impression d'être le point de mire de l'univers s'estompait mal. Je rasais les murs. Je ne respirais qu'après avoir bifurqué à plusieurs reprises. En m'éloignant, je me reprochais ces frayeurs excessives. Mais je continuais à élaborer des excuses au cas où le hasard m'aurait obligé à rencontrer quelqu'un de connaissance.

Et déjà le regret me tirait en arrière. Je ne pensais qu'à revenir. J'avais l'impression de ne pouvoir m'écarter de plus de quelques mètres. Cela me prenait au ventre. Il y a des êtres que la faim, une sensation de creux, un besoin de nourriture réveillent la nuit. Ils se lèvent malgré eux et vont piller le réfrigérateur. Il y avait de cette urgence dans nos étreintes. Une fringale. Une boulimie.

Pourtant ce n'était que la même sempiternelle

conversation. Une conversation ? Même pas. Une phrase plutôt, une seule phrase que nos corps cherchaient à prononcer. Une phrase toute simple, mais dont le rythme m'échappait. Car elle ne s'achevait pas. Elle s'interrompait avant de s'achever. Elle restait en suspens, remplie de possibilités implicites. Un écho errait. Et c'était de nouveau l'attente. C'était de nouveau l'appétit. C'était de nouveau le désir.

L'incompréhensible désir. Car, sitôt que je retrouvais Angeline, je ne pouvais m'empêcher, l'espace d'un éclair, d'éprouver une sensation de déception. Avoir tant attendu ! Et pourquoi ? Une crampe d'estomac, une secousse, un cri qui s'étrangle, une morsure, un crachat ?... Tous ces livres écrits, ces films tournés, ces milliers de poèmes composés, pour ces quelques secondes de tourbillon. Quelle illusion ! Quel rêve immense s'est dilué ?... A ce moment, Pince-à-linge semblait très près de gagner. Je me serais levé et serais parti m'abîmer dans l'étude de grimoires plus ou moins sacrés pour tenter d'enrayer un peu cette impression d'erreur, de chute très lente dans le vide. Puis cette sensation passait. Je voyais remuer sous le corsage les gigantesques seins d'une blancheur parfaite, d'une blancheur de lait. A l'idée de leur poids inégal, de leur élasticité animale, les paumes des mains me picotaient. Et mon corps magnétisé n'aspirait plus qu'à essayer d'achever la phrase abandonnée la fois précédente.

Et Angeline murmurait :

« Tu es mince. Comme tu es mince... »

Elle me disait :

« Ne sois jamais gros. Tu ne peux pas savoir ce que c'est que d'être gros... »

Elle me disait :

« Ils ne savent pas le trésor que j'ai... »

Et j'étais de nouveau dans une chambre où le temps tremblant à peine appelait au plaisir, à la détente, à la paresse. L'air sans poids me semblait provenir du souffle ineffable de quelque dieu apaisé. Et je sentais monter en moi une sève.

Un jour, elle déborda. Sous mes paupières crispées, des feuilles d'un vert argent se déplièrent. Mes bras qui s'agitaient perdirent leurs mouvements saccadés et se mirent à bouger comme des branches qu'un vent léger agite. Des parties de mon corps que je savais éparses s'assemblèrent, se solidifièrent, prises dans un ciment végétal. Mes pieds s'allongèrent, se ramifièrent, plongèrent et s'agrippèrent dans un terreau de couches sombres dont j'ignorais jusqu'alors l'existence. Et comme je m'enracinais de toutes mes forces, nés du liège de ma peau devenue écorce, des bourgeons enflèrent, craquèrent par milliers. Et mon feuillage se déploya d'un coup.

Angeline murmura oh ! — ou peut-être m'appela-t-elle. J'entendis mal. Des oiseaux volaient dans ma ramure. Et les battements de mon cœur émerveillé couvraient tous les bruits. Mais elle eut une sorte de hoquet, un gémissement, oh ! mon dieu. Et je revins à elle. J'entrevis les marques de mes doigts sur sa peau livide. Une fois, elle m'avait reproché la longueur de mes ongles et m'avait interdit de me présenter à nouveau devant elle avec ces griffes

286

sales. Je lui demandai si je lui avais fait mal. Elle dit non, non c'est rien, c'est rien, tais-toi, ne bouge pas. Mais j'étais imprudent. Je ne savais jamais obéir quand il fallait. Et j'apercevais entre ses cils une buée qui alimentait en moi une sourde inquiétude. J'insistai.

« Tu pleures ? »

Alors, elle, agacée :

« Je pleure ? Et pourquoi je pleurerais ? Manquerait plus que je pleure, maintenant !... »

Et tandis qu'elle me serrait contre elle pour m'empêcher de mieux la dévisager, une impression nouvelle m'envahit, comme une bulle qui montait lentement de profondeurs inexplorées. Je la croyais colorée. Elle était pourtant alourdie de tristesse, d'une douce mélancolie, peut-être parce qu'elle ne durerait pas, qu'elle allait éclater à la surface.

Nous étions près de septembre. Des obligations d'emploi du temps allaient espacer nos rencontres, nous en avions parlé. Mais était-ce bien la raison ? Je ne sais pas.

Je commençais à peine à forger cette capacité à exprimer ce qui en moi était obscur.

*

Elle était née un dix-neuf janvier. Sous la marque du Capricorne. Un signe ex-é-crable ! exagérait-elle.

Je n'en étais pas persuadé. Elle me montra le crucifix qui surplombait son lit.

« C'est le signe astrologique de Jésus-Christ. Et tu as vu comme Il a mal fini... »

Puis, après réflexion :

« Je finirai comme Lui. Sur une croix. Seulement, personne n'en fera une religion.

— Si, moi ! »

J'étais sincère. Mais elle me traita de menteur, en s'arrachant un rire perlé pareil à une plainte.

Je rapporte cette conversation, sans pouvoir en préciser la date. Je vois Angeline remuer son visage. Je la vois m'indiquer le crucifix sur le mur. Ou peut-être était-ce celui qui pendait entre ses clavicules. Elle le suçotait souvent lorsqu'elle réfléchissait. Elle le coinçait entre ses dents pour fredonner le refrain d'une scie musicale... Ce devait être un jeudi de l'automne suivant. Le jeudi après-midi, je n'avais qu'une heure de cours. Ensuite deux autobus m'amenaient rue des Selliers.

Angeline m'accueillait, la bouche pleine d'épingles. Elle faisait des travaux de couture à domicile. Elle avait acheté un mannequin en osier qui trônait près du lit comme une présence étrangère. Elle recevait des dames qui lui commandaient des robes. Et quand je passais, il me fallait vérifier qu'elle était bien seule.

Elle m'y aidait, en laissant ouverte la fenêtre qui donnait sur la rue. Je voyais à travers les rideaux des silhouettes dodues se déplacer autour du mannequin. J'attendais. Je déambulais le long du trottoir. Je relisais pour la millième fois les affiches de cinéma qui variaient de semaine en semaine. J'achetais un beignet au sucre qu'on nommait *bombolone*.

Le marchand malaxait entre trois doigts de prestidigitateur un morceau de pâte qu'un mouvement magnifique transformait en couronne. Il le jetait toujours tournoyant dans le bac de friture bouillonnante. Lorsque la rotation s'arrêtait, la pâte était cuite, gonflée, croustillante. Le vendeur piquait le beignet au bout d'une fourchette, le saupoudrait de sucre et le servait dans un carré de papier qui s'imprégnait aussitôt d'huile.

Tout en grignotant mon *bombolone*, je m'arrêtais devant la vitrine de l'auto-école. La voiture démarrait avec trois soubresauts, puis calait. Le moniteur, un Corse velu et boudiné, se tournait vers son élève et lui expliquait les finesses de la pédale d'embrayage.

Parfois, il rassemblait sa classe sur des chaises pliantes et leur faisait passer un examen de code de la route. Il ramassait les copies. Et moi je traînais toujours sur le même trottoir. Le soir tombait vite.

Enfin, la voie se libérait. Je me glissais chez Angeline comme un voleur.

Elle me parlait de sa cliente. Ou bien elle me montrait le tissu de la robe qu'elle comptait porter au mariage de Hubert Garrito. Un fond jaune sur lequel des pétales rouges paraissaient semés dans le désordre. Des coquelicots dans un champ de blé. « Magnifique », disais-je, pressé de passer à un sujet plus charnel. Et je pensais : Qu'elle me prenne tout de suite ! Qu'elle m'embrasse ! Qu'elle me change en arbre ! Qu'elle me transforme en oranger, en olivier, en palmier nain, en simple roseau !... Mais elle ne voulait que rêver au mariage de son cousin.

« Tu m'y feras danser. Et ils diront, tous : Bonne Vierge, voilà qu'Angeline-la-Grosse s'est trouvé un fiancé... »

Elle ne le pensait même pas. C'étaient des mots pour tuer le peu de temps qui nous restait. Ils le tuaient. Et je rentrais bredouille chez mes parents qui me félicitaient. Ils étaient persuadés que j'avais travaillé tard chez un camarade de classe.

*

Hubert se maria en novembre. Son épouse se prénommait Anne-Marie. Une fille plutôt gentille, insignifiante, si mince que son tour de taille ne devait pas excéder le tour de biceps de son hercule de mari. Angeline ne l'appréciait guère. « Une maigrichonne, sèche comme un noyau, avec des dents de travers », disait-elle d'un ton où je croyais déceler une pointe de jalousie.

Ce fut une soirée médiocre. Mme Garrito n'avait accepté d'en partager les frais que du bout des doigts. Elle préférait réserver sa bourse à l'installation des mariés. Mais ce n'était pas une question d'argent. Les fêtes ressemblent aux saisons où elles prennent place. Le mariage d'Hubert ressembla donc à cet automne, hésitant entre deux lumières, deux températures, deux tons de gris. On ne s'y amusa pas. On ne s'y ennuya pas non plus. Dans l'éclairage d'ambiance d'une salle surchauffée, des essaims de voix, de rires, de couleurs et de parfums, se bousculèrent, mais on eût dit sans conviction. M. Garrito, qui semblait se sentir nu sans son béret, s'imbiba copieusement au point de finir entre deux banquettes. Sa femme surveilla ses invités comme des clients de sa banque venus en meute retirer leurs économies. Et quand il fallut porter la première découpe au gâteau à étages, Hubert, sa grosse main d'athlète contenant celle menue de la mariée, trancha net la pièce montée de haut en bas comme avec une hache. Nous le félicitâmes d'avoir su épargner le plateau et la table.

Je fus le premier à repérer Angeline. Sa robe jaune à points rouges tranchait sur un groupe d'une vingtaine de personnes parmi lesquelles je reconnus une copine de lycée, Laetitia DiMartino.

Elles étaient vaguement cousines. Angeline me l'apprit un peu plus tard. Cela ne m'étonna guère. Les réseaux des familles couvraient la cité comme des toiles d'araignées en perpétuel développement. De temps à autre, le soleil en éclairait une de biais et l'on s'apercevait qu'elle s'étendait plus loin que la veille.

Elle m'avait promis de venir me voir. Elle tint parole. Peu après, je la vis se diriger dans notre direction. Elle voulut se faufiler entre deux tablées. Mais elle apprécia mal l'espace trop encombré pour sa corpulence. Des personnes assises se levèrent pour lui permettre de passer.

Ma mère s'exclama :

« Angeline !... Ça fait si longtemps... »

Elles s'embrassèrent, échangèrent des politesses d'ancien voisinage. Angeline salua mon père, dit un mot gentil à chacun de mes frères. Puis elle fit mine de me découvrir.

« C'est toi ? Comme tu as grandi ! Mais tu as poussé d'un cran, ma parole ! »

Je me fendis d'un sourire imbécile. Son naturel me confondait d'admiration.

Angeline était une experte en clandestinité. Elle savait installer d'emblée la distance qui détruisait le moindre soupçon. Le hasard, la chance, nos précautions se conjuguèrent pour que personne ne nous surprît ensemble chez elle. Mais je reste persuadé que, prise en flagrant délit, elle aurait su immédiatement trouver une parade. Elle m'aurait jeté dans les bras un coupon de tissu ou le mannequin en osier, en m'ordonnant par exemple d'aller le reporter au magasin...

Ma mère lui désigna la mariée au loin.

« Alors, Angeline ? Bientôt ton tour ? »

Préparée depuis longtemps à ce genre de perfidies, Angeline tenait sa réponse prête. Elle montra sa main avec un tour du poignet qu'elle voulait élégant.

« Regardez, j'ai les doigts trop fins. Aucune bague ne peut y tenir. »

Elle pouffa puis s'éloigna en longeant la piste de danse.

Mon père lâcha un petit rire narquois.

« Brave fille... Celui qui l'épousera n'aura pas besoin de matelas. »

Et je sentis flamber en moi une colère. Il ne voyait en elle que ce que les gens voyaient. La bonne grosse que l'excès de cellulite privait d'attraits et qui n'aurait su rivaliser avec la kyrielle de créatures de rêve qu'il avait jadis serrées dans ses bras.

Je luttai contre le besoin de lui révéler combien elle comptait pour moi. Combien de choses elle m'avait apprises qu'il ne m'enseignerait jamais. Comment, par la seule grâce de son contact, je me métamorphosais en séquoia géant. Accroché à elle, mes cheveux devenaient bleus de gratter le ciel. Mes pieds plongeaient dans la lave en fusion qui gronde au centre de la terre...

J'eus envie de me lever, de me précipiter vers elle pour la remercier d'exister et de m'avoir choisi. Je n'en avais pas le droit. Je dus me contenter de la suivre du regard tout au long de la soirée. Elle but du bout des lèvres sans cesser de sourire. Elle grignota le contenu d'une assiette anglaise. Elle fit des mondanités en se touchant souvent les cheveux. Elle accepta une cigarette dont elle tira trois bouffées. Elle dansa en riant beaucoup avec un bonhomme ventru qui ressemblait au moniteur de l'auto-école rue des Selliers.

Je dois l'admettre, elle était assez ridicule. Elle n'était pas faite pour le mouvement. Le moindre déplacement lui mettait le feu aux joues. Le tissu de sa robe s'humidifiait et moulait le contour de ses sous-vêtements. Mais nous partagions des secrets d'une importance incalculable. Et elle concentrait pour moi toutes les lumières de la fête. A la regarder, mes yeux s'écarquillaient. Mon ventre s'écarquillait. Mon être tout entier s'écarquillait de convoitise.

Elle alla se repoudrer dans les toilettes. Je courus la rejoindre.

Elle n'était pas seule. Un lavabo plus loin, une dame finissait de retoucher son maquillage. J'eus un mouvement de recul. Angeline m'aperçut dans le miroir où elle se refaisait une beauté. Un sourire lui échappa. Elle le détourna sur sa voisine.

« Je crois que je vais me teindre en brune... très brune... »

La dame en fut interloquée, puis étudia la question et assura que ça lui irait très bien. Elle mit une minute interminable à se pomponner, à claquer la fermeture de son sac et à vider les lieux.

Angeline respirait très fort. A l'aide d'une serviette en papier, elle se tapotait le cou. Dans le miroir, ses yeux s'amusèrent en me voyant approcher de nouveau.

Je comptais la supplier de ne pas changer la couleur de sa coiffure. Elle me prit de court.

« Tu connais Laetitia ? »

J'acquiesçai.

« Elle est dans ma classe.

— Je sais. Elle me l'a dit... »

Elle attendit un peu, puis ajouta en baissant la voix pour en accentuer le ton malicieux :

« Elle m'a dit aussi que tu étais le plus mignon avec ton nez de fille. »

Elle se moquait. Ce n'était qu'une blague. Une façon de titiller ma vanité de garçon. J'y répondis par quelque impertinence. Et sur l'instant il n'en resta rien que le goût fruité de la connivence qui nous liait.

D'ailleurs, nous n'eûmes même pas le loisir de prolonger le jeu. Des femmes qui avaient trop dansé entrèrent en gloussant. Angeline me renvoya, allez, l'endroit était réservé aux dames, ne savais-je pas lire ? Et je me perdis de nouveau dans la salle bruyante.

Mais on ne se méfie jamais assez des plaisanteries. On croit jeter un caillou, il provoque une avalanche.

Sans le savoir, nous négligions un détail. La formation qu'Angeline m'avait donnée me poussait à ne m'attacher qu'aux filles qui me portaient intérêt. Elle dota Laetitia d'un charme imparable.

*

Certains parents italiens encombraient leurs filles dès leur naissance d'un collier de prénoms clinquant comme une batterie d'amulettes.

Les parents de Laetitia n'avaient pas lésiné. Elle s'appelait aussi Bianca, Grazia, Maria et Donatella. Et si les avait poussés l'espoir de la préserver ainsi des impuretés du monde, ils étaient exaucés.

A seize ans, Laetitia affichait une limpidité de cristal. Avec un je-ne-sais-quoi dans le maintien, une sorte de luminosité tranquille, un parfum de droiture, qui en imposait.

Elle répondait aux questions par des murmures. Dans un premier temps, les professeurs lui demandaient de répéter plus fort. Elle reprenait mais sans élever la voix. Et au lieu de s'emporter comme ils l'auraient fait avec d'autres, les voilà qui s'inclinaient. Ils penchaient l'oreille et écoutaient.

En classe, quatre pupitres au moins nous séparaient. Quand je faisais le clown, elle était une des rares à ne pas se divertir. Elle tournait vers moi ses prunelles opaques. Et aussitôt montait en moi l'impression fugitive d'avoir par mégarde souillé un bouquet de fleurs.

Comment me serais-je douté qu'elle trouvait mon nez joli ? Je croyais ne représenter pour elle qu'un cancre tapageur. J'avais même décidé d'instinct de lui rendre la pareille. Elle avait, décrétai-je, les défauts de ses prénoms. Trop de « a », trop de candeur, trop de vertus, trop de bonnes notes. Elle était fine, je la jugeais menue. Elle était réservée, je la déclarais timide. Elle avait des traits purs et minutieux, je lui concédais un visage de future madone mais sans ce rayonnement, ce poudroiement de lumière dont les peintres de la Renaissance entouraient leurs modèles.

Quand elle s'asseyait, elle tirait l'ourlet de sa jupe jusqu'à ses genoux serrés. Elle avait une cicatrice sur le haut de la jambe. Blessure d'enfance. Son frère aîné Aldo, voulant lui apprendre à conduire un vélo, l'avait lâchée sur une pente. Accélération, déséquilibre, culbute. Le garde-boue lui avait entaillé la cuisse en croissant de lune.

Quelques-uns des garçons du lycée auraient beaucoup sacrifié pour y appuyer leurs lèvres. Cela les prenait comme une démangeaison qu'ils oubliaient aussitôt. Le sérieux de Laetitia les tenait à distance. Un seul d'entre eux insista. Ben-Slimane, mon voisin de banc.

Nous traversions les cours, côte à côte, tels de joyeux galériens attachés à la même rame. Mais nos plans d'évasion ne dépassaient guère le stade du bavardage. Il ne doutait pas de réussir là où nul n'avait persévéré. Il pratiquait une méthode de séduction infaillible. Il convia Laetitia à un de ses concerts.

Dans la villa de ses parents, trônait un superbe piano à queue, en livrée noire. Au clavier, le doux

Ben-Slimane se transformait en Benny Slimany, le rocker fou. Dès les premières mesures, les doigts ne lui suffisaient plus. Il y balançait les poings, les coudes, les talons, le front. Sous ce harcèlement, les touches se disloquaient. Leurs plaques d'ivoire giclaient, rebondissaient sur le carrelage, jonchaient les tapis. L'élégant piano finissait par ressembler à une star de cinéma qui aurait affiché un sourire ébréché. Ben-Slimane n'en avait cure. Il sautait dessus à pieds joints. Il le boxait. Il le secouait. Il en tirait des cris de chat torturé. La villa assoupie se réveillait en sursaut. Mère, tantes, sœurs, femmes de ménage accouraient. Le virtuose consentait alors à se calmer. Et tout en toussotant quelques félicitations, je l'aidais à ramasser les lamelles d'ivoire et à les fixer sur leur support pour le prochain récital.

Laetitia n'apprécia pas la séance à sa juste valeur. Elle aimait la retenue, la sobriété, les sucettes à la menthe, les sentiments flous, les paroles qui n'étaient pas prononcées. Elle déclina une nouvelle invitation. Ben-Slimane, piqué à l'âme, essaya la mélancolie. Il m'accabla de soupirs et de demandes de conseils. Il écrivit au stylo-bille sur ses avant-bras tous les prénoms de Laetitia. Il songea à abandonner le rock, à monter un orchestre symphonique. Bravant mes moqueries, il alla jusqu'à s'inscrire à la chorale du lycée que l'objet de ses tourments fréquentait du bout de la voix. Ce fut le sommet. A partir d'ici, la maladie déclina puis soudain passa. Ben-Slimane se réveilla en pleine vocalise. Tous ces frais ! Et pour qui ? Une statuette de nacre, toute en barrette, chemisette, jupette, socquettes ! Une pou-

pée-sucre d'orge qui battait des cils de loin! Lui,
Benny Slimany, qui était promis à un avenir débordant de groupies en délire consacrées à son culte!...
J'approuvai sans réserve. Je lui susurrais ces arguments depuis le premier jour.

Qui aurait cru que l'année suivante mon tour
viendrait? Qui aurait cru que la folie Laetitia me
prendrait au point de me tatouer moi aussi son
prénom sur les avant-bras?

Cela vint presque à mon insu, comme un trouble
négligeable, comme un bruit de fond qui ne dérangeait guère, comme un défaut d'étanchéité. Une
nappe d'eau monta, mais goutte à goutte et hors de
vue. Aurais-je regardé, le niveau m'aurait paru ne
subir aucune modification. Et pourtant la flaque
augmentait.

Des semaines s'accumulaient dont le souvenir
mérite peu de phrases. Je croyais n'être plein que
d'Angeline. Sur les marges de mes cahiers, je griffonnais les arbres de mes transformations. Leurs
troncs s'amincirent, les feuillages se dégarnirent, les
racines s'effilochèrent, victimes d'une intoxication
graduelle.

Il est vrai qu'Angeline me négligeait. Elle avait
postulé pour un emploi à l'Institut Pasteur. Elle ne
pensait qu'à l'obtenir. Elle ne voulait pas d'autre
sujet de conversation. Son humeur variait sans
arrêt. Des tremblements d'espoir enfantin alter-
naient avec des éclairs de doute. Mais le doute
lui-même n'était qu'une façon de conjurer le sort.
Elle était sûre de l'emporter. La déception la fou-
droya.

Je me souviens du jeudi où je la découvris en pleurs. Entre ses sanglots, elle insultait le Christ en croix au-dessus de son lit. Un aveugle ! répétait-elle. Il ne la voyait pas. Jamais les vœux qu'elle Lui adressait n'étaient exaucés. Jamais ses prières ne montaient à Lui.

Et elle me prenait à témoin. Elle hoquetait, Il ne me voit pas, Il ne me voit jamais, en se balançant comme pour bercer une migraine. Je ne savais quoi dire. Elle qui m'avait appris l'élégance de plaisanter de la pire infortune...

Elle se tamponna enfin avec un mouchoir, renifla.

« De temps en temps, je m'énerve. Je fais une bêtise. Je veux Le forcer à me regarder. Mais ça ne sert à rien ! Il ne me regarde pas !... »

Longtemps, ces mots m'ont poursuivi, et la tristesse mêlée de fureur qui les accompagna. Certains jours, j'y vois une explication à tant de ruades d'Angeline.

Il lui fallait braver les cieux pour tenter de briser l'indifférence qu'ils lui vouaient.

Et c'est ce que je réponds parfois lorsqu'un archiviste imbécile s'installe dans mon crâne et s'interroge avec incrédulité sur ce qui a pu attirer Angeline-la-Grosse chez le gamin que j'étais. Il lui fallait défier le ciel, voilà tout... Et peut-être ne fut-ce que cela. Peut-être n'ai-je vraiment été qu'une de ses bêtises, l'instrument d'une de ses provocations...

Mais sur le moment, ces subtilités m'échappèrent. Sur le moment, j'enregistrai son chagrin sans trop réfléchir. J'étais seulement embarrassé de ne rien trouver pour la consoler. Et puis, pourquoi tricher, j'étais venu faire le palmier. Je ne m'attendais pas à tomber sur ses larmes. Elles avaient beau me serrer le cœur, elles dépassaient mes proportions. Elles prenaient toute la place. Elles m'annulaient. Elles me poussaient dehors. Et tout ce dont je me souviens, c'est de mes regrets. Encore un jeudi manqué pour les arbres, soupirai-je en repartant. Je ne m'en inquiétais guère. C'était dans l'ordre des choses. L'hiver soufflait, saison qui réussit moins aux végétaux.

J'aurais dû m'en accommoder. Survivre à petit feu en attendant les beaux jours. Mais mon âge impatient exigeait déjà plus de secousses. L'envie de renouveau me tirait hors de moi comme une pente. Et sur mes cahiers barbouillés d'arbustes désolés, d'arbrisseaux condamnés avant que de naître, je me surprenais à crayonner de mieux en mieux les courbes qui composaient le profil de Laetitia.

Entre diable et ange

Je ne sais quand Laetitia me devint indispensable.
Je la dessinais. Quelle plus innocente occupation?... Elle s'installait à son pupitre. Et moi, à quatre bancs du sien, je dessinais son profil.

Les professeurs l'interrogeaient souvent. Avec elle, ils ne prenaient pas de risques. Les devoirs étaient faits, les leçons apprises, les réponses aux questions ne s'égaraient pas dans des digressions fantaisistes. Elle se haussait sur la pointe des pieds pour écrire la date sur la plus haute ligne du tableau. Et je dessinais l'étirement de son épaule. Je dessinais les fuseaux nets de ses mollets. Son écriture lui ressemblait, sage, blanche, sans aspérités. Entre ses doigts, la craie s'effritait. J'en retrouvais l'odeur dans ses cheveux, lorsque à la sortie un soubresaut du bus qui nous emmenait la lançait contre moi. Et des choses mille fois usées devenaient soudain inédites. C'était sa façon de rougir. Son regard qu'elle détournait. Ses ongles contre mon blouson. C'était brusquement mon nez chatouillé par ses cheveux. Et, comme une brise, son parfum de savonnette, d'écharpe en laine, de cahiers à petits carreaux. Nos corps semblaient tomber l'un vers l'autre. Ils ne se touchaient pas. Et dans cet effleurement, ce soin mis à s'écarter, ce refus de contact, ils vibraient comme écorchés vifs.

Je l'escortais alors jusqu'à sa porte. Elle habitait rue Ettroudi. Le tramway s'arrêtait devant le Petit Colisée — un ensemble de magasins enchâssés dans des galeries en marbre noir. Mais passé ce centre commercial, c'était un réseau de rues moins luxueuses, aux façades rapprochées et liées par des cordes à linge.

Des matrones s'époumonaient après leurs gosses ou s'insultaient depuis leurs balcons. L'eau des caniveaux charriait des tiges coupées, des pétales d'œillets, de la verdure fanée. Nous n'étions plus loin du marché aux fleurs, une petite place carrée que Laetitia voyait de ses fenêtres. Le vendredi, des fleuristes y livraient bataille pour des veuves en noir qui leur marchandaient des bouquets. Le reste du temps c'était un amas de planches à l'abandon, piles de bancs écroulées, gradins déformés et noircis par les intempéries. Et partout, dans des flaques, un hachis de branches, de feuilles, de brindilles, de fleurs rompues.

Une fontaine publique mal fermée servait de point de ralliement aux garçons du secteur. C'est là que naguère nous venions les défier pour une partie de football qui dégénérait souvent en mêlée générale. Aux chats errants à qui ils disputaient la place, ils avaient pris les dérobades et les feintes, les airs en biais et les coups de griffes difficiles à prévoir. Ils composaient la bande dite du marché aux fleurs, comme nous celle des ambassades. Ils nous battaient par l'âge et souvent par l'audace. Ils capturaient des moineaux à l'aide de tapettes à souris. Ils organisaient des spectacles d'accouplements de chiens en chaleur. Ils nous apparaissaient libres, brutaux et indomptables. Leur indépendance de vocabulaire nous séduisait. Ils parlaient des cours de catéchisme imposés par leurs parents comme des meilleurs endroits pour chahuter. Ils se présentaient à confesse à la queue leu leu, mais c'était pour jouer à qui parviendrait, par l'invention du plus horrible péché, à éjecter le prêtre hors du confessionnal. Et pour raconter les filles, ils étiraient des sourires lents sur leurs incisives cassées dans quelque bagarre.

Leurs chefs s'appelaient Gilou Sperazza, Victor Paoletti et Joël Tamazzo. Ils étaient inséparables. En insulter un, c'était se faire trois ennemis. Quatre, si l'on comptait Aldo, le frère aîné de Laetitia. Il grandissait dans leur ombre. Plus jeune, plus blond, moins expansif, inoffensif en apparence. Il ne donnait pas l'air de commander. Mais les autres ne prenaient aucune initiative sans l'avoir consulté.

Me séparaient de lui, en ce temps-là, l'antagonisme de nos quartiers, quelques bleus aux tibias et une obscure envie d'en découdre que nous n'assouvissions jamais. Mais depuis, ces divergences avaient perdu de leur acuité. Et Aldo, ses airs de chérubin perfide. Il avait pris une tête, étudiait à l'école des Maristes, et était devenu un grand garçon aux épaules osseuses et aux manières conciliantes.

Il venait chercher Laetitia le mercredi ou la plupart des mercredis. Il surgissait en Solex à la sortie du lycée. Et ses cheveux blonds que le vent décoiffait sans cesse attiraient le regard des filles. Parfois, à l'improviste, une ou deux autres mobylettes le suivaient, pilotées par Gilou Sperazza ou Victor Paoletti. Les machines vrombissaient autour du rond-point où tournaient les autobus. Les conducteurs échangeaient des rires en frôlant les voitures et prenaient des virages en s'inclinant jusqu'à terre comme sur un circuit de course. De tous, Aldo était le moins démonstratif. Il aidait sa sœur à s'installer sur son porte-bagages, et l'emmenait à petit train, poursuivi par ses compères qui zigzaguaient derrière lui.

Avant de disparaître dans une dernière pétarade, Laetitia m'accordait un battement de cils où je croyais lire sa déception de devoir m'abandonner. Et je regrettais de n'avoir pas su m'intégrer au groupe qui s'éloignait.

Je pris l'habitude de les retrouver le samedi après-midi.

Ils se réunissaient moins qu'avant à la fontaine du marché aux fleurs. Si on les cherchait, il fallait remonter une rue plus loin. On apercevait alors leurs mobylettes garées devant le café Colonna, un bistrot que la génération qui les précédait avait élu avant eux.

Leurs pères y faisaient encore quelques haltes. Eux seuls pouvaient se permettre de surnommer le patron « Fantchoulo » sans se faire éjecter. Ils lui parlaient en patois comme en code, tout en se roulant une cigarette. Avant de repartir, ils écrasaient bien leur mégot dans un cendrier et, pour tout paiement, frappaient le comptoir du plat de la main. Ils semblaient ne jamais régler les consommations.

Pourtant, dès l'entrée, placé en évidence au-dessus du comptoir, un écriteau terrorisait les clients.

« Si vous buvez pour oublier, alors payez d'avance ! »

L'arrière-salle contenait une table de billard presque hors d'usage. Le feutre qui la couvrait était râpé. Trois plis en ridaient la surface. Le maître des lieux, M. Colonna, jurait souvent qu'il le remplacerait. Mais lorsque des joueurs, fatigués par la trajectoire imprévisible des boules, lui rappelaient sa promesse, il s'énervait. Il venait lisser le drap du plat de la main. Il crachotait plus fort que son percolateur. Et les plaignants reprenaient la partie sans demander leur reste.

Je m'asseyais rarement à une table. Je regardais jouer Aldo et ses amis. J'aimais la façon fluide dont ils se mouvaient. Ils prenaient un temps fou pour étudier le point à faire. Ils frottaient de craie bleue le procédé et me considéraient avec un air malin. Mon tour d'entamer une partie approchait. Ils me défiaient, alignaient des points que mon inexpérience du jeu ne m'autorisait pas, et me prenaient mon argent de poche. Je le leur cédais volontiers. J'étais content de pouvoir payer en quelque sorte mon adhésion au groupe. Et ils me convoquaient pour une revanche la semaine suivante, pressés de me détrousser encore.

Parfois, Laetitia passait. Seule ou en compagnie d'une voisine. Elle ne portait plus son uniforme sévère des jours de lycée. Elle s'enveloppait dans de vastes chandails que j'avais déjà aperçus sur Aldo et qui accentuaient son air de fillette égarée dans un monde d'adultes. Gilou Sperazza s'exprimait alors plus fort et se mettait à jongler avec sa queue de billard. Laetitia s'arrêtait pour suivre ses grimaces et Gilou prenait cet arrêt pour de l'intérêt. Elle trempait ses lèvres dans le verre de diabolo-grenadine que son frère faisait durer tout l'après-midi. Elle ne semblait pas surprise de me découvrir. Nous échangions trois mots sur des travaux scolaires dont je me fichais éperdument. Et je sentais errer sur moi le regard d'Aldo. Il me fixait longtemps de ses yeux pâles, avec une expression tendue comme s'il cherchait à se rappeler quelque chose.

En regagnant mon quartier, je me découvrais l'objet d'une incompréhensible dilatation. Une richesse s'était accumulée qui exigeait d'être dilapidée sur-le-champ. Alors, je gambadais. Je sautais en l'air. Je dévalais des escaliers sur la rampe. Je courais entre les voitures. Ou je me heurtais aux passants en lançant au ciel un rire de fêtard.

*

Un samedi, au café Colonna, je les vis comploter. Ce n'était pas la première fois. Ils fourmillaient de cachotteries qui m'excluaient. Je n'essayais guère de tendre l'oreille ; même si à leurs yeux qui se dérobaient, je sentais que j'étais la proie de ces messes basses. Je ne prenais que ce qu'ils m'accordaient. Je me concentrais sur les boules qui roulaient. Et j'attendais qu'ils m'ouvrent de nouveau leur cercle.

Soudain, ils m'entourèrent.

Je feignis de les ignorer. Penché sur le tapis du billard, j'ajustais mon tir. Ils m'assistèrent en silence, comme s'ils ne voulaient pas perturber ma concentration de débutant. Je poussai doucement la boule blanche. Elle rebondit sur une bande, se dirigea vers le coin où la rouge se tenait. Un pli du drap faussa sa course et l'immobilisa. J'émis un claquement de langue déçu et passai ma canne à Victor Paoletti. Il avait la manie de commencer par se servir du « bleu ». Mais au lieu de jouer, il resta planté à me dévisager comme les autres. Je perdis contenance.

« Qu'est-ce qu'il y a? On ne joue plus? »

Aldo me répondit avec douceur.

« Tu es baptisé? »

Je choisis d'en rire. Quelle question! Ils savaient bien que j'étais juif. Ma réaction les amusa. Qui me parlait de religion?...

Il s'agissait de femmes. D'une, en particulier. Mme Gresse.

Ils mentionnaient ce nom pour la première fois. Et j'entendis « Mme Graisse ». J'aurais tout aussi bien pu comprendre « Mme Grèce ». Mais j'étais hanté par Angeline. Et mes hantises m'entraînèrent vers la faute d'orthographe qui m'avantageait le moins. Mme Graisse? Un surnom qu'on lui attribuait dans ce quartier? Dans ce cas, pourquoi y faisaient-ils allusion ? Avaient-ils appris les liens qui m'unissaient à elle ? M'avaient-ils vu à mon insu pénétrer dans l'immeuble rue des Selliers ?... Je me préparai à affronter un interrogatoire en règle.

Heureusement, je me fourvoyais. C'était bien Mme Gresse.

Rassuré, j'écoutai leurs explications. Mme Gresse constituait la légende la mieux gardée de la bande du marché aux fleurs. Une carnivore ! Une dévoreuse !... Détail capital, elle détestait les hommes. Elle n'appréciait que les moins de vingt ans. Mieux, elle les recherchait. Elle en raffolait. Elle avait « baptisé » chacun de ceux qui m'entouraient. Une merveille, assura Aldo. Insatiable, renchérirent les autres avec délice. Et ils m'offrirent d'en profiter. Tout de suite.

Je n'en crus pas mes oreilles. Débarquer chez une inconnue ? Sans avoir été annoncé ? Ils devaient plaisanter. Mais non, c'était sérieux. Je lui plairai, ils en étaient persuadés. Ils la connaissaient bien. Ils se relayaient auprès d'elle à tour de rôle. Aujourd'hui, Gilou Sperazza devait lui rendre visite. Il me suffisait de prendre sa place...

Si je disais que je bondis sur l'occasion, je mentirais. Je ne me sentais pas l'âme aventureuse. Je ne fus pourtant pas long à accepter. Plusieurs sentiments m'embarrassaient. Mais je ne tardais pas à éprouver une certaine fierté. Leur proposition me flattait. C'était plus qu'une aubaine. Une marque de confiance. La promesse implicite de devenir un membre à part entière de leur groupe. Refuser aurait relevé de l'injure. Et puis, que risquais-je ?

N'étais-je pas fort de l'expérience que m'avait donnée Angeline ?... J'étais surtout dévoré de curiosité au sujet de cette Mme Gresse.

Ils m'emmenèrent. En bas d'un immeuble, ils me prévinrent. Mme Gresse était un peu spéciale. Il lui fallait tout un cérémonial. Et surtout, elle était très pointilleuse sur l'hygiène. Étais-je assez présentable ? Ils vérifièrent. Ils me reniflèrent des cheveux aux chaussettes. Ils m'obligèrent de dégrafer ma ceinture pour contrôler mes sous-vêtements. L'examen les contenta de justesse. Ils me propulsèrent enfin vers les étages. Ils ne cessaient pas de m'abreuver de recommandations. Ils sonnèrent à une porte, puis se dissimulèrent. Avant de me laisser, Aldo qui sentait bien mon irrésolution, m'encouragea d'une tape sur l'épaule.

Mme Gresse parut enfin. J'attendais une sirène suintante de lubricité. Je ne reçus d'abord qu'une masse de cheveux brun roux qu'elle frictionnait avec une serviette de toilette, et une bouche fardée, lourde, au pli non pas canaille mais désabusé.

En me voyant, elle marqua un étonnement. Je toussotai que Gilou Sperazza avait eu un empêchement. Je venais à sa place.

Le contretemps parut l'ennuyer. J'étais prêt à essuyer un refus. A vrai dire, j'en aurais été soulagé. Déjà mon esprit bourdonnait d'excuses pour repartir sans perdre la face. Mais elle accepta de me recevoir.

J'entrai dans une bonbonnière. Des étagères, des vitrines chargées de bibelots, des capitonnages. Une ambiance et des odeurs de magasin pour dames, lingerie fine, parfumerie, où la vendeuse aurait été moins accueillante, parce que surprise avant l'ouverture, les pieds nus dans des mules en tissu-éponge et un peignoir de bain enfilé à la hâte par-dessus sa robe.

Tout en essorant ses mèches ruisselantes, elle me signala :

« Comme il tardait, j'ai commencé le shampooing... »

Était-ce la manière qu'elle avait choisie aujourd'hui pour se mettre en train ? Aldo m'avait prévenu. Éviter les discours, surtout au début, pas de questions ni de remarques, rien qui pût la contrarier. Se laisser porter. La récompense viendrait à son heure.

Elle me considéra mieux, un peu méfiante.

« Vous avez l'air bien jeune ?... Vous débutez ? »

Elle n'en semblait pas particulièrement enchantée. Je bafouillai un son indéchiffrable. Cela parut lui convenir.

« Enfin, si Gilou vous a envoyé... »

J'entendais encore les paroles extasiées des autres. « Une bombe atomique... Elle te torche d'un coup de langue... Elle t'enfourche comme une bécane et elle t'explose la moelle des os. » Si c'était le cas, elle cachait bien son jeu. Je ne voyais qu'une dame plutôt sèche, à l'œil dur de poule veillant au grain.

« On prend ce fauteuil... C'est celui que Gilou préfère... Vous pouvez le porter dans la salle de bains... Mais posez d'abord votre veste... »

Elle m'ouvrit le chemin. J'ôtai mon blouson. Je

tirai le fauteuil. Celui que Gilou préférait?... J'imaginai leurs contorsions sur ce siège. Un vertige de convoitise me saisit aux tempes. J'en aurais tourné de l'œil si l'étrangeté de la situation ne m'avait autant secoué. Je rameutais les bribes de culot qui me restaient pour demeurer à la hauteur de l'aventure. Je contemplai Mme Gresse. Ses lèvres au rouge violent qui la vieillissait, et tapie derrière, rose, intime, la pointe mouillée de sa langue. Elle avait des dents très belles, carrées et blanches, comme ces chewing-gums qu'on achetait par dix dans une boîte plate marquée Chiclets.

Elle m'indiqua une tablette près du lavabo. Je pouvais y poser mes affaires. Mes affaires?... Qu'étais-je censé répondre? Déboucler ma ceinture et baisser mon pantalon? Cela me semblait prématuré.

Mme Gresse eut une sorte de rire.

« Vous avez bien apporté vos ciseaux?... »

Mes ciseaux? Oui bien sûr, mes ciseaux. C'était de plus en plus limpide... Mais sa voix avait maintenant des inflexions caressantes. Et une veine bleue battait dans son cou. Que faire? Pourquoi demeurais-je aussi empoté? A quoi me servait mon apprentissage avec Angeline?... Le chuchotis d'Aldo revint me galvaniser. Un volcan, tu verras... La propreté, son idée fixe... Si elle s'emballe, dis-lui bien que tu as pris un bain...

J'eus une illumination. Mme Gresse me trouvait crasseux. Voilà pourquoi elle m'avait entraîné dans la salle de bains. Désirait-elle que je me lave?...

Je ne crus pas avoir prononcé la question. Pourtant elle l'entendit. Ou du moins elle entendit un balbutiement que ma gorge nouée déformait. Je m'éclaircis la voix et répétai. J'aurais mieux fait de me taire. On m'avait averti. Mais se pouvait-il que le risque fût aussi élevé ?... Je tentai de rattraper ma gaffe. Je m'enferrai. Je perdis pied. Plus les mots quittaient mes lèvres, plus celles de Mme Gresse se tordaient de dégoût...

Quelles ont pu être les phrases qui transformèrent l'adolescent insensé que j'étais en un objet de répulsion absolue ?... Ma mémoire les refuse. Elle ne me restitue que des bras qui se jetaient en l'air. Des yeux qui m'injuriaient. Des cheveux qui m'attaquaient comme des serpents. Je pensai que j'allais m'évanouir. Je dus m'évanouir. Oui, je dus perdre connaissance et rêver. Un cauchemar, ces cris. Ces insultes. Ces surprenants décrochements de la mâchoire inférieure, comme si Mme Gresse essayait de débarrasser ses molaires d'un caramel mou.

Et cette impossibilité que j'avais à réagir. Cet aveuglement. Cette semi-surdité... L'avalanche m'encapuchonnait... M'emporta-t-elle ? Ai-je fini par détaler sous la violence des rafales ? Mme Gresse me flanqua-t-elle dehors ? Me refit-elle traverser l'appartement en sens inverse ? M'envoya-t-elle mon blouson à la figure ?... Je me réveillai, le cœur grelottant, dans une cage d'escalier. Des éclats de rire tournoyaient très près. Aldo et sa bande se tenaient les côtes.

Ma raison inerte ne se ranima qu'une fois de retour au café Colonna.

L'évidence aurait dû me frapper plus tôt. Shampooing, ciseaux... coiffure pour dames. Gilou Sperazza faisait un stage dans le salon de son oncle. Il exhibait des ongles brûlés par les teintures et se vantait sans arrêt de la taille de ses pourboires. Mme Gresse lui avait demandé de la coiffer à domicile. Elle le payait moitié moins cher qu'au salon. Mais pour lui, c'était tout bénéfice... D'ailleurs, il était monté chez elle sitôt que j'en avais été éjecté. J'ignore comment il expliqua ma visite. Parla-t-il d'un fou, un collègue, un rival, un employé du salon qui espérait lui voler sa cliente ? Donna-t-il quelque autre invraisemblable raison ? Peu importe, elle dut le croire, puisqu'ils poursuivirent leur arrangement...

Je me sentais piteux. Tomber dans un pareil attrape-nigaud. Moi, le dégourdi, le chevronné, qui jadis dans mon avenue en avais piégé plus d'un au coup des Cinq Pierres Qui Volent. Comment n'avais-je pas reconnu cette façon d'appâter le gogo, de l'encadrer, de l'enfermer dans un mirage, de le saouler de conseils et d'énergie pour l'empêcher de réfléchir ?...

J'aurais dû en rire. D'habitude, mes propres déboires m'amusaient au moins autant que ceux des autres. Mais je ne pouvais pas. J'étouffais de rancune contre moi-même. Et les railleries qui m'environnaient achevaient de me diminuer.

Je me levai. Je voulais partir cuver sans témoin mon humiliation. Aldo me rattrapa. Je revins m'asseoir. Pour Laetitia, me disais-je. Pour l'amour de Laetitia... Ce n'était qu'à moitié vrai.

Aldo avait déjà sur moi cet ascendant qui ne cessa d'empirer.

On ne pouvait pas s'empêcher de lui faire
confiance. Cela tenait à sa blondeur, à ses manières
jamais ouvertement hostiles, et à un sourire réceptif
dont il jouait à la perfection. Il lui suffisait de
l'afficher, l'espace d'un instant il devenait l'ami
qu'on avait toujours souhaité avoir.

Même les animaux s'y trompaient.

Un soir que nous traînions aux alentours du
marché aux fleurs, un chiot s'approcha. Aldo lui
laissa flairer ses chaussures. Puis il passa l'une d'elles
sous le ventre de l'animal et, d'un coup de pied, le
catapulta soudain dans les airs. Le chiot, moins gros
qu'un gros chat, fit trois cabrioles avant de s'affaler
durement sur le trottoir. Il se releva en titubant,
détala d'une traite. Puis sa frayeur s'effaça. Et je le
vis avec étonnement revenir en trottinant se frotter
au soulier d'Aldo. Il semblait dans l'incapacité de
croire que c'était à lui qu'il avait dû sa punition.

Les filles aussi s'y laissaient prendre. Elles
venaient à lui comme ce chiot. Elles étaient à Laetitia
ce que le cri est au murmure. Et dans mon souvenir,
elles se confondent toutes.

Aldo écoutait leur caquetage incessant, l'œil
embusqué derrière sa mèche. Il leur répondait avec
sa suavité coutumière et ce sourire infiniment
tendre dont elles ne savaient pas reconnaître la
toxicité. Je n'attendais que le moment où il leur
passerait le pied sous le ventre pour les envoyer
cabrioler en l'air. Mais il n'était pas pressé. Gilou
Sperazza, Joël Tamazzo ou Victor Paoletti en profi-

taient pour leur voler un baiser. Et elles s'échappaient en piaillant...

Il était un pôle. Absent, il manquait, on l'attendait. Présent, tout s'organisait autour de lui sans qu'il en exprimât le besoin. On ne savait jamais ce qu'il allait dire, ce qu'il allait faire, ni ce qu'il pensait vraiment. Ses réactions, ses reparties, surprenaient. Et la moindre de ses attitudes dégageait une impression d'indépendance totale.

De plus en plus je me prenais à copier ses gestes, ses manières opaques, sa façon de se déplacer. J'allais sur les trottoirs comme si la rue m'appartenait. Je parlais presque sans remuer les lèvres avec une affabilité que mes yeux se chargeaient de démentir. Un venin me remplissait, me durcissait comme un poing qui se ferme.

Mon père s'étonnait. J'en étais ravi. Aldo aussi avait des ennuis avec son père. Il le considérait comme un ennemi. Il lui reprochait l'extrême modestie de sa condition, son caractère intraitable, ses accès de violence. M. DiMartino ouvrait rarement la bouche. Mais ses silences étaient des points d'exclamation.

Un jour, Aldo avait refusé de se faire couper les cheveux. Son père avait brandi le coupe-choux qui lui servait à se raser, et lui avait saccagé les mèches de sa frange. Un pareil comportement ne s'écartait pas tellement de la norme. Les pères de famille italiens ne badinaient pas avec le respect. Ils affichaient néanmoins une passion sans bornes pour leurs fils. Même lorsque la colère les tordait, leur affection, leur fierté paternelle sourdaient par tous

315

leurs pores. Pas M. DiMartino. Il était l'unique personne au monde à être réfractaire au pouvoir de séduction d'Aldo. Et leurs rares échanges étaient lourds d'hostilité...

Cette hostilité, je la fis mienne. Mon père, excédé, regardait ma mère. Je redoublais d'insolence. Je voulais des affrontements dont je sortirais vainqueur. Quelquefois, une gifle mal esquivée me dévissait la tête. Je me resserrais sur ma douleur. Je m'en servais pour me tremper davantage. L'ombre d'Aldo venait m'épauler et je me raidissais avec lui.

En classe, j'en perdis complètement le sens de la subordination.

Je ne comptais déjà pas parmi les élèves faciles. J'étais l'agitation. J'étais le bruit. J'attirais l'attention sur mes gestes pour la mieux détourner de mes secrets. Et la plupart de mes amis me ressemblaient.

De nombreux professeurs avaient juré de clouer ma dépouille aux quatre coins du tableau. J'avais appris les réflexes du gibier traqué. Et jusqu'ici, une sorte d'instinct de survie professionnel m'avait protégé.

Ma résistance s'amoindrit. Je ne vis plus arriver les chasseurs. Les punitions plurent. Papiers différemment colorés suivant la gravité des fautes sanctionnées. Il fallait les faire signer par les parents. Je les signai moi-même, afin d'éviter la rudesse des tempêtes paternelles.

Le surveillant général intervint. La seule mention de son nom, M. Dappiéteau, suffisait à semer la terreur sous les préaux. Il traversait le lycée comme une goutte de pénicilline dans un bocal de bactéries.

Autour de lui se créait immédiatement une zone désinfectée.

Du temps qu'il était professeur dans un collège technique, une forte tête avait osé planter sur sa table un couteau à cran d'arrêt. D'autres en auraient été impressionnés. Pas M. Dappiéteau. Il avait simplement sorti le tiroir de son bureau, l'avait vidé sur l'estrade. Puis il en avait asséné un tel coup sur le crâne de l'imprudent que celui-ci s'en était retrouvé encadré jusqu'aux épaules...

Il m'interpella en se frottant les mains, avec une mine de crocodile prêt à savourer enfin un repas trop longtemps différé.

« Vous avez des talents incontestables. Mais pas celui de faussaire. Votre imitation de la signature de votre père est remarquable de nullité!... »

C'était la goutte qui faisait déborder la coupe de mes inconduites. J'étais bon pour le conseil de discipline, la mise à l'écart, l'exclusion définitive.

Il convoqua mon père pour le lundi suivant.

Je me souviendrai toujours de ce lundi matin. Il arriva au terme d'une nuit lancinante que le sommeil fuyait.

Souvent, ma mère me chipait ma couverture pour m'obliger au réveil. Cette fois-ci, elle me trouva debout et comprit qu'un jour décisif débutait. J'avais mis à profit mon insomnie pour me préparer à l'affrontement. Mon père s'apprêtait à déjeuner. Je lui tendis la convocation que j'avais tant hésité à lui remettre. Il l'ouvrit, la lut. Son visage s'empourpra.

« Tu as gardé ce papier combien de temps? »

Sa voix rentrée, éteinte, témoignait de l'effort auquel il s'obligeait pour ravaler sa colère. Je bredouillai :

« Une semaine. »

Il vida son bol sans me quitter des yeux.

Quelques samedis plus tôt, au café Colonna, le père d'Aldo, M. DiMartino, s'était arrêté au bar. Il revenait d'un de ses chantiers d'ouvrier maçon. Sous sa veste de cuir râpée, son bleu de travail était maculé de traces de plâtre. D'ordinaire, il se changeait avant de rentrer chez lui. Mais ce jour-là, remettre ses vêtements propres avait dû excéder ses forces. Il avait l'air harassé. Il avait commandé un verre puis un autre qu'il lampa d'une traite. Au moment de repartir, il avait fait signe à son fils de le suivre. Aldo n'avait tardé que quelques secondes à obéir. M. DiMartino n'avait pas supporté cette atteinte à son autorité. Il s'était jeté sur son fils et l'avait éjecté d'une bourrade. Sur le trottoir, il l'avait poussé pour le faire avancer plus vite. Aldo n'avait rien dit. Il avait accepté les brimades sans cesser de soutenir le regard furieux de son père. — Moi non plus je ne fléchirai pas...

Mon père reposa son bol avec soin. Chaque gorgée de café avalée semblait avoir directement noirci son humeur. Ses doigts tremblaient. La fureur l'enflait à tel point qu'il remuait à peine, comme pour éviter d'en décharger les effets sur quelque objet innocent.

Au lycée, M. Dappiéteau apprécia ce bouillonnement en connaisseur et entreprit de déployer tous ses talents pour en accroître l'intensité.

Il commença par un récit détaillé de mes turpitudes. Son ton, mis au point de longue date, oscillait entre l'indignation envers le vaurien dont il dénonçait les méfaits et la compassion pour ce père méritant qui avait la malchance de subir un tel fils.

Puis il soupira, non sans hypocrisie.

« Mais je ne vous apprends rien que vous ne sachiez déjà, n'est-ce pas... Ses professeurs lui ont donné des punitions que vous avez dû signer... »

Mon père approuva. Depuis le début, il se tenait ramassé sur lui-même, bloc d'exaspération tout entier occupé à retenir un élan dévastateur.

M. Dappiéteau toussota.

« Je crains de n'avoir pas bien saisi. Vous ne les avez pas signées, n'est-ce pas ? »

C'est alors que survint l'imprévisible. Mon père affirma d'une voix blanche :

« Je crains que si. »

Sa signature était inimitable. Deux boucles tarabiscotées, serrant entre elles un graffiti épileptique. Malgré un entraînement acharné, je n'étais parvenu qu'à de minables gribouillages.

M. Dappiéteau faillit en tomber de son fauteuil.

« Ne me dites pas que c'est vous qui avez signé ces... ces...

— C'est moi.

— Mais non ! Vous ne me ferez pas croire cela.

— Et pourtant... »

M. Dappiéteau eut une hésitation, un rictus, puis repartit à la charge.

« Je comprends mal ce qui vous pousse. Mais il se trouve que nous avons un exemplaire de votre signature sur le carnet de corres... »

Mon père l'interrompit.

« J'ai plusieurs signatures. Donnez-moi un crayon je vais vous montrer. »

Je n'osais en croire mes yeux. J'avais attendu des brutalités. J'avais attendu des sévices. Je m'étais préparé à des emportements devant lesquels je me serais fait un point d'honneur de ne pas plier. Combat perdu d'avance, bien sûr. Mais il s'agissait moins de vaincre que de guerroyer. Et qu'est-ce qui advenait ?... Mon père, cet imposant adversaire, choisissait la défaite. Il se rangeait de mon côté. Il s'appliquait à imiter laborieusement l'imitation de sa propre signature.

Quelle raison le motiva ?... Goût du contre-pied ? Il appréciait peu qu'on lui soufflât sa ligne de conduite... Voulait-il me sauver du conseil de discipline ? Préserver ma scolarité en danger ?... N'avait-il pu souffrir l'image du fils indigne que lui proposait M. Dappiéteau ?...

Une bonne gifle aurait été plus expéditive, plus libératoire. Elle m'aurait disloqué et aurait disloqué la chaise sur laquelle j'étais posé. Et l'ordre des traditions aurait été respecté.

Mais il préféra lorgner de biais comme un mauvais élève les feuillets étalés devant lui, et contrefaire sur un bloc les signatures qu'il affirmait siennes. Il finit par proposer un hiéroglyphe informe, aussi éloigné de ce qu'il copiait que mes imitations l'étaient de son paraphe.

M. Dappiéteau n'y accorda même pas un coup d'œil. Il se dressa, raide. Et sa mâchoire de crocodile claqua dans le vide.

« Monsieur, je crois que vous rendez à votre fils un bien dangereux service. »

L'entretien était terminé. Nous sortîmes du bureau. Nous sortîmes du lycée.

Lorsque Aldo et son père s'affrontaient, on aurait juré un prince toisant un paysan vulgaire, jaloux de ses privilèges. Mon père et moi non plus nous ne nous ressemblions guère. Mais qui nous voyait ensemble distinguait bien qui des deux dénoncer. J'avais l'air d'un sacripant qui courait derrière un seigneur. Que m'était-il arrivé ? Pourquoi m'étais-je efforcé d'épouser une rébellion qui ne m'appartenait pas ?...

Le temps n'était pas si lointain où, quand nous allions au marché, il m'étreignait par l'épaule. J'aurais donné beaucoup pour qu'il refît ce geste. L'absence de contact me broyait. J'aurais aimé lui prendre la main. Mais je n'osais rien.

Un taxi en maraude passa. Mon père lui fit signe. Avant de monter, il m'observa. Était-il triste ? fatigué ? désenchanté ?... Ses paupières avaient leur pli habituel — un peu plus oblique peut-être. Elles m'avaient toujours fasciné. Quand j'étais bébé et qu'il penchait son visage sur moi, mon premier geste était paraît-il pour les atteindre. Je voulus lui parler. Trop tard. Le taxi démarra. Je me mis à courir après la voiture. Le chauffeur me vit gesticuler dans son rétroviseur et freina. Mon père ne s'étonna pas de me retrouver à sa vitre. Il attendit une parole. Mais je manquais de souffle et d'idées. Il tapota alors ma main qui s'accrochait à la portière et me gratifia d'un de ses sourires matois.

« Je sais, je sais... Tu es mauvais. »

Le taxi s'éloigna puis disparut.

J'aperçus soudain du vert partout. Des employés municipaux taillaient des haies. Leurs sécateurs cliquetaient en mesure comme des castagnettes. Et l'air printanier, insoutenable de mansuétude, me prenait à la gorge.

Je m'assis sur un banc public. Je n'avais plus aucune raison de m'agiter. D'ailleurs, je ne comprenais plus pourquoi j'avais tant et si mal bataillé. Je dépensais une énergie folle à me débattre. Contre quelles entraves ?... Même à l'arrêt, le corps au repos, je grésillais de nervosité tel un sportif qui s'apprête à affronter un record auquel il se sent mal préparé.

Je me rappelle qu'Angeline s'en agaçait parfois.

« Arrête de grouiller, me disait-elle. Tu grouilles tout le temps. Même quand tu ne bouges pas, tu grouilles ! »

Ma grand-mère aussi percevait ces remous qui me propulsaient à tort et à travers. Elle avait essayé de m'en guérir à sa manière.

« Si la chance est avec toi, pourquoi tu cours ?... Et si la chance n'est pas avec toi... pourquoi tu cours ? »

Cela tombait sous le sens. J'aurais dû y rêver et en tirer les conclusions qui s'imposaient. Mais j'étais pressé d'obtenir des réponses. Je lui avais demandé un peu vite si la chance me souriait. Elle m'avait frappé au front. Depuis qu'elle s'était fracturé le col du fémur, elle utilisait une canne pour se déplacer. Elle m'assena sur la tête un coup de cette canne. C'était sans doute affectueux de sa part et non dénué d'indulgence. Je n'en vis pas moins des étoiles. Et alors qu'à demi étourdi je tentais de retrouver ma lucidité elle me confia, comme à contrecœur et sous le sceau du secret, une parole qui sembla l'émoustiller.

« Un jour, les hommes te donneront une couronne! »

On peut sourire. On peut affirmer que les cartomanciennes ne lisent que nos espoirs. Pourtant, il faut l'admettre, ma grand-mère avait l'intuition de certains événements à venir.

Une fois, elle me pria de lui apporter un peu de terre. Je mis du temps à en trouver. Nous étions dans son logement. Et je dus gratter le contenu d'un vieux pot de géraniums accroché à sa fenêtre.

Elle en tria les cailloux et s'arracha une sorte de cri.

« Je mourrai affamée! »

Je pris la chose à la légère. Elle qui affirmait ne se nourrir que de pain et d'olives...

J'avais tort. Quelques années plus tard, sa prévision s'accomplit. Son fils aîné, qu'elle plaçait aux nues, la trahit. Elle l'encombrait, il l'envoya dans une maison de retraite où elle refusa de s'alimenter. Elle s'y éteignit en moins d'un mois, emmurée dans son chagrin.

Mais, suffit. Je veux ne rester qu'en des temps moins redoutables. Ma grand-mère vivait, qui dispensait sa lumière bénéfique. Mon père, ce géant que par un absurde mimétisme je m'étais efforcé de rapetisser, avait le talent des hirondelles qui d'un coup d'ailes, même pas, d'un simple déplacement d'air, rétablissent l'équilibre de leur oisillon parti en chute libre.

Au lieu de m'abîmer au sol, j'étais posé sur un banc au cœur d'un monde enfin limpide. D'invisibles nœuds dont je n'avais perçu que la tension se dénouèrent. Une sérénité que je n'avais jamais pensé mériter m'envahit. Et je crus bien avoir franchi l'aiguillage qui lançait ma vie vers sa voie idéale.

*

Au même moment, d'autres verrous cédèrent.

Angeline trouva du travail dans une clinique. Elle torchait les malades. Mais elle s'y rendait en tramway, irradiée de fierté comme une souveraine à la parade. Ses horaires en furent bouleversés. Nos jeudis qui avaient tendance à s'espacer se raréfièrent davantage. Je ne m'en plaignis pas. Je n'étais attentif qu'à Laetitia.

La classe terminée, nous nous dégagions de l'essaim de nos camarades. Nous nous éloignions sans témoins. Un garçon et une fille revenant ensemble du lycée. Rien de plus. Mais il fallait voir comme nous marchions alors. Avec une précaution extrême, comme sur deux fils parallèles suspendus au-dessus du sol.

A y repenser, j'ai l'impression que ce genre de promenade dura des semaines. Il me semble que longtemps ce fut l'essentiel de nos activités. Je nous vois, après les cours, marcher cartable contre cartable, le long des rues ou d'un jardin public, à dire des mots qui en cachaient d'autres, en reculant sans finir le moment de se séparer.

Le choix était pourtant moins limité. Nous aurions pu siroter des sodas à une terrasse de café. Nous chercher des doigts dans le noir d'une salle de cinéma. Ou encore nous effleurer des joues et un peu des lèvres en musique le dimanche dans ces fameuses réunions dont le nom explosait. C'était, c'est toujours je crois, « sortir ». Et il faut se rappeler cette époque ligotée où les passions entre adolescents ne devaient se contenter que de miettes.

Mais Laetitia fuyait ces pauvres libertés. Elles ne s'accordaient ni à sa nature ni à son éducation. Son temps, assez minuté, se partageait entre le lycée et la maison — j'aurais dit entre deux cages. Et ses oreilles entendaient mal les propositions qu'elle désapprouvait. Quand je tentais de la convaincre, elle s'immobilisait. Elle me considérait avec cette indulgence, cette politesse que l'on peut manifester devant un étranger faisant un effort de traduction.

Je remarquais alors ses yeux. Ils étaient marron, ils étaient verts, ils étaient fauves, couleur de miel. Le moindre rayon de lumière les dorait. Ils s'épanouissaient soudain, surprenants de jaune comme deux cœurs de marguerites. Comment avais-je pu si longtemps croiser ces prunelles sans les voir ?... Elles me défaisaient. Elles ne lisaient en moi que ce qui était propre. Je pouvais remuer les épaules, ajouter du défi à mes rires, copier les airs d'affranchis, mon masque craquait. Mon assurance fuyait. En moi, au plus secret de moi, une fissure s'élargissait. Et l'être nu et vulnérable que j'étais à ma naissance, cet innocent que j'avais cru soigneusement enseveli sous les années de trottoir et de bagarres de rue, se mettait à appeler. Et je fondais. Je balbutiais avec lui. Je perdais mes arguments et le fil blanc qui les cousait. J'oubliais ce qu'elle voulait que j'oublie. Je n'aspirais à rien d'autre qu'à frémir en sa compagnie au bord d'épanchements imprécis. Et la minute que nous vivions devenait si aiguë qu'elle ne pouvait se vivre jusqu'au bout...

Je la rejoignais à la bibliothèque municipale. Elle y rassemblait des éléments pour un exposé de géographie. J'essayais de la dissiper. J'étais jaloux de son intérêt pour des matières que j'avais décrétées mineures parce qu'elles nécessitaient plus de mémoire que d'intelligence. Laetitia tentait de m'expliquer pourquoi j'avais tort.

Parfois, elle amenait un goûter. C'était du pain avec des tomates ou de la confiture d'oranges amères fabriquée par sa mère. Elle mordait dans ce sandwich avec prudence. Des miettes tombaient quand même sur les livres ouverts. Elle les balayait d'une main, en détournant de moi un sourire intimidé.

Elle devenait soudain d'une beauté fulgurante. Mais c'était fugitif. Je cherchais en vain ce qui sur son visage m'avait saisi.

Je la regardais. La journée s'en allait. Je ne pensais même plus par phrases entières. Je rêvassais. Je béais. Je griffonnais n'importe quoi.

Je ne pressentais pas que j'écrirais ces pages. Ni qu'elles chercheraient à lui ressembler. Lisses comme elle, sans apprêt, et retenues. Une netteté qui diffusait de la paix, mais qui aussi sécrétait du flou, de l'attente. Avec çà et là, imprévue, une mollesse, pareille à celle qui creusait sa lèvre inférieure et qui m'émouvait jusqu'au vertige.

Je ne soupçonnais surtout pas que bientôt son innocence m'apparaîtrait comme la pire des roueries.

*

Ce fut en avril. Je venais d'arriver à la bibliothèque. Je m'émerveillais de cet îlot de silence au centre d'un quartier tonitruant, proche de celui des souks. Quand brusquement le tourbillon de la rue pénétra derrière moi.

Une fille aux allures de putain tentait d'échapper à un gaillard furieux. Il la coinça contre un présentoir vitré. Elle essaya de lui crever les yeux avec sa chaussure à talon aiguille. Il la jeta à terre, s'assit sur elle et se mit à la gifler avec une sauvagerie extraordinaire. Une petite foule horrifiée se groupa autour d'eux. Elle dut me porter car malgré moi j'intervins. L'individu me tournait le dos. Je voyais sa nuque massive, ses épaules de boxeur. Je le frappai avec ce que j'avais en main, un livre. Ce n'était pas un coup héroïque, tout juste un heurt timide de la tranche cartonnée. Et sans doute ne fut-il que le résultat de la bousculade.

L'homme leva vers moi une mine ennuyée comme si un frelon lui bourdonnait autour. Il découvrit l'insecte, un moucheron, et sourit d'une seule commissure qui démasqua une canine en or. Je crus qu'il me balayerait d'un revers. Mais soudain la putain se mit à m'insulter. Elle était couchée sur le carrelage, son bourreau agenouillé par-dessus ses hanches, son maquillage flamboyant ravagé par les claques. Et elle se soulevait sur un coude pour m'abreuver d'injures. Elle criait en arabe. Et peut-être n'ai-je rien compris. Peut-être n'était-ce qu'une façon un peu vive de me remercier d'avoir pris sa défense...

Elle finit par se dresser, rabattit sa jupe, remit sa chaussure et partit, clopinant bras dessus bras dessous, avec son maquereau qui lançait des regards de tous côtés comme s'il redoutait une autre attaque en traître. Et il m'apparut que la richesse des rapports humains méritait de ma part une admiration sans limites.

Il y avait une autre leçon à en tirer. La bibliothécaire, modèle d'austérité outragée, me la donna. Elle m'arracha le bouquin des mains, vérifia l'état de la couverture et, avant de me le rendre, me jeta d'un air pincé, comme si j'étais responsable du désordre :

« Certains livres peuvent être une arme, mais pas dans le sens que vous croyez ! »

Je m'échappai vers l'étage où je pensais que Laetitia m'attendait. Je choisissais déjà des mots amusants pour lui conter l'aventure.

Elle n'était pas là.

*

Elle ne se montra ni ce jour, ni les suivants au lycée.

Le samedi, je courus au café Colonna. Devant, sur le trottoir, le groupe de mobylettes stationnait. Incomplet. Manquait le Solex d'Aldo.

Dans l'arrière-salle, Gilou Sperazza jonglait avec une queue de billard. Ses lieutenants l'entouraient, en multipliant comme d'habitude les discours, démangés chacun par sa propre marotte.

S'il ne démontait pas son vélomoteur, Victor Paoletti s'épuisait à mettre au point une technique inédite pour défriser les cheveux crépus ; recettes qu'il expérimentait sur lui-même. Pour l'instant, un mélange de colle blanche et de gomina ne lui donnait pas entière satisfaction.

Joël Tamazzo, quant à lui, voulait faire du cinéma. Il s'était persuadé qu'Hollywood l'attendait. Il lui suffirait de perdre ses boutons d'acné. Dès que sa peau retrouverait son galbe, il embarquerait pour l'Amérique où l'avait précédé une branche de sa famille. Il avait déjà un pseudonyme, « Johnny Killer », traduction approximative de son nom de baptême...

Mais une énergie leur faisait défaut. Aldo ne viendrait pas... Le quartier du marché aux fleurs bruissait à son sujet. Après une violente bagarre dont le voisinage avait perçu les éclats, le père DiMartino avait renvoyé son fils de chez lui. Aldo avait trouvé refuge chez des cousins dans une autre ville. Il n'était pas retourné à l'école des Maristes.

Et Laetitia ? L'avait-elle accompagné à la suite de cette déflagration familiale ?... Les réponses divergeaient. Au juste, personne n'en savait rien.

Au bout de quelques jours, je n'y tins plus. Je me risquai chez elle. J'avais mis au point plusieurs entrées en matière. Mais sur le palier, je les perdis. Je sonnai néanmoins. La porte remua à peine. Dans la pénombre, Laetitia apparut. Je reçus son visage comme un choc. Elle était pâle, amaigrie, au bord des larmes. Nous n'échangeâmes pas un mot. Une voix inquiète de femme, sa mère sans doute, appela des profondeurs de l'appartement. « Laetitia ? Tu as ouvert ? » Ce fut tout. Le visage de Laetitia reflua. Sans bruit, le battant se referma. Et je redescendis, les idées encore plus mêlées qu'auparavant, mais piqué par un espoir. Laetitia était en ville et sur pied. Je la retrouverai donc bientôt au lycée.

Je me trompais. Une autre semaine s'écoula sans sa présence.

Ai-je besoin de suggérer quel fut mon désarroi ? Quelles hypothèses, quels plans vaporeux j'ai pu échafauder ?... J'étais le lieu d'un puzzle incomplet. Mon esprit se fatiguait à le construire et reconstruire sans répit, dans l'illusion de deviner la nature des pièces qui manquaient. Les heures succédaient aux heures, d'une totale inutilité.

Faute de mieux, je me rabattis sur Angeline. Après tout, elle pouvait me donner un élément de réponse. N'était-elle pas une vague parente des DiMartino ?...

Elle m'accueillit comme un revenant.

« Toi ? C'est bien toi ?... Entre vite, j'ai une casserole sur le feu. Mais entre. Qu'est-ce que tu attends... »

Je l'avais rarement vue d'aussi excellente humeur. Elle traversait une période où tout lui souriait. Son travail à la clinique la comblait. Et, écoute ça, tu ne devineras jamais, le patron de l'auto-école en face de chez elle lui faisait la cour. Oui, le Moustachu, tu

330

t'imagines... Déjà plusieurs fois, en la croisant dans la rue, il lui avait proposé de lui donner des leçons de conduite... Et le cognac, là sur le meuble, oui, c'était un de ses cadeaux. Un soir, après le travail, il s'était présenté comme ça, sans prévenir, tout rougissant avec cette bouteille. Angeline avait plaisanté. « C'est une nouvelle méthode pour attirer la clientèle?... » Ils avaient ri. Angeline avait accepté un verre, un petit. Ils avaient parlé un peu. De tout, de rien. Du cognac, tiens.

« Tu sais qu'il faut le boire très vite. Dès que tu le verses, il y a une bonne partie qui s'évapore. Ça s'appelle la part des anges... C'est beau, non? »

Cela ne l'empêchait pas de détailler ses défauts d'un œil acéré de femme. Il se prénommait Fernand mais il fallait dire Fanfan, ridicule pour un homme de son âge. Il avait déjà deux enfants, des filles, une épouse dont il vivait séparé, une nuque rouge, un front étroit qui donnait à son visage une forme de poire, et cette moustache qui prenait naissance loin dans ses narines.

De plus, elle aurait préféré quelqu'un de moins empâté. Il portait un costume vert. La veste avait une martingale et trois boutons dont il ne pouvait boutonner qu'un seul. Et il s'affublait d'un chapeau trop petit pour sa tête. Lorsqu'il l'ôtait, on voyait la marque que le feutre avait laissée au-dessus de ses oreilles.

Pourtant, elle passait outre. Elle n'en revenait pas de plaire. Il a le béguin, répétait-elle sur un ton de gamine. Il a le béguin pour moi...

Puis elle jouait à se faire une frayeur.

331

« Il ne t'a pas vu entrer au moins ? »

Son logement embaumait le caramel. Elle faisait fondre du sucre dans une casserole pour s'épiler les jambes à la manière arabe.

J'avais déjà assisté à cette cérémonie. Dès que le liquide prenait, Angeline étalait sur sa peau des coulées d'or qui se figeaient. Puis elle arrachait d'un coup cet enduit devenu brun. Les poils partaient avec. Ses mollets devenaient aussi soyeux que l'intérieur de ses cuisses.

Je ne tendis pas la main pour m'en assurer. Mais elle m'écarta, en me menaçant pour rire avec la casserole fumante. « Pousse-toi ou je te brûle ! »...

Je ne me rappelle plus comment dans tout ce fatras j'introduisis une question sur Laetitia. Ce dont je me souviens, c'est qu'aussitôt Angeline laissa tomber avec réticence.

« Ah ! celle-là... »

Ce ton dégoûté !... Elle pour qui Laetitia constituait l'idéal de la jeune fille. Chaque fois que j'avais prononcé son nom, elle s'était confondue en louanges. Je l'entendais encore me raconter comment, dans les chœurs à l'église, Laetitia chantait d'une voix si pure qu'elle donnait envie de pleurer...

« Vaut mieux pas en parler, va. Ni d'elle. Ni de son frère.

— Pourquoi ? Qu'est-ce qu'ils ont fait ? »

Elle eut un geste évasif. Le sujet la dérangeait. Son humeur s'altéra.

« Pas besoin de le dire. Ça se comprend tout seul. »

Je ne pouvais rien comprendre. Je n'osai même pas penser. J'insistai, sans voix :

« Qu'est-ce qu'ils ont fait ? »

Et Angeline, comme agacée par ma naïveté :

« Qu'est-ce que tu crois ? Tout ! Ils ont tout fait...
Tout ce qui est interdit entre un frère et une
sœur. Et même pire ! »

*

J'ai connu tout enfant ces soirées qui basculent
soudain dans le drame.

C'est d'abord une minute de paix irréelle, si
étoilée que les poumons semblent ne s'emplir que
d'oxygène. Puis retentit un tintement annonciateur.
Et c'est l'intrusion de mon oncle, le plus jeune de
mes oncles, le plus fou. Une vraie tête brûlée,
disait-on. Mais si sympathique...

Il m'enseignait la boxe, « Droite ! Gauche ! Jab du
gauche ! », et l'art du croc-en-jambe. Il m'adorait au
point d'avoir infligé mon prénom à son premier fils.
Il avait épousé la plus belle fille de la ville. Ses
parents s'opposaient au mariage, il l'avait enlevée.
Et sept ans plus tard, ce soir-là justement, malade de
jalousie, voulant l'obliger d'avouer pour la centième
fois une infidélité qu'elle niait, la pauvre innocente,
il lui plongea un couteau dans le foie.

Et c'est ma mère qui tremble aux aveux de son
frère. Et moi, réfugié dans ses jupes, je sens la nuit
m'envahir et m'étouffer...

Les paroles d'Angeline m'asphyxièrent presque
autant. Mais elle ne s'en rendit pas compte. Elle
poursuivit son discours sans cesser d'étaler des cuillerées de caramel sur ses mollets.

Des tordus, Aldo et Laetitia! Des vicieux qui méritaient leur sort!... Laetitia était tombée enceinte. Voilà comment on avait découvert la vérité. Le père DiMartino, fou d'horreur, avait essayé d'égorger son fils. Il voulait enfermer sa fille dans un couvent. Mais ce n'était pas une solution. Laisser naître un enfant consanguin, anormal? Même la religion le déconseillait... Les femmes de la famille avaient préféré s'en occuper. On savait à qui s'adresser dans ces cas-là. On avait « débarrassé » Laetitia. Mais qu'est-ce que ça changeait à cette honte?... Quand on pensait qu'Aldo étudiait pour devenir prêtre! Et Laetitia, cette petite sainte, qui se confessait tous les quinze jours!...

Et elle s'épilait, étalée sur un pouf. Elle s'arrachait, au même rythme rageur, poils des jambes et mots de la bouche. Et chacune de ses phrases arrachait quelque chose en moi.

Je ne savais pas comment l'arrêter. Ai-je supplié, assez, assez, très bas, comme des années auparavant lors de cette nuit d'enfance irrémédiable?... C'était tellement pareil. Cette irruption de l'impossible. Ce lent flux de panique. Cette suffocation... Oui, je crois bien avoir murmuré, assez, ça suffit. Mais Angeline était lancée. Elle multipliait les commentaires, les blâmes. D'où lui venait ce goût d'enfoncer les déchus? Je n'en pouvais plus de macérer dans cette atmosphère de caramel refroidi, de rancœur exaucée, de bonne conscience à peu de frais. Je ne supportais plus de respirer l'irrespirable. Alors, j'ai dit :

« Tu es grosse... Tu es moche et tu es grosse... »

Je ne voulais pas la blesser. Je voulais juste un répit. La laideur du monde débordait. Elle transformait des êtres qui m'étaient essentiels en objets d'aversion.

Je vis bien changer l'expression de ses traits. Un étonnement, un reproche, non, pas un reproche, une interrogation plutôt, un doute. Un tel coup bas ne pouvait lui venir de moi devant qui elle s'était si souvent abandonnée en toute sécurité. Mais je n'étais plus moi. J'étais un inconnu malheureux qui s'agitait au hasard pour échapper à sa déception.

Je n'eus pas l'impression de m'emporter, ni de multiplier les insultes. Je me crus même frappé par une extinction de voix tant je ne m'entendis plus. Mais une fois dehors, après m'être enfui, je la retrouvai par fragments d'images qui me poursuivaient. Je la revis, affalée sur son pouf, du caramel plein les mollets, levant casserole et cuillère comme pour parer la mitraille. Je revis son recul, son égarement face à ma réaction dont elle ne pouvait démêler les motifs. Et je compris que je l'avais injuriée à en perdre haleine.

*

Un matin de mai, Laetitia réapparut au lycée.

Elle déclara relever d'une maladie dont elle éluda le nom. Elle s'installa à son pupitre. Elle déballa ses affaires. Elle tira sa jupe plissée sur ses genoux serrés. Et trois semaines d'absence s'effacèrent en trois secondes.

Je l'observai avec incrédulité. Cette innocence ! Ce

335

profil inchangé!... Elle avait transgressé un des plus ténébreux tabous de la société. Et rien n'en ressortait sur elle qu'une pâleur de convalescente.

Nous nous abordâmes, mais comme à tâtons.

Ce fut de ma faute. Je n'arrivais plus à me conduire avec naturel. Tout ce que je disais me semblait forcé. Le poids de ce que je savais me gauchissait. Je maudissais Angeline de m'avoir tout révélé. Je maudissais Laetitia pour sa fausseté. L'instant d'après, j'en faisais une victime. Le jouet d'Aldo, seul responsable de cette infamie. Il avait profité de sa position d'aîné. Il s'était servi de Laetitia pour fracasser sa famille, son père qu'il exécrait...

Mon esprit ressemblait alors à une plaine incendiée. Je me disais : « Il faut que je lui parle... » Mais ma réticence revenait l'emporter sur mon habileté à tourner les phrases. Je me taisais. J'attendais je ne sais quoi, un fléchissement, un début de confidence, l'ombre d'un aveu. J'essayais de la provoquer. Je lui demandais des nouvelles d'Aldo. Elle cillait. Elle me répondait qu'il allait bien. Il avait quitté la maison. Il vivait chez son parrain. C'était mieux ainsi. Mieux que ces éternels accrochages avec son père... Et je souriais. Je serrais les dents. Je retenais une furieuse envie de démasquer ce visage inaltéré qui pratiquait si bien l'art de la dissimulation.

Plus tard, dans le courant du mois, je revis Aldo.

Il ne roulait plus en Solex. Déchirée par son départ, sa mère n'avait pu résister à l'idée de l'armer d'un pécule. Elle lui avait donné, en cachette de son mari, une partie de ses économies. Il avait immédiatement dépensé l'argent. Il n'était plus à une folie près. Dans une vitrine proche des Grandes Galeries, rutilait un engin qui un mois plus tôt faisait notre émerveillement : une moto écarlate, de moyenne cylindrée, au guidon si étroit que les poignées paraissaient fixées au réservoir. Il l'avait achetée. Il la pilotait à plat ventre, actionnant la manette des gaz de façon à se propulser par rafales dans la circulation. Lui qu'on avait connu si impassible sur son Solex, il semblait maintenant se jeter sous les roues des voitures. Il esquivait la mort d'un coup de reins miraculeux, et s'enfuyait avec un ricanement.

Ce ricanement vibrait dans sa voix en permanence. Je m'en rendis compte bientôt. Un samedi qu'il prenait de l'essence à la station-service du père de Jacky Cassuto, je ne pus l'éviter.

Il me servit la version officielle. Les démêlés avec son père l'obligeaient à fuir le café Colonna, le quartier du marché aux fleurs. Voilà pourquoi il se faisait rare. Il m'expliqua sa nouvelle existence. Il suivait des cours de comptabilité pour entrer dans l'affaire de ferraille de l'oncle chez qui il habitait.

Je ne fis aucun commentaire. J'avais hâte de l'oublier.

Il termina de se dégourdir les jambes et enfourcha sa machine. Un chien en laisse s'approcha pour flairer sa roue. La dame qui le promenait l'entraîna plus loin. Aldo l'accompagna un instant du regard. Puis il ricana encore.

Gamin, me dit-il, il avait eu un chien. Un jour qu'il soignait une grippe, du sirop pour la toux

337

s'était renversé sur son genou. Le chien l'avait léché. Aldo avait alors laissé goutter le sirop sur sa peau de plus en plus haut. Et le chien avait léché de plus en plus haut...

Ses traits de blond étaient aiguisés par une étrange lumière. J'identifiais enfin ce qui m'avait tant fasciné en lui. C'était l'absence totale de culpabilité. C'était la beauté plastique d'un félin dans une jungle. Son plaisir passait avant tout. Il prenait ce qu'il voulait quand il voulait. Il s'abandonnait à ses pires impulsions, sans souci des conséquences. Je l'imaginai parsemant son ventre de perles sucrées que Laetitia léchait l'une après l'autre. Et une haine glacée me submergea. Je sentis à peine que je taillais une flèche pour l'atteindre. Je la décochai sur un ton de plaisanterie :

« Je connais quelqu'un qui a joué comme ça avec sa petite sœur... »

Sa réaction tarda. Je m'apprêtais à fourbir une arme plus précise, quand le poison fit soudain son effet. Aldo blêmit. Sa main gantée fusa vers mon visage. Je ne reculai pas assez vite. Il me saisit par mon col de chemise, m'attira brutalement à lui. Ses yeux rétrécis ne cachaient plus sa folie, son envie de meurtre, son besoin viscéral de détruire.

Il me souffla dans le nez :

« C'est quoi ces questions ? Qu'est-ce que tu as à poser tout le temps des questions ? »

Je répondis que je n'avais posé aucune question. Il continua de me dévisager de près. Je ne parvenais pas à croire que ses parents l'avaient rêvé prêtre. S'il était allé au bout de cette destinée, quelle guerre sainte aurait-il déclenchée pour assouvir sa soif du mal ?...

Pour de telles griffes, j'étais une proie dérisoire. Entre ses cils, la flamme pâle vacilla. Il me repoussa, sauta sur sa machine et la lança, cabrée, dans le flot de la circulation.

Un tramway contournait le rond-point. La moto fonça droit dessus. J'entendis un grincement épouvantable. Et je vis, je le jure, je vis l'accident. L'éclair sanglant, l'explosion, l'incendie. Je vis la rame traîner du métal déchiqueté, un corps broyé, une épave en feu que la foule muette d'horreur ne pouvait approcher.

Puis le tramway poursuivit son trajet. J'aperçus le boulet rouge, penché à la limite de la chute, glisser contre son flanc et s'écarter sans dommages. J'entendis le vacarme des autres voitures qui enrageaient contre l'intrus. Je crus même percevoir un rire de triomphe. Et je ne sus plus si je transpirais de soulagement ou du regret qu'Aldo fût encore en vie.

*

Puis ce fut juin. Un mémorable jeudi de juin vers seize heures. Le seul cours de l'après-midi était achevé. Je rentrais du lycée à pied avec Laetitia. Nous tentions de ressusciter nos anciens retours par les jardins publics. Mais le silence les grignotait. Parfois, il tombait entre nous comme une vitre. Et tous nos gestes me semblaient affectés.

Je dus avoir un mouvement encore plus faux que

les précédents. Ma sacoche se renversa — ou plutôt la sienne. Je nous vois ramasser des cahiers, des livres, moi je ne m'encombrais jamais autant...

Un banc n'était pas loin. Le feuillage d'un saule pleureur l'envahissait à demi. Nous convînmes d'une halte.

Le ciel était d'un bleu blessé. Mais je peux me tromper. J'avais tendance à entacher ce qui m'apparaissait limpide d'une souillure cachée.

Devant, à travers les arbres, luisait la nappe d'un étang. Des cygnes glissaient sur l'eau verdâtre. Des promeneurs isolés leur jetaient des miettes. Non loin, se dressait une jungle de roseaux. Il était formellement interdit d'en cueillir. Plus jeunes, avec Jacky Cassuto, Dani Colassanto et le reste de l'équipe de football, nous avions comploté d'en couper quelques-uns pour fabriquer des arcs. Nous nous étions laissés surprendre par les gardiens. Et nous avions fini la journée, groupés comme des pigeons effrayés, dans une cellule de commissariat...

Laetitia ne bougeait plus. Elle avait terminé de ranger son cartable. Elle observait les cygnes. On aurait pu croire qu'elle prenait plaisir au spectacle. Mais elle était ailleurs. De plus en plus, sans prévenir, elle rompait les amarres avec la réalité. Elle ne refusait pas la conversation. Mais au beau milieu d'une phrase, son esprit s'évadait. Je ne me demandais pas à quoi elle pensait. La réponse m'intoxiquait.

Toute petite fille, m'avait-elle un jour confié, elle construisait des cabanes en draps de lit dans la chambre de ses parents. Elle s'y blottissait avec Aldo. Ils se couchaient, lovés l'un contre l'autre comme des jumeaux dans un ventre maternel. Ils respiraient d'un même souffle. Les battements de leurs pouls se confondaient. Leurs deux vies n'en devenaient plus qu'une. Était-ce là que leur secret s'était amorcé?...

Ce secret nous séparait. Il me retranchait d'elle parce que j'en étais aussi possesseur et que Laetitia l'ignorait. Je ne songeais qu'à m'en délivrer.

Il me devint soudain impossible de me taire. Je parlai. Je pensais l'aveu malaisé. Il m'apparut aussi facile que de lancer une pierre dans l'eau. Et au juste que faisais-je d'autre sinon jeter le caillou qui me meurtrissait dans cette eau lisse, appliquée à ne rien laisser transparaître.

Laetitia me regarda. Un trait de peur furtif l'assombrit. Elle n'osait pas me croire. Je lui donnai des précisions. Elle tint à apprendre qui m'avait renseigné. Des gens? Lesquels? Il y en avait si peu dans la confidence... Je ne pouvais ni éluder ni dénoncer Angeline. J'hésitai. Je ne voulais plus de mensonges, mais que faire? Je dis : Aldo. Elle se tut. Elle savait Aldo capable de tout...

Elle se détourna. Et j'eus l'impression qu'elle s'enfonçait dans l'ombre du saule qui nous abritait. Je ne voyais plus que son profil où s'immobilisaient des reflets de feuillage.

Je me rappelai comme j'avais essayé de dessiner ce profil. Le résultat ne m'avait jamais convaincu. Je n'avais aucune virtuosité pour animer les lignes, estimais-je alors. Je me trompais. On ne dessine bien que ce que l'on connaît bien, nous serinait un professeur. Voilà le vrai. A cette époque, je ne connaissais pas Laetitia. Personne ne la connaissait. Il me semblait qu'à présent j'aurais pu réussir...

Mais, de nouveau, elle s'exilait. Quelque chose en elle renonçait, s'éloignait avec tristesse. Elle n'avait de secours à attendre de personne.

J'appelai tout bas :

« Laetitia... »

Elle ne réagit pas. J'insistai.

« Laetitia... Bianca... Grazia... Maria... Donatella... »

Je ne sais lequel de ses prénoms la remua. Elle se tassa. Son corps qui ne touchait pourtant pas le mien me parut s'y appuyer davantage. Et pour la première fois, elle me livra son visage d'enfant en perdition.

Sa beauté me renversa. Je ne peux dire combien sa flétrissure lui ajoutait de charme et de vulnérabilité. Si je ne m'étais pas retenu, je l'aurais pressée contre moi. Je l'aurais épuisée de tendresse. J'aurais embrassé ses paupières. Je l'aurais consolée par un vieux dicton de ma grand-mère. La perfection ne doit pas appartenir à ce monde, le bon Dieu s'en offenserait. C'est pourquoi un artiste gâche son chef-d'œuvre par sa signature ou par quelque faiblesse mineure. Il y a toujours une possibilité de rachat...

Il me fallait bien lui faire comprendre que je ne la condamnais pas. Je me penchai, effleurai sa lèvre.

C'était du désir, bien sûr. Mais aussi une tentative d'aide, un encouragement, un souhait, une promesse. C'était tout ce que je possédais. C'était si peu. Il n'y avait pas grand-chose à en espérer.

Nous attendîmes cependant sous ce saule qui sentait le chèvrefeuille. Nous attendîmes longtemps, très près l'un de l'autre, démunis, sans illusions, d'en ressentir un effet.

C'est alors qu'un accord s'éleva. L'été qui avait tant tardé à s'élancer libéra ses bienfaits. Une brise traversa le jardin avec un bruissement de source. L'étang se mit à scintiller. Un cygne s'ébroua, gonfla son plumage pour s'envoler. Nous le vîmes monter, étincelant de blancheur dans la lumière.

Et doucement, comme par transfusion, se ranima en nous l'inépuisable élasticité de la jeunesse.

La part de l'ange

Un diamant taché se cède à moindre prix.

On poussa Laetitia dans le lit d'un barbon dont ce n'était pas le premier mariage. Il possédait une pizzeria, « L'Oiseau de Paradis ». Parfois certaines cages portent le nom de qui ils doivent emprisonner.

C'était un restaurant italien typique, nappes à carreaux rouges et bouteilles de chianti transformées en lampes. Il me serait facile d'improviser que je m'y suis attablé. Mais entre le vrai et le jeu, il y aura toujours l'épaisseur d'un rideau que je n'ai pas écarté. D'autres l'ont fait à ma place, dont les parents de Dani Colassanto. Au dire de leur fils, une des pizzas commandées contenait un cheveu de femme long de vingt centimètres. Je ne peux en garantir l'authenticité. Et je ne comprends pas pourquoi aujourd'hui cet improbable cheveu embarrasse à ce point ma mémoire.

L'été passa. Il sécrétait des poisons dont peu d'entre nous se remirent. Il se termina d'ailleurs sans moi. Des circonstances qui appartiennent à

344

l'Histoire se déclenchèrent. Elles obligèrent ma famille à s'expatrier.

Des années se multiplièrent, riches d'enseignements, mais jalouses de celles qui les avaient précédées.

Selon elles, aussi ensoleillée qu'avait été mon adolescence, j'avais grandi dans la pénombre. Mes embrasements n'avaient été que des flambées d'allumettes. Mes océans, des flaques d'eau. Mes expériences les plus achevées, des brouillons...

Elles trichaient un peu, je le sentais bien. Mais j'ai tant d'élan vers tout ce qui bouge... Je n'aurais pas dû leur céder. Je n'aurais pas dû enfermer les merveilles qu'elles dénigraient dans un recoin obscur de mon âme. L'oubli les grignotait à mon insu. Quand me vint le besoin de les recompter, le spectacle m'effara. Et je n'eus de cesse que d'aller raviver mes trésors aux lieux où je les avais découverts.

A ma descente d'avion, je me rassurai. Cette haleine de four. Ces coloris. Cette lumière... Ce n'était que l'éblouissement qui précède les naufrages. On ne retourne pas impunément sur les territoires du souvenir.

« L'Oiseau de Paradis » n'existe plus. Une boîte de nuit a remplacé le restaurant. Les nouveaux propriétaires ne savent rien des précédents.

Mon avenue a moins souffert. En apparence, ce sont les mêmes façades blanches, les mêmes alignements de palmiers. Sur le trottoir, des fillettes se maquillent toujours les ongles avec des pétales de géraniums. Leurs frères se disputent un ballon rapiécé. Ils se battent aussi fort que nous le faisions.

Mais je ne les vois pas. Je vois Jacky Cassuto, notre capitaine. Je vois Dani Colassanto, notre rouquin lubrique, inventeur du « coup de chiqué ». Et Marco-l'Étincelle, notre guetteur, qui nous avertissait toujours trop tard des rafles des agents de police. Et les autres membres de l'équipe... Où sont-ils tous que le vent a dispersés ?... Perçoivent-ils parfois comme moi le doux sifflement de notre enfance révolue ?...

Je suce des fleurs de chèvrefeuille. Je croque des pistaches et des beignets au miel. J'enfonce mon nez dans du jasmin. Je respire du laurier-rose. Mais une magie m'est refusée. Les endroits où j'ai vécu sont vides de ce que j'y cherche.

Des visages étrangers m'y ont reçu avec affabilité. Ils m'ont montré des espaces si exigus soudain que mes yeux d'adulte peinaient à les accepter. J'y quêtais en chancelant quelques indices du passé. Et je prenais la fuite.

La rue des Selliers ne s'appelle plus ainsi. Et Angeline ne m'y a plus accueilli.

C'est une jeune mère de famille arabe qui m'a ouvert. Accrochés à ses jambes, des bébés pleurnichaient. Elle leur enfonça des sucettes dans la bouche pour pouvoir m'écouter. Mes questions l'inquiétèrent. Une grosse dame ? Partie, oui, mais où ? Et avec qui ? Le Moustachu de l'auto-école d'en face ?... Il n'y avait plus d'auto-école en face...

Les bébés s'étaient remis à pleurer. Je demandai à voir dans la petite cour. L'arbre aux citrons doux n'y poussait plus. Je maudis celui qui l'avait abattu...

Je revins à l'hôtel en tramway.

Angeline n'était dans aucun wagon. Pourtant c'est sur cette ligne que je l'ai vue pour la dernière fois. Elle voyageait en compagnie d'une de ses voisines. En m'apercevant, elle s'était détournée. Mais pas de la façon habituelle. Elle était fâchée contre moi ; ne l'avais-je pas laissée un mois plus tôt sur des injures ?... Alors, sans tout à fait me perdre du regard, elle avait annoncé à son amie : « Je vais prendre des leçons de conduite. » Une pique à mon intention. Elle comptait se venger de mon comportement en cédant aux avances du Moustachu. Il ne l'avait pas insultée, lui. Il lui avait offert du cognac... « Tellement bon que les anges ne peuvent pas s'empêcher d'en aspirer un peu... » Était-elle partie avec lui ? Je ne parvenais, je ne parviens toujours pas à le croire.

Combien l'ai-je cherchée d'un quartier à l'autre ?... La ville m'aidait à revenir. Elle déployait pour moi ses foules, ses couleurs, ses saveurs. A chaque coin de rue, chaque jardin, chaque entrée d'immeuble, des images surgissaient. Elles ne se confondaient guère avec celles que j'avais emmagasinées. Plus j'avançais, plus le sentiment me gagnait d'arpenter un musée non pas vide mais dont on avait changé les tableaux. J'en décrochais certains. Je les remplaçais par ceux qui m'appartenaient. Une partie de football dans mon avenue... Si-Moktar, le champion d'échecs, étudiant un gambit dans l'ombre de sa véranda... Le marché aux fleurs et sa bande de corsaires à mobylettes... Angeline, se dandinant avec son panier à commissions... Angeline... Angeline-la-Grosse...

347

Elle n'aimait pas dormir dans le noir. Sur sa table de chevet, une lampe restait allumée toute la nuit. Le socle en verre de cette lampe contenait une scène en relief. Un navire dans un port. Quand on faisait la lumière, l'ampoule s'illuminant ajoutait du soleil. Des rayons orangés s'infiltraient dans les voiles et donnaient l'impression que le bateau remuait prêt à appareiller. Pour trouver le sommeil, Angeline contemplait longuement ce mirage. Et, s'endormant, elle rêvait de voyages...

Elle m'avait révélé l'univers. Elle m'avait offert les heures les plus riches de mon existence. Pourquoi ne m'avait-elle pas appris aussi que je n'aurais pas assez du restant de mes jours pour en conserver l'empreinte?...

J'arrêtai mes recherches. Je cessai de me retourner sur les dames corpulentes. C'était une feinte. Après tout, elle avait toujours pris les initiatives... Elle choisirait donc son moment pour apparaître. Je la découvrirais près de moi, à l'improviste, rose du plaisir de me surprendre...

Au terme de mon séjour, alors que toute certitude m'abandonnait, une main se posa enfin sur mon épaule.

Je me retournai, rempli d'espoir.

C'était Ben-Slimane, mon vieux copain de lycée. Des kilos en plus, des cheveux en moins. Il ne jouait plus du piano. Il travaillait pour une compagnie aérienne. Il m'invita chez lui rencontrer sa femme et sa fille. Devant elles, il s'efforça un instant de redevenir Benny Slimany, le rocker déchaîné. Mais il se fatigua vite. Et nous descendîmes faire quelques pas sur la plage.

Un jour, dans le bureau de son père, j'étais tombé en arrêt devant un lutrin qui soutenait un livre merveilleux. Un Coran débordant d'enluminures et de calligrammes. Avant de me permettre d'y toucher, Benny avait tenté de me faire prononcer une phrase cabalistique qui n'était rien d'autre que la formule de conversion à l'islam...

Il se rappelait mal cette histoire. On était fous, soupira-t-il. Nous essayâmes d'autres souvenirs. Ils ne correspondaient pas davantage.

Notre passé s'étendait derrière nous comme une voie ferrée. Très loin, à perte de vue, les rails se touchaient. Mais c'était une illusion d'optique. Les rails étaient parallèles tout au long de leur portée. Et nos adolescences ne s'étaient pas confondues. Elles s'étaient déroulées face à face. Et peut-être en était-il de même de tous les êtres que j'avais côtoyés...

Nous déambulions sur la plage, nos chaussures à la main. Nous marchions au bord des vagues. Nos talons laissaient des creux sombres dans le sable mouillé. Mais le mouvement de l'eau les éclaircissait. La mer allait, la mer venait. Les traces de notre passage s'estompaient doucement. Et avec elles, nos songes...

C'est ainsi, il faut l'accepter.

La mer va et revient. Blondit le sable. Et croulent les constructions de nos rêves.

Enfant, je ne voulais pas admettre cet effritement. J'imaginais un monde où se préservaient tous ces châteaux. Plus tard, j'ai cru le découvrir. C'était un livre. C'était une bibliothèque... Mais aujourd'hui j'ai noirci tant de pages que ma raison sourit. Il en va des mots comme du cognac. Sitôt versés, sitôt écrits, ils s'aplatissent, leur essence s'envole, les anges prélèvent leur part...

Et ma mémoire ressemble à une loupe un peu sale. Je ne reconnais pas toujours les détails qu'elle grossit. Tant de choses négligeables pour d'autres ont pris pour moi une importance suprême. Et tant de choses ont disparu...

J'ai beau lutter. La mer soupire. Le sable s'écoule dans les creux de mes pas. La buée qui compose mes jours avec mes jours s'évapore.

Parfois, le temps s'immobilise. C'est que d'une vieille photo a jailli un reflet oublié. D'une bande magnétique est monté un son d'autrefois... Sous la réalité qui m'entoure, des transparences affluent. Un monde englouti tente en vain de renaître. Un théâtre s'anime qui déjà s'efface. Pourtant, je reste. J'attends. Je guette. J'espère je ne sais quoi, une grâce, un miracle. La source s'est tarie mais, je n'y puis rien, mes lèvres s'entrouvrent et cherchent encore à boire.

Quel flacon me rendra les parfums de mes étés perdus ?

Composition Eurocomposition Paris,
Impression Brodard et Taupin,
le 16 octobre 1992.
Dépôt légal : octobre 1992.
Numéro d'imprimeur : 1821G-5.
ISBN 2-07-038554-X / Imprimé en France.

57425